Les Larmes des Nymphes

Direction des publications : Stéphanie Baronchelli, Jérôme Bernez-Binder
Suivi éditorial et maquette : Caroline Merceron
Correction : Maud Placines Charier

Conception graphique : Tiphaine Rautureau
Illustration de couverture : Celi'arts
Typographie du titre : Mongek – Alit Design
WWW.GULFSTREAM.FR

ISSN : 2648-1928 – ISBN : 978-2-38349-197-2

Loi 49-956 du 16 juillet 1949 sur les publications destinées à la jeunesse

Gulf stream éditeur

Sandy
Bizzozero

Les Larmes des Nymphes

ÉCHOS

À Chris, pour avoir rêvé avec moi.

RÉMINISCENCE

Je n'ai pas toujours été seule. Je me souviens encore de ces nuits où nous dansions dans les rivières, où nous créions de nouvelles fleurs, de nouveaux plumages pour nos oiseaux, juste parce que nous le pouvions. Tout n'était que chants et rires. Je ne connaissais alors pas le goût de la solitude, ni celui, plus amer encore, de l'ennui. J'aimais exister, j'aimais la nature autant qu'elle m'aimait.

De ces bribes du passé, de ce faible écho qu'il me reste de leurs voix, je ne tire nul réconfort. Seuls demeurent une sensation insupportable de manque, un froid qui me tue lentement.

Pourquoi les miens sont-ils tous partis ? Sans eux, ma maison est devenue une prison dont je ne peux m'échapper. Je dois veiller sur elle.

Mais qui veillera sur moi ?

Qui me sauvera de l'ennui ?

Toi, peut-être ?

Les Larmes des Nymphes

Personne ne pénètre si profondément dans ces bois, d'ordinaire. Tes aînés ne t'ont donc pas mise en garde ?

Je devrais te chasser.

Mais je me sens si seule. Et je m'ennuie tant.

Tu en as ramené d'autres ? Des petits êtres aussi curieux et courageux que toi.

Et si je vous laissais approcher ?

Pour la première fois depuis longtemps, j'ai un peu moins froid.

CHAPITRE 1

Si on se trouvait dans une bande dessinée, un vieil homme mystérieux viendrait s'asseoir à côté de moi pour me demander d'une voix chaleureuse : « Qu'est-ce qu'une jeune fille comme toi vient donc faire dans ce trou perdu ? » Bonne question, j'attendais justement que quelqu'un me la pose ! J'aime qu'on s'intéresse à mon grand projet. Mais je ne répondrais qu'évasivement. J'aime le mystère, aussi.

Cela dit, pour que ça arrive, il faudrait déjà qu'il y ait quelqu'un d'autre que moi dans ce bus de campagne que l'univers semble avoir déserté. Si je le voulais, je pourrais retirer mes écouteurs sans redouter les pleurs d'un enfant ou les rires bruyants d'un groupe d'adolescents. Mais il y a quelque chose de magique à découvrir ces paysages montagneux sur les notes délicates d'un piano. Et quand la musique s'envole, c'est mon cœur qui s'élève avec elle, tandis que mes yeux scrutent le moindre château qui se dresse au sommet d'un mont, le moindre village niché dans une vallée, le moindre lac qui réfléchit la lumière étrange de cette fin d'après-midi où la pluie s'apprête à tomber. Mes ciels préférés, ce sont ceux-là. Les nuages menaçants sont percés de rais de lumière dorés, et il me semble, tandis que la musique s'emballe, que c'est la fin du monde.

Alors qu'en réalité, je me trouve au début. J'ignore seulement de quoi.

Les premières gouttes frappent la vitre. Je suis du regard les sillons brillants qu'elles tracent sur la surface du verre. Puis la pluie se transforme en orage, et l'apocalypse s'abat sur la campagne savoyarde.

Si le monde devait être détruit, là, maintenant, est-ce que je serais satisfaite de la vie que j'ai menée ?

J'ai envie de peindre. J'ai toujours été inspirée par la nature, peu importe le temps. Mais soyons honnête : je suis mauvaise en paysages. Et peindre la pluie, c'est un véritable enfer.

Je pose le front contre la vitre, et le froid mordant du dehors glace bientôt ma peau. Je devrais être agacée à l'idée de sortir sous ce temps, de commencer mon aventure trempée. Mais mes émotions n'ont jamais vraiment eu de sens. Je me sens curieusement sereine, alors que je me suis lancée dans ce que tout le monde m'a dit être une folie. « À ton âge, tu devrais étudier ou faire une formation, Cléa. À ton âge, tu devrais aimer vivre en ville, pas la fuir ». Et au fond, j'aimais Paris. Je devrais avoir l'impression que ça va me manquer.

Mais je me trouve là, dans ce bus pour le bout du monde, avec dans le cœur nulle appréhension, nul regret.

Et c'est, en soi, plus étrange encore que ne pas s'inquiéter de finir trempée.

CHAPITRE 1

— Ombelle !

Mon cœur bondit. J'ai tout juste le temps de récupérer mes bagages et de sauter du bus avant qu'il ne démarre en vrombissant, éclaboussant mon jean d'eau brunâtre au passage. Comme pour m'accueillir, la pluie s'affaiblit déjà. Je me retrouve seule.

Seule, devant Ombelle.

Derrière moi, la route sinueuse par laquelle je suis arrivée après des heures de train et de bus. Face à moi, de l'autre côté de la petite rivière qui s'écoule avec sérénité, un village de maisons en pierre aux toits de tuiles colorées, aux fenêtres décorées de fleurs aux teintes vives, aux vieilles portes en bois. La lumière de fin d'orage baigne les lieux d'une lueur magique.

Plus haut dans la montagne, d'autres demeures et, plus haut encore, je peux deviner une petite bâtisse qui borde la forêt d'Ombelle. Ça fait une sacrée trotte, mais je vais devoir me la coltiner : c'est là que je vais loger.

Il n'y a pas d'Airbnb à Ombelle. Encore moins d'hôtel. Pas même une auberge. Mais quand j'ai appelé la mairie pour la cinquième fois, ils m'ont parlé d'une vieille dame qui peinait à faire le chemin jusqu'au village et avait besoin d'aide pour ses courses. Je n'en croyais pas ma chance. J'en constate désormais le prix.

J'aurai des cuisses en acier en quelques semaines.

J'entame la montée sans prendre même le temps de visiter le village. Je ne suis pas venue pour ça. Ce que je cherche se trouve à l'écart des jolies maisons en pierre, loin des gens. Et cette demeure perchée là-haut me semble idéale.

Le sol pavé cède rapidement la place à un chemin creusé dans l'herbe par les roues des voitures. Mes baskets autrefois blanches barbotent gaiement dans la terre gorgée de pluie, ma valise crasseuse trace des sillons derrière elle. Animées par le vent glacé, des mèches de mes cheveux bruns fouettent mon visage. Les dernières gouttes de pluie chatouillent mon nez. Lentement, le froid perfide s'insinue sous mon écharpe, m'arrachant un frisson. Et la maison est très *très* loin.

Mais la lumière est splendide. L'heure dorée fait étinceler le monde. Et l'odeur d'herbe et de terre mouillées me transporte. C'est comme si une force mystique s'était emparée de moi. Je suis heureuse d'être là. Vraiment.

Le vrombissement d'un moteur m'extirpe de ma torpeur hébétée. Une grosse voiture cabossée grimpe lentement jusqu'à moi, projetant des gerbes de boue autour d'elle. Je m'écarte, peu désireuse de me métamorphoser définitivement en petit tas de gadoue sur pattes, mais le véhicule ralentit devant moi. La vitre côté conducteur s'abaisse, et le visage rond d'une quarantenaire aux cheveux châtains noués en tresse apparaît, son regard d'un vert acide me dévisageant avec un mélange de pitié et de curiosité.

— Mais qu'est-ce que tu fiches ici ? Personne n'est venu te chercher avec ce temps ?

Avant que j'aie pu répondre, une voix d'une étonnante douceur intervient :

— Maman, dis-lui d'entrer. Tu pourras lui poser tes questions quand elle sera au chaud.

La femme opine d'un air sérieux.

— Allez, mets-moi tes affaires dans le coffre et rentre tes fesses.

Je m'exécute, l'abreuvant de remerciements ravis. Une fois à l'intérieur, je comprends pourquoi elle n'a pas hésité à prendre dans sa voiture une jeune femme aussi crasseuse : de la terre sèche, des feuilles et des pétales de fleurs froissés maculent les sièges.

Quand je relève les yeux, la fille assise à l'avant a tourné son profil vers moi, la bouche entrouverte comme pour me saluer. J'ai à peine le temps de l'entrapercevoir : son sourire s'évanouit et elle se retourne brusquement, se dérobant à ma vue. Décontenancée par ce revirement d'attitude, j'entends à peine sa mère me demander en démarrant :

— Tu rends visite à de la famille ?

— Non, je vais loger tout là-haut, chez madame…

— Chez Blanche ? Blanche Blanchet ?

Un sourire étire mes lèvres. La conductrice m'imite après m'avoir jeté un coup d'œil dans le rétroviseur.

— On ne choisit pas le nom de famille de son époux, que veux-tu ! Et donc, pourquoi Blanche ? Elle n'a pas de petits-enfants il me semble, et personne n'est venu la voir depuis longtemps.

Soit ma chauffeuse est amie avec Blanche Blanchet, soit elle a parfaitement embrassé le cliché du petit village où tout le monde se tient au courant des affaires des autres. Je penche pour la deuxième option.

— J'avais besoin d'un logement à Ombelle, et elle, de quelqu'un pour faire ses courses.

— Un logement, à Ombelle ? répète la femme avec un rire stupéfait. Tu entends ça, Alice ? Il y a des petits jeunes qui viennent vivre dans notre village maintenant !

La dénommée Alice ne répond pas. De là où je suis assise, derrière sa mère, je ne perçois que les jambes longilignes moulées dans un collant pourpre qui s'échappent d'une veste de pluie noire. La capuche abaissée sur son visage tourné vers l'extérieur, elle demeure immobile.

— Alice, je te parle.

— C'est vrai que c'est étonnant, admet-elle d'une voix aussi légère qu'un souffle.

Mon estomac s'agite tandis que les roues patinent dans la boue. La mère d'Alice rouspète, libérant sa fille de son attention – mais pas de la mienne. J'espère, sans trop savoir pourquoi, qu'elle va daigner tourner son visage vers moi. Mais c'est comme si elle faisait exprès de s'extraire à ma vue. Elle m'évoque une guerrière mystérieuse dissimulant sous sa capuche une immense cicatrice qui s'étirerait sur son visage.

Sa mère reporte son attention sur moi. Et là, à son regard dans le rétroviseur, je le sens, je le devine, je vais avoir droit à ma question digne d'un début de bande dessinée !

— Mais alors, pourquoi Ombelle ? C'est pas la campagne touristique ici, hein ! Si tu voulais visiter l'un des plus beaux villages de France, tu t'es trompée d'adresse.

Pas terrible, mais je peux rebondir dessus :

— Je suis une artiste. Je suis venue chercher l'inspiration.

Je lui offre mon sourire le plus radieux, espérant qu'elle saisisse à mon aura lumineuse que la flamme de l'art brûle en moi. Mais elle se contente de hausser les sourcils, l'air tout sauf éblouie.

— T'es venue jusqu'à Ombelle pour trouver l'inspiration ?

Elle lance un regard à sa fille, toujours aussi immobile et silencieuse qu'une statue.

— Il y a bien l'Atelier ici, c'est petit mais plutôt chouette, ma fille pourrait te le confirmer si elle n'avait pas perdu sa langue. Enfin, elle te dirait aussi qu'on en fait vite le tour ! Et le village, j'en parle même pas… Ah, regarde, on arrive.

Je me penche en avant pour découvrir ma future demeure un peu biscornue, avec ses murs en pierres de teintes et de formes disparates, ses fenêtres fleuries aux volets peints en mauve. Elle a l'air plutôt bien entretenue et confortable malgré son ancienneté évidente, mais ce n'est pas ce qui me fait sourire béatement : derrière elle, une infinité d'arbres noirs se découpent dans la nuit tombante.

— Je suis là pour la nature, en fait. Pour la forêt.

Un léger hoquet, presque une inspiration, s'échappe d'Alice juste avant que la voiture ne pile sec, projetant mon visage en avant. Dans un grognement de douleur, je lève un regard ébahi sur ma conductrice : elle s'est tournée vers moi, la mine soudain sévère.

— Tu peux peindre les arbres depuis chez Blanche, si ça te fait plaisir. Tu auras une bonne vue dessus. Mais suis mon conseil : ne t'approche pas de la forêt.

Je secoue la tête, éberluée.

— Et… pourquoi ?

— N'y va pas, c'est tout.

— Je suis venue pour être au plus près de la nature. Je ne vais pas passer mes journées enfermée chez Blanche Blanchet !

Je comprends mon erreur trop tard. Ma conductrice s'empourpre :

— Si tu voulais profiter de la nature, il fallait aller à Center Parc ! Des arbres, il y en a partout en France. Maintenant, tu es là, alors écoute-moi : *ne va pas dans la forêt.* Personne n'y va, c'est comme ça, c'est la règle ici. On… on laisse respirer la nature. On la respecte.

Je reste pétrifiée, médusée par son emportement. Sa fille ne réagit plus, retournée à l'état de statue. Refusant de me laisser abattre, je hoche la tête et balbutie des excuses, promettant que je suivrai son conseil.

Mais je n'en pense bien sûr pas un mot.

Je ne compte pas tout ratisser sur mon passage et balancer des cailloux sur les animaux, si c'est ce qu'elle craint ! Je peux très bien respecter la nature et m'y promener. Je suis venue là pour ça. Elle marmonne quelque chose en retour que je ne saisis pas. Peu importe : j'ai décidé que je ne l'aimais pas beaucoup. Mais elle m'a bien aidée, alors je reste polie et me dépêche de sortir et de récupérer mes affaires pour ne pas l'agacer davantage. Elle fait démarrer l'automobile en m'adressant un bref signe de tête.

C'est là qu'une chance de mieux voir le visage de la mystérieuse Alice se présente enfin : quand la voiture fait marche arrière et pivote, dévoilant la fenêtre côté passager contre laquelle elle appuie son front. Elle recule vivement lorsqu'elle me voit, mais ne se détourne pas cette fois. L'espace de deux secondes, nos regards restent accrochés l'un à l'autre, puis la voiture fait demi-tour et Alice disparaît.

Il n'y avait pas de cicatrice de guerrière sous la capuche d'Alice. Ce qu'il y avait, en revanche, m'a semblé bien plus étrange : un teint livide, une bouche serrée à en faire pâlir ses lèvres, et un regard terrifié.

Je commence à me poser des questions sur la population ombelloise quand je m'aperçois que ma peau est parcourue de petits picotements. La sensation n'a rien d'agréable. C'est même presque douloureux, comme si le froid de mars s'insinuait en moi pour me geler peu à peu de l'intérieur.

— On me force à me coltiner une petite Parisienne, et on me refourgue en fait une souillon ? Tu devais m'aider, pas me rajouter du ménage. Sèche-toi avant d'entrer !

J'ai à peine le temps de me retourner pour répondre que je reçois une serviette en plein visage. Quand je la retire, Blanche Blanchet est rentrée chez elle dans un claquement de porte.

On peut dire que ça démarre bien.

CHAPITRE 2

Assise sur un vieux banc en bois devant l'immense table qui encombre la petite cuisine de Blanche Blanchet, je toise le repas qu'elle me sert avec une certaine circonspection. La bouillie exhale un fumet alléchant, mais jamais de ma vie je n'ai vu de plat à l'aspect si laid.

Ma logeuse, qui remarque mon hésitation, grommelle assez fort pour que je l'entende :

— Et ça fait la fine bouche !

— Qu'est-ce que c'est ?

Je prends conscience de ma grossièreté trop tard, comme toujours.

— Les restes de la dernière citadine que j'ai hébergée, rétorque mon hôtesse avec un reniflement.

Puis, comme amusée par ses propres paroles, elle esquisse un sourire aussi soudain qu'inattendu, et tout son visage en semble rajeuni.

Blanche Blanchet a décidé qu'il y avait bien assez de blanc dans son patronyme pour pouvoir s'en passer dans la vie. La peau hâlée par le soleil et les cheveux argentés, elle porte la tenue la plus bariolée qu'il m'ait été donné de voir, où le bleu azuré et le rouge sang s'affrontent sur un terrain vert pomme. Un châle violet brodé de fleurs fuchsia recouvre le tout. Cet assemblement de couleurs audacieux fascine et terrifie à la fois mon artiste intérieure. Plus petite que moi, ce qui relève en soi de l'exploit vu la hauteur toute relative dont m'a pourvue la nature, elle arbore fièrement ses rondeurs, sans doute dues à la montagne de sucreries et de gâteaux alléchants dont débordent ses placards. Toutes les cinq minutes, entre deux regards critiques à mon adresse, elle en ouvre un pour grappiller un cookie fait maison ou une part de cake bien doré, marmonnant de temps à autre que son médecin peut bien aller se faire voir de toute façon, et que la vie est trop courte pour se priver de sucre.

— Je suis désolée, je suis sûre que c'est très bon, dis-je en plongeant ma cuillère dans la bouillie avec un sourire contrit.

— Pas vraiment. J'ai mis trop de sel. Et si j'avais su, j'en aurais rajouté davantage.

Elle reste stoïque un instant, avant de glousser. J'ignore si je dois la rejoindre dans son hilarité, mais elle ne m'en laisse de toute façon pas le temps. Redevenue sérieuse aussi vite qu'elle était rentrée dans sa maison après m'avoir balancé une serviette au visage, elle prend place en face de moi, grignotant le dernier morceau de son cake marbré.

— Cléa, c'est ça ?

Je hoche la tête, tout en consentant à avaler un peu de la mixture qu'elle m'a servie. Elle avait raison : c'est beaucoup trop salé. Mais malgré le soudain assèchement de ma cavité buccale, je devine le potentiel du plat.

CHAPITRE 2

Comme si elle lisait dans mes pensées, Blanche remplit le verre qu'elle a posé devant moi avec un pichet d'eau dans laquelle baigne un morceau de citron.

— Et donc, Cléa, pourquoi est-ce que tu es venue te perdre à Ombelle ?

Sous son scepticisme, je suspecte un véritable intérêt qui atténue mon malaise. Je lui expose brièvement mon projet, insufflant le plus de passion dans mes propos :

— Je suis une artiste. Je veux travailler sur une BD qui se passe dans la forêt, mais je n'y arrivais pas, à Paris. Alors j'ai pensé que pour dessiner la nature, les arbres, les animaux de la forêt… il fallait que je m'en rapproche le plus possible. Je suis venue pour me vouer entièrement à la création, sans aucune distraction !

Blanche me dévisage quelques secondes, un sourcil arqué.

— C'est une raison plutôt stupide, répond-elle alors que j'avale avidement une gorgée d'eau.

Je manque de m'étouffer devant la simplicité avec laquelle elle vient de me rembarrer.

— Enfin, pour ce que j'en ai à faire.

Et elle se relève lentement, mettant ainsi un terme prématuré à ce que j'espérais être une discussion posée, prémices d'une entente cordiale entre ma logeuse et moi. J'aurais dû me douter au vu de l'accueil auquel j'ai eu droit que ça n'allait pas être aussi simple.

— Tu veux perdre ton temps ici, et on veut me coller quelqu'un depuis une éternité. Tout concorde pour m'arracher à ma tranquillité.

Blanche pousse un profond soupir, le regard dans le vide, ses sourcils fins froncés à l'extrême sur ses petits yeux gris.

— Il y aura des règles à respecter, déclare-t-elle.

— Évidemment.

— Chaque semaine, tu iras au marché pour moi. Tu devras faire quelques autres courses, mais rien qui ne risque de trop encombrer ton… emploi du temps *chargé*.

Je ne relève pas l'ironie qui perce dans sa voix claire.

— Tu participeras aux tâches ménagères, et chacune fait sa propre vaisselle. Je suis sérieuse : si je vois une seule assiette sale dans mon lavabo, je te fiche dehors.

Elle appuie sur ces mots en se penchant vers moi. J'affiche une mine contrite pour lui faire plaisir.

— Je préparerai les repas pour deux, mais nous ne mangerons pas ensemble. Je te laisserai le plat avec les restes au frais. Je m'endors assez tard, vers minuit, mais passé cette heure, pas un bruit… Ne fais pas cette tête, qu'est-ce que tu t'imaginais, que je me couchais à dix-huit heures ? Je me lève à sept heures pile. J'essaierai de ne pas te réveiller avant sept heures et demie, mais ensuite, il faudra te faire au bruit. Est-ce que tout est clair ?

Je hoche la tête, l'impression d'être redevenue une enfant.

— Et ma chambre ?

Blanche me désigne le salon qu'on voit depuis la cuisine.

— Première porte à gauche, au fond du couloir. J'ai tout préparé. Tu auras la vue sur la forêt.

Un sourire rayonnant fend mes lèvres sans que je puisse m'en empêcher. Je n'ai jamais vu par ma fenêtre que d'autres fenêtres, par lesquelles mes voisins fumaient leur clope en contemplant les défilés de voitures sous leurs yeux. Ma logeuse remarque ma joie et s'adoucit un peu.

CHAPITRE 2

— On t'a déjà parlé de l'Atelier ?

Le ton de Blanche est si différent qu'il me semble faire face à une autre femme. Sans me laisser le temps de répondre, elle poursuit :

— Descends au village demain, et cherche l'Atelier. Je suis sûre que ça te plaira.

J'ai envie de lui demander plus d'informations à ce sujet, d'en profiter pour lui parler de la mise en garde étrange qu'on m'a faite à propos de la forêt, mais Blanche s'en va soudain au salon, prétextant un besoin urgent de dormir. Un coup d'œil à mon téléphone portable m'indique pourtant qu'il est à peine huit heures du soir. Ma logeuse apparaît dans l'entrebâillement de la porte, une pile de livres dans les mains, une fine paire de lunettes à monture violet pastel sur son petit nez rose.

— Si tu as le moindre souci, la moindre question…

Elle garde la bouche ouverte, pose un regard sur le premier livre de sa pile, celui dont dépasse un joli marque-page en cuir.

— Attends demain.

Et je suis persuadée d'entendre, alors qu'elle s'éloigne : « On va bientôt savoir qui est le meurtrier… »

Je reste immobile un instant, puis un petit rire s'échappe de mes lèvres.

Plus tard, quand j'ai fini d'avaler ce que je pouvais et de laver ma vaisselle, je retourne dans le salon et prête enfin attention à la demeure qui sera mon foyer pour les prochaines semaines.

La maison, sans étage, s'étale sur quelques pièces étriquées à la décoration vivante et colorée. L'entrée encombrée s'ouvre sur le salon, occupé presque uniquement par d'immenses bibliothèques remplies de centaines de livres de toutes les tailles, de toutes les couleurs. Sur chacun des meubles, un petit papier turquoise a été collé. Sinon, pas de télévision, uniquement une vieille radio à côté de laquelle trône une pile de CDs menaçant de s'effondrer à tout moment. Et des plantes, des plantes vertes partout – et en pleine forme ! De quoi rendre jaloux tous les hipsters de Paris. Une odeur gourmande embaume l'air. Sur l'étroite table qui borde le vieux canapé recouvert de plaids en laine aux couleurs criardes, un gâteau au chocolat repose sous une cloche de verre. Enrobé d'une croûte craquelée, le cœur coulant déborde légèrement là où une part a été prélevée. Mon regard s'y fixe, comme aimanté.

Il faut que j'en mange une part. Il. Le. Faut.

Mon attention est attirée par un bout de papier turquoise sur lequel est inscrit en rose pétant : *Tu peux.* Automatiquement, je me tourne vers les bibliothèques, déchiffre ce qui est inscrit sur les notes qui y sont collées : *Ça, tu peux pas. Ou alors demande avant.*

Je découvre un papier turquoise sur la pile de CDs – je peux, uniquement si j'ai d'aussi bons goûts musicaux qu'elle ; sur la fenêtre – je peux, mais pas la nuit quand la lumière est allumée, sauf si j'aime la compagnie des moustiques ; sur la cheminée dissimulée à moitié derrière une pile de vieux bouquins – je ne peux pas, sauf si je veux décéder étouffée…

De sa fine écriture un peu tremblante, Blanche a tagué tout son environnement pour m'en signaler les règles.

Je me sers une tranche de gâteau au chocolat que je dévore en quelques bouchées. Les papilles ravies, je guette d'autres papiers. Ma quête me mène dans un couloir aux murs recouverts de bouquets de fleurs pendus tête en bas, puis à ma chambre. Elle est aussi exiguë que dans mon ancienne colocation à Paris, mais je l'aime tout de suite : le papier peint à fleurs bleues, l'étroit bureau en bois sombre aux courbes élégantes, la minuscule salle de bains privative qui sent bon la lavande, le gros coussin cousu à la main en forme de croissant de lune… Mon sourire s'élargit à mesure que je découvre chaque détail de ce nouveau décor de mon existence. Ma chambre. Mon royaume.

Là encore, il y a plein d'instructions. Je me lasse vite de les lire : mon regard se porte sur la fenêtre, juste au-dessus de mon petit lit. À genoux sur les draps fleuris un peu rêches, je l'ouvre dans un crissement. Frissonnant dans la fraîcheur nocturne, j'embrasse la nuit du regard.

D'abord, faiblement éclairé par la lumière de ma chambre, il y a le potager de Blanche, où pour l'instant pas grand-chose n'a l'air de pousser. J'imagine qu'il est trop tôt dans l'année. Ensuite, je discerne vaguement un chemin de terre menant à une prairie.

Et puis, se détachant du ciel étoilé, l'immense silhouette noire de la forêt. La nuit, ici, n'est pas comme à Paris. Il n'y a pas assez de lumière artificielle pour la percer, si bien qu'il m'est impossible d'en voir davantage. Mais je les devine, les centaines d'arbres qui se dressent devant moi dans l'obscurité infinie, comme jaillis brusquement de la terre. Je contemple leur ombre vertigineuse, une sensation brûlante dans l'estomac.

Pourquoi donc devrais-je ne pas y aller ? Demain, j'en parlerai avec Blanche. Je suis sûre qu'elle me rassurera à ce sujet.

CHAPITRE 3

Le lendemain matin, Blanche n'a pas plus envie de répondre à mes questions que la veille. Cette fois, ce n'est pas la lecture d'un passionnant roman policier qui l'en empêche, mais « le semis des tomates, Cléa, c'est une étape importante de mon année potagère ! ». Au temps pour moi.

Je suis franchement impressionnée par son énergie matinale : à sept heures et demie pile, comme promis, j'ai été réveillée par le doux chant d'un batteur électrique provenant de la cuisine. Je ne vais pas m'en plaindre : quand j'ai émergé du lit, un gâteau était en train de cuire dans le four. À l'odeur, j'ai deviné un cake au yaourt, et cette simple pensée m'a mise en joie.

Désormais, Blanche est accroupie dans son potager, visiblement déterminée à rentabiliser chaque centième de seconde de sa journée. Quand j'essaie de lui proposer mon aide, elle refuse d'un regard glacé.

— Va donc à cet Atelier dont je t'ai parlé ! Je te dis que ça va te plaire !

Je crois surtout qu'elle veut se débarrasser de moi.

Me voilà donc, mon gros bonnet rouge enfoncé sur le crâne, mes affaires de peinture sous le bras, descendant le chemin menant au village. Je ne suis pas aussi fatiguée que je le craignais. Au contraire, ma motivation est débordante comme la veille. La mauvaise humeur de Blanche Blanchet n'y changera rien.

— Tu étais sérieuse, m'a-t-elle dit quand elle est entrée dans le salon, m'y découvrant en train de rassembler mes pinceaux et mon aquarelle dans un sac à dos en toile bleue.

Tout en essuyant ses mains pleines de terre sur son tablier à fleurs fuchsia, elle a désigné mon matériel.

— Je me suis demandé si tu ne te fichais pas un peu de moi. Mais tu es vraiment là pour peindre des animaux.

J'ai répondu avec tout l'enthousiasme qui me caractérise, mais force est de constater qu'il n'a jamais été très contagieux.

En vérité, je souhaite faire plus que peindre des animaux, mais j'ai compris que c'était peine perdue de l'expliquer. À l'époque, je m'étendais sur mes projets en long et en large, jusqu'à ce que plus personne ne m'écoute. J'ignore si les gens n'ont aucune patience, ou si c'est moi qui suis lourde.

Bon, j'ai un léger soupçon sur la question, c'est vrai. Mais il est parfois plus agréable de vivre dans le déni.

Après une éternité à marcher – du moins, c'est ce dont mes petites jambes et mon nez gelé ont l'impression –, j'arrive enfin au village. Et c'est là que la réalité me rattrape : je n'ai aucune fichue idée de ce à quoi ressemble l'Atelier, ni d'où le trouver. Et ce n'est pas Internet qui va m'aider à ce sujet – je n'arrive même pas à ouvrir la page de recherche. Quant à la localisation de mon téléphone, elle estime avec une précision toute relative que je me trouve actuellement au fin fond de la forêt.

Un vieil homme me dépasse, je l'interpelle :

— Excusez-moi. Est-ce que vous savez où…

Il bifurque à un croisement et disparaît de ma vue.

Bon, eh bien voilà qui ne me change pas trop de mon ancienne vie.

De petite rue en petite rue, je débouche sur une place où flotte une odeur alléchante de pain chaud. La poste et la boulangerie, toutes deux couvertes de lierre, bordent la place fleurie d'anémones, au milieu de laquelle une étrange fontaine se dresse. Étrange, mais magnifique.

Au-dessus d'un bassin d'eau turquoise, une femme en pierre tend ses bras vers le ciel, sa silhouette agenouillée couverte de fleurs, ses mains s'achevant en deux immenses pivoines. Presque malgré moi, mon corps s'avance vers elle, mais une femme replète aux cheveux noirs et lisses striés de gris surgit devant moi. Malgré l'air surpris sur son visage rond à la peau mordorée, elle n'affiche nulle hostilité. Ce qui est une amélioration plutôt bienvenue.

— Vous cherchez l'Atelier ?

Je la dévisage, étonnée. Comment a-t-elle deviné ? Serait-ce mon âme d'artiste qui est si puissante qu'elle en est perceptible par le commun des mortels ?

— Vous avez l'air perdue, et un pinceau dépasse de votre sac à dos, alors je me suis dit…

Mon ego a pris une petite claque plutôt nécessaire. La femme m'indique gentiment l'Atelier.

— C'est un chouette endroit, vous verrez. Mon fils y allait tout le temps quand il était pe…

Elle s'interrompt, son regard attiré par quelque chose plus loin. Ses sourcils se froncent sur ses yeux noirs.

— Vathana, je t'ai dit de ne pas porter ça tout seul !

Avant que j'aie pu la remercier, elle s'élance pour rejoindre un homme trapu au visage à moitié recouvert d'une barbe noire. Il grimace en avisant les carottes à ses pieds, hors de la caisse qui gît à côté. J'esquisse un pas vers eux pour les aider, mais la femme se retourne et me fait signe d'y aller en souriant.

Les rues deviennent plus étroites à mesure que je grimpe jusqu'à ma destination, m'accordant des pauses entre les trop nombreux escaliers pour soulager mes cuisses malmenées. Enfin, alors que la fraîcheur des matins de mars commençait à rougir mes doigts, l'Atelier se dresse devant moi. On dirait une vieille ferme réhabilitée plus qu'un véritable atelier, pourtant mon cœur tressaute impatiemment dans ma poitrine.

En lettres rouges, l'enseigne de l'Atelier trône au-dessus d'une vieille porte en bois sur laquelle on a peint toute sorte d'animaux bigarrés. Sur les murs qui entourent l'entrée, une fresque un peu délavée dépeint une vision enfantine d'Ombelle. Je suis du regard l'œuvre des petits peintres, un peu attendrie. À l'extrémité gauche de la fresque, la forêt apparaît, étonnamment sombre et menaçante. Des chauves-souris s'en échappent – ou des oiseaux… peut-être des poissons ? Et, au-dessus de la forêt, auréolée d'éclats blancs et jaunes, une silhouette fantomatique vole, entourée des chauves-souris-oiseaux-poissons. Elle porte une robe pâle comme la lune, et ses cheveux argentés dansent autour de son visage percé de deux grands yeux blancs qui m'aspirent et me glacent le sang à la fois.

CHAPITRE 3

J'ignore pourquoi ce dessin me happe autant. J'aimerais dire que c'est dû à sa réalisation... mais son créateur devait avoir huit ans. Neuf, tout au plus. En tout cas, les habitants de ce village ont un sérieux problème avec leur forêt. C'est sur cette pensée que je pénètre enfin dans l'Atelier.

Je souris, accueillie par les odeurs familières qui embaument l'air : peinture acrylique, savon pour pinceaux, térébenthine[1]... Les murs du vestibule qui sert d'entrée sont recouverts de dessins plus ou moins aboutis et de photos d'enfants souriant. Sur la porte que je referme derrière moi, des lettres de tailles variées découpées dans des cartons colorés clament fièrement :

Ici, pas de comparaison, pas de jugement.
Ici, tout le monde est un artiste !

Mon sourire prend un pli amer. J'en connais qui auraient eu besoin de lire ça, dans mon ancienne école.

Une seule veste est accrochée à l'un des portemanteaux peints en variations de bleu. Je souffle sur mes mains pour les réchauffer et, sans plus attendre, passe la porte menant à la salle principale de l'Atelier. Nimbée de la lumière qui traverse ses trois larges fenêtres, elle s'étale sur la quasi-totalité de la surface de la vieille ferme. Ses murs blancs sont recouverts de gerbes de peintures éclatantes. J'ai l'impression de me trouver au milieu d'un feu d'artifice éternel. Des tréteaux et des planches en bois d'une jeunesse relative sont empilés à côté de plusieurs

---

1. Toxique et très odorante, l'essence de térébenthine est utilisée pour diluer la peinture à l'huile qui, contrairement à l'aquarelle ou à l'acrylique par exemple, ne se dilue pas à l'eau.

piles de tabourets hauts. D'immenses armoires couvrent la paroi séparant l'atelier du vestibule. L'une d'entre elles, ouverte, regorge de pots et de tubes de peintures de toutes les couleurs, et je ne peux m'empêcher d'en ressentir une excitation d'enfant.

Enfin, entre deux fenêtres ouvertes pour laisser s'échapper l'odeur de peinture, une immense feuille de papier est tendue. Devant elle, plusieurs pinceaux propres à la main, une jeune fille au corps longiligne se tient, des pots d'acrylique à ses pieds sur le sol recouvert de kraft.

Une intuition me traverse. Je suis presque sûre de savoir de qui il s'agit.

— Salut ?

Elle fait volte-face d'un geste vif, mais doux. Comment peut-on être vif et doux, ça, c'est une bonne question. Quoi qu'il en soit, mon instinct avait vu juste : à l'air affolé qui apparaît furtivement sur son visage, je reconnais la fille de la voiture.

— Alice, c'est ça ?

J'ignore pourquoi, mais c'est indéniable désormais : je lui fais peur. Est-ce que je suis la première inconnue qu'elle voit ? Non, pire encore, la première *Parisienne.*

Je veux bien que le village soit isolé, mais tout de même.

Alice s'est reprise. Délicatement, elle dénoue son joli tablier rose pastel, dévoilant un chemisier aux motifs mignons – des petits chats ? – rentré dans une longue jupe dans les tons or, le tout recouvert d'un cardigan en laine piqué d'une broche représentant deux sortes de branches symétriques. Le vernis bleu de ses ongles est couvert de taches d'acrylique. Des îlots roses s'étendent sur sa peau diaphane au niveau de ses joues et de son nez un peu long, là où les fines cicatrices de sa peau d'adolescente demeurent encore. Un trait doré souligne ses yeux verts, sous ses lunettes rondes à fine monture d'un or rosé. Le soleil réchauffe le brun de ses cheveux coupés très court, presque ras au niveau de sa nuque.

Il y a chez elle une harmonie difficile à ne pas contempler. Aussi, je me retrouve, immobile, à la fixer bêtement.

Quelque chose en moi semble résonner. Quelque chose qui me secoue violemment, mais que je suis incapable d'identifier. Une impression. Une intuition. Une crainte ? Comme si elle comprenait avant moi quelque chose de terrible, Alice blêmit. Elle n'a toujours pas dit un mot.

Je déteste cette sensation : j'ai l'impression qu'une odeur me chatouille les narines, sans que je puisse deviner d'où elle provient, ni l'identifier. Ce n'est pas la première fois que ça m'arrive.

Alice pousse un soupir qui me semble terriblement triste. Le claquement de ses talons résonne sur le sol et, sans un mot, elle quitte l'Atelier et me laisse là.

CHAPITRE 4

Désormais seule dans l'Atelier, j'émerge du brouillard qui, je m'en rends compte, m'enveloppait jusque-là.

Bon sang, mais qu'est-ce que cette fille a donc à me reprocher ?

Mue par un irrépressible besoin d'explications, je m'élance à sa poursuite, un peu tard. La veste a disparu, et Alice avec. J'hésite à la suivre à l'extérieur, mais la situation me paraît trop ridicule : je m'imagine, courant après cette pauvre fille qui s'enfuit à toutes jambes, la suppliant de s'arrêter, attirant l'attention de tous les habitants du village au passage. Et le lendemain, en première page du petit quotidien de la région :

Une citadine harcèle une malheureuse Ombelloise :
le manque de savoir-vivre des Parisiens,
prouvé une fois de plus !

Qu'elle m'évite, si elle le souhaite tant. Je ne suis pas venue ici pour me faire des amis. De toute façon, je n'ai jamais été très douée pour ça.

Mon regard se porte sur les photos d'enfants qui couvrent les murs du vestibule. Les couleurs éclatantes des plus récentes contrastent avec la monochromie des plus anciennes. C'est toute l'histoire de ce fameux Atelier qui s'étale devant mes yeux et, à la vue de ces petits garçons et de ces petites filles qui sourient au photographe, le visage taché de peinture, une étrange mélancolie s'empare de moi.

Je m'écarte du mur, l'estomac noué. Je retourne dans la salle principale pour me planter devant la feuille vierge abandonnée par Alice. Il y a quelques crayons qui traînent au sol. Un sourire étire mes lèvres.

Très belle œuvre ! j'écris en bas de la feuille, assez légèrement pour que ce soit gommable sans abîmer le papier.

J'ignore si mon message la fera sourire, ou si elle décidera de brûler la feuille de papier qui a été touchée par le démon que je suis. Mais j'aime imaginer que si je reviens ici le lendemain, la feuille sera toujours là, avec sa réponse inscrite en dessous.

J'ai beau prétendre en mon for intérieur que sa sympathie m'est égale, la vérité, c'est que cette fille m'intéresse. Peut-être parce qu'elle dégage quelque chose de mystique. Peut-être parce que mon esprit de contradiction fait des siennes. Sûrement un peu des deux.

Quand je veux me rapprocher d'une personne, je mets tout en œuvre pour y parvenir. Et bien souvent, j'y parviens. Ce qui me pose davantage de soucis, c'est me faire des amis, des vrais. Des gens avec qui je peux tout partager, avec qui je peux être entièrement moi-même.

CHAPITRE 4

J'ignore si le problème vient des autres ou de moi, mais je ne me souviens pas avoir eu un seul vrai ami. Je peine même à me souvenir du nom et du visage de certains, comme s'ils n'avaient, finalement, eu aucune réelle importance dans ma vie. C'est cette espèce de vide qui a permis que je quitte aussi facilement Paris.

Une part de moi me souffle que ce n'est pas normal. Que je devrais être peinée, avoir envie de donner des nouvelles aux personnes que je voyais régulièrement là-bas. Je n'ai peut-être pas de cœur.

En repassant dans le vestibule, je prête pour la première fois attention à l'affiche qui trône au-dessus des photos. J'étais tant obnubilée par les sourires des gamins que je ne l'avais pas remarquée. Elle stipule les règles de l'Atelier.

Je découvre avec joie qu'il est libre d'utilisation par quiconque souhaite y exercer n'importe quelle forme d'art, à condition de tout ranger après son passage – ce qui signifie qu'Alice va forcément revenir. Le matériel dans les armoires est réservé pour les cours et ateliers. Le reste est à disposition de chacun. L'Atelier est ouvert tout le temps, même la nuit. Je m'étonne de cette dernière information : jamais une chose pareille ne serait possible ailleurs. Les armoires ne sont pas cadenassées, et je devine qu'il y en a pour des centaines d'euros de matériel là-dedans.

Cette découverte m'a ragaillardie. Si ma chambre me semble trop étriquée, je pourrai toujours venir peindre ici sans craindre de tacher le petit bureau de Blanche. Je décide toutefois de m'en tenir là pour aujourd'hui, pas franchement emballée à l'idée d'être confrontée à une

Alice fuyante deux fois en si peu de temps.

Tout en empruntant le circuit du retour, je me demande ce qu'une fille de son âge fait, en pleine semaine, avant midi, dans cet Atelier. Ne suit-elle pas d'études ?

Elle est comme moi, murmure une petite voix dans mon cœur. Est-ce que, comme moi, elle n'a pas réussi à trouver sa place, à prendre son envol ? Est-ce que, comme moi, elle a la sensation d'être dans un entre-deux, lâchée dans le vide ? Comment choisir, aussi vite, aussi tôt, ce qu'on devra faire pour le reste de nos vies ?

Ou alors, elle travaille déjà et c'est juste son jour de congé. Cette pensée stoppe net mon élan mélodramatique.

Je passe devant une école primaire d'où jaillit un petit troupeau d'enfants survoltés. La cloche qui retentit indique l'heure de la pause matinale. L'école est une ancienne ferme, elle aussi, refaite à neuf et plutôt jolie.

Je ralentis l'allure, presque sans m'en rendre compte. Les enfants m'ont toujours attendrie. Il y a dans leur innocence comme un écho de mon propre passé, quelque chose que j'ai perdu.

— Hé ! On se calme ! Pas de bagarre !

La voix est grave, trop pour appartenir à un élève. Au milieu des gamins, un colosse aux cheveux noirs rasés sur les côtés se fraie un passage en direction de deux enfants qui se roulent à terre. Il les sépare sans aucune difficulté, puis leur demande d'une voix calme de lui expliquer ce qu'il se passe. Je le considère, fascinée par sa maîtrise de la situation. Les enfants doivent l'adorer, car ils sont tous penauds face à lui et s'excusent aussitôt, mais une fois l'altercation réglée, tous l'entourent déjà pour lui demander s'il veut jouer au foot. Il laisse poindre l'ébauche d'un sourire sur ses lèvres d'un rouge sombre, véritable montagne au milieu d'une mer de petits corps déchaînés.

Comme s'il sentait mon regard sur lui, le jeune homme lève des yeux noirs sur moi. Les traits de son visage carré – le nez rond, les pommettes hautes, la ligne droite du front – me rappellent ceux de la gentille femme qui m'a montré où se trouvait l'Atelier. Mais il est loin d'afficher la même attitude bienveillante : ses épais sourcils se froncent, son sourire s'évanouit et, brusquement, il se met à marcher dans ma direction d'un pas vif.

Figée sur place, je fixe le colosse qui s'avance vers moi l'air de plus en plus déterminé, comme s'il venait de se voir confirmer quelque chose d'essentiel. Il accélère le pas et, à la vue des larges biceps contractés visibles sous son pull trop serré, je commence à me demander si je ne devrais pas m'enfuir aussi vite qu'Alice le ferait si elle se trouvait à nouveau face à moi.

— C'est donc vrai.

Il se plante devant moi, m'obligeant à lever la tête pour le considérer. Sous ses cheveux noirs en bataille, son regard s'est fait menaçant.

— Qu'est-ce que tu fous ici ?

— Je ne fais que regarder, je…

Il émane de lui une aura si agressive que je me demande comment il peut s'agir du même jeune homme qui, juste avant, réglait le conflit de deux enfants avec diplomatie.

— Tu t'approches pas d'eux, compris ? gronde-t-il.

— D'eux ? je répète bêtement. Des enfants ? Tu as peur que je les mange ou… ?

— D'eux, et des autres. Tu…

Il se retourne pour jeter un œil aux petits derrière lui qui nous observent en chuchotant. J'entends l'un d'eux ricaner : « Dan, il a une copine ! »

La mâchoire de ce cher Dan se resserre à ces mots, et il rive sur moi un regard si dédaigneux que même un enfant de cinq ans comprendrait son erreur. Je sens qu'il s'apprête à ajouter quelque chose, mais la main d'une petite fille rousse s'empare de la sienne. Le visage de Dan s'adoucit considérablement lorsqu'il le baisse vers elle. Il a soudain l'air bien plus jeune, malgré sa barbe naissante. Lui aussi, comme Alice et moi, est entre deux âges, entre adolescence et vie adulte.

— Dan, j'ai mal au ventre. Tu peux m'emmener voir la maîtresse ?

Dan puise visiblement dans ses ressources pour adopter un ton posé :

— Bien sûr. Viens avec moi.

Il s'éloigne avec elle, non sans m'adresser un dernier coup d'œil noir. Je reprends mon souffle, m'apercevant que je respirais à peine depuis tout ce temps. Un petit groupe d'enfants s'approche de moi pour me demander si je suis bien la chérie de leur Dan, mais la voix de ce dernier les rappelle à l'ordre, et ils retournent dans la cour en pouffant.

Le cœur battant, je m'assure de mettre le plus de distance possible, le plus rapidement qui soit, entre le fou furieux qui sert de surveillant à l'école primaire d'Ombelle et moi.

CHAPITRE 4

— Cesse donc de te plaindre et va faire la vaisselle ! me répond plus tard Blanche, après que j'ai raconté ce qui s'est produit ce matin.

Apparemment, la fuite d'Alice et les menaces de ce Dan sont tout à fait hilarantes. Sans prendre la peine de masquer son sourire, elle me désigne le lavabo. Tout en y apportant la vaisselle du repas que je viens de dévorer – Blanche a préparé un poulet beaucoup trop épicé, et je commence à m'interroger sur sa perception du dosage des condiments –, je profite de l'avoir à disposition pour la questionner :

— Il s'est passé quelque chose d'étrange aussi, hier. La mère d'Alice m'a amenée chez vous et, pendant le trajet, elle m'a recommandé…, disons plutôt *ordonné*, de ne pas aller dans la forêt. Comme quoi, ce serait une sorte de règle tacite dans votre village.

— Et ? répond Blanche, tout sourire envolé. Qu'est-ce que ça peut bien te faire ?

Elle est restée avec moi le temps de nettoyer sa propre vaisselle, mais je semble déjà l'incommoder. Je note, dans le carnet que je garde dans un coin de ma tête, que la patience de mon hôtesse est limitée.

— Eh bien, je suis venue pour ça. Pour la nature. Pour la forêt. Je veux voir des animaux dans leur habitat.

À ma grande surprise, il semble que j'ai soudain capté son attention.

— Pour ton truc là, tes dessins ?

— Ma bande dessinée.

— Oui, qu'importe. Tu veux aller dans la forêt pour la faire ?

Le ton de Blanche sonne sincèrement curieux, même si elle n'a pas l'air convaincue.

— Pas pour faire la BD, non... mais des croquis. Dessiner les animaux dans leur environnement naturel, saisir leur véritable...

— Dans la forêt, donc.

— Oui !

Je me sens ragaillardie par son intérêt.

— Mon professeur de dessin préféré nous expliquait que recopier des images, c'était accessible à tout le monde. On ne dessine jamais aussi bien que lorsqu'on est face à un sujet réel. Pour lui, seul le vivant compte, seul...

Blanche m'interrompt dans ma tirade passionnée d'un geste agacé de la main. Je me suis encore laissé emporter.

— Tu ne t'es pas du tout renseignée avant de venir ici, hein ?

Je la dévisage, désarçonnée.

— Bien sûr que si... Pourquoi, il y a quelque chose que j'ignore ?

Le regard de Blanche Blanchet brille à ces mots, comme si mes paroles prenaient à ses oreilles un sens dont l'ironie m'échappe.

— La bêtise humaine... se contente-t-elle de répondre sous mes yeux écarquillés.

— Vous... vous parlez de *ma* bêtise ?

Voyant que j'ai abandonné la vaisselle dans le lavabo, Blanche m'adresse un signe de tête impatient, et je consens à m'y mettre. Par-dessus l'écoulement de l'eau, je perçois ses paroles :

— Je parle de celle des villageois. De leurs préjugés, leurs vieilles légendes absurdes, et leurs peurs d'enfant.

CHAPITRE 4

Je me retourne pour poser une nouvelle question, mais Blanche a disparu, m'abandonnant à ma tâche et à mes interrogations.

Aux échos qui me parviennent ensuite de l'extérieur, je devine qu'elle est retournée à son jardin. Autant la laisser tranquille. Et puis, je suis venue ici pour créer, il est temps de m'y mettre. Je range la vaisselle propre et rejoins ma chambre où j'installe enfin mon matériel. Le bureau de Blanche n'est pas très pratique et j'ai peur de le tacher, mais ça fera l'affaire pour cette fois.

Dès lors commence mon petit rituel : sortir et classer mes pinceaux, remplir plusieurs verres d'eau, tendre une feuille sur une planche en bois, disposer ma palette d'aquarelle aux couleurs vibrantes autour de moi… J'ai toujours aimé ce moment précédant l'acte de créer. Cet instant où la feuille est encore vierge, où tout est possible.

Je trempe mon pinceau préféré – un Raphaël à pointe ronde, parfait pour le lavis[1] – dans l'eau, puis dans une aquarelle orangée. Et ma main s'élance, courageuse, intrépide même, et trace les premières courbes d'un renard.

Ce que j'aime dans l'aquarelle, au-delà de sa fluidité et de sa transparence, c'est l'infinité de possibilités et d'imprévus qu'elle offre. Il ne s'agit pas seulement de peindre, il s'agit de jouer avec l'eau, de laisser les pigments courir là où ils le désirent parfois. Il ne faut pas trop repasser au même endroit, car on abîme alors le papier. Et il vaut mieux ne pas trop l'imbiber d'eau, au risque qu'il finisse par gondoler. Combien de grognements de frustration ai-je poussés devant la courbe rebelle d'une feuille ou l'effilochement de sa surface, malmenée par mes assauts répétés !

---

1. Le lavis est une technique de peinture où le pigment est très dilué, ce qui permet de réaliser des couches en transparence.

De la douceur, de la légèreté, de la maîtrise pour faire croire à de la chance. Mais, pour moi du moins, l'acte demeure un véritable combat contre l'eau et la couleur, un casse-tête dont, si je ressors victorieuse, ne transparaîtra aucune séquelle. « On doit avoir l'impression que ça a été un jeu d'enfant pour vous ! »

Je n'ai pas beaucoup aimé les cours d'art, je l'admets. Et mon parcours scolaire n'a pas été d'un grand repos… Mais ce professeur, c'était un génie. Il est le seul qui est parvenu, avec sa sévérité teintée d'humour et la justesse de ses paroles, à me montrer la voie à suivre. Il est aussi le seul souvenir positif que je garde du corps enseignant de mon ancienne école.

Je suis ses conseils et laisse ma main flotter au-dessus du papier. Fluide, mon mouvement doit être fluide. Étudié, mais dénué de tension.

Les couleurs s'additionnent pour en créer de nouvelles, les pigments s'éparpillent dans l'eau, grimpent le long d'une traînée aqueuse pour se mêler à d'autres : terre de Sienne, ocre jaune, cyan, vert sapin et, sous mes yeux, une chouette s'envole au-dessus d'un renard roulé en boule, couronné de bois de cerf qu'un lièvre gravit. Il n'y a aucune logique dans ce que je peins, ce sont des croquis, des tentatives de trouver la bonne forme, le bon trait, la bonne couleur pour ces créatures qui m'échappent depuis des années.

« Essaie de dessiner autre chose ! » m'intimait la professeure de modèle vivant. « Dessine plus de gens, tu as besoin de progresser dans ce domaine en particulier ! »

« En particulier », car il y avait quantité de domaines où je devais progresser.

CHAPITRE 4

Ma feuille est remplie d'animaux colorés. J'en tends une nouvelle et recommence.

Sous mes yeux, l'aile d'un aigle se déploie. Et dans ma tête, comme venues me tourmenter, les paroles de mes enseignants se rappellent à moi.

« Manque de technique. Manque de finesse. D'idées. De volonté. De travail. »

Je n'étais pas à la hauteur.

Je ne le suis toujours pas, n'est-ce pas ?

Et je continue, feuille après feuille, à essayer de donner vie à des êtres d'aquarelle, le cœur battant au souvenir de mes échecs passés.

Les mauvaises notes, le classement, les commentaires désobligeants, le désarroi des enseignants, la pitié de certains camarades…

Mes résultats au passage en deuxième année.

« Vous avez eu la chance d'étudier une année dans notre école, c'est déjà bien ! »

Encore maintenant, je n'arrive pas à être ulcérée de ces paroles maladroites. Une fille qui se disait mon amie a posé la main sur mon épaule, le regard embué de larmes.

« Je suis désolée, Cléa, c'est injuste. »

Elle mentait. Je n'avais pas le niveau, pas du tout.

Déjà au collège, puis au lycée, je peinais à avoir la moyenne. Tous ces mots, tous ces chiffres, parfois, ça me semblait insurmontable. Les images, en revanche, ça, c'était un langage qui me parlait. Quand j'ai arraché mon bac de justesse, je me suis promis que dans l'école d'art où j'avais été acceptée pour ma plus grande joie, ce ne serait pas pareil. J'étais une artiste. Là-bas, je serais à ma place, et je pourrais enfin briller.

Belle illusion…

Mais ça n'a plus aucune importance. Aucune école ne pouvait combler le vide qui grandissait dans ma poitrine. Car, au plus profond de moi, la certitude a grandi, trop lentement peut-être, jusqu'à ce que je comprenne ce qui me manquait.

Je suis au bon endroit. Là où l'inspiration viendra enfin. Là où je saurai raconter l'histoire dont je tiens le début, mais non la fin. Celle dont je connais la mélodie, mais ni les paroles, ni le rythme, ni le sens.

Et, tandis que je me répète cela, tandis que la pièce s'obscurcit, mon regard redevenu critique se pose sur ce que je suis en train de peindre. Je me relève lentement et considère la demi-douzaine de feuilles recouvertes d'animaux.

Dur rappel à la réalité.

« Tu as déjà envisagé… de faire autre chose que de l'art ? »

Qui m'avait demandé ça, déjà ? Ça n'a pas d'importance, au fond.

— C'est mauvais, je souffle, amère.

Je reste quelques secondes à contempler mon œuvre.

C'est pire que mauvais. Mes créatures d'aquarelle sont mal construites, ternes, sans vie.

Mais je refuse de me laisser abattre. Il faudra plus qu'une après-midi de peinture pour progresser. Qu'est-ce que j'espérais ? Que la simple vue d'une forêt me conférerait le talent des plus grands aquarellistes ? Mon professeur de peinture insistait toujours sur l'importance de la persévérance.

Je serai persévérante et positive.

CHAPITRE 4

Cette nuit-là, je rêve d'animaux d'encre qui s'échappent de ma feuille de papier pour prendre vie, lorsqu'un flash lumineux me réveille brusquement. Je me redresse sur le lit, clignant des yeux.

Une lumière argentée perce l'obscurité de ma chambre, passant à travers la dentelle de mes rideaux. Je tends une main devant moi, jouant avec les faisceaux d'argent qui projettent des motifs floraux sur ma peau. La lueur est trop brillante, trop belle pour que ce soit réel. Lentement, comme hypnotisée, je me tourne vers la fenêtre. Je redoute et j'espère à la fois découvrir la source de cette lumière fantastique.

Mais je recligne des yeux et, soudain, tout n'est à nouveau plus qu'obscurité.

CHAPITRE 5

C'est en bâillant que j'arpente le minuscule marché d'Ombelle. Depuis mon arrivée chez Blanche il y a cinq jours, impossible de dormir sans interruption. Autour de deux heures du matin, immanquablement, quelque chose me pousse à ouvrir les yeux pour scruter l'obscurité, comme dans l'espoir que mon hallucination - mon rêve ? - de la deuxième nuit se répète.

— C'est l'excitation des premiers jours. Tu retrouveras vite un sommeil normal, m'a simplement répondu Blanche quand je lui en ai parlé pendant mon petit-déjeuner, l'air de vouloir se débarrasser rapidement de moi pour pouvoir retourner à sa recette de cookies.

C'est peut-être aussi dans ce but qu'elle m'a envoyée en quête de provisions, avec une liste de courses rédigée dans une écriture si minuscule que je dois plisser les yeux pour la déchiffrer. Je me suis exécutée de bonne grâce, plutôt enthousiaste à l'idée de voir un peu d'animation.

De l'animation, il y en a, avec les enfants qui interpellent leurs parents pour qu'ils achètent un poulet rôti à l'odeur alléchante, les marchands qui haranguent les villageois, les clients qui marchandent sans vergogne le prix d'une tomme de fromage… En quelques minutes, j'ai fait le tour du marché. On est dimanche, une grande partie du village devrait se trouver là, mais il n'y a pas plus de cent personnes. Je considère les jolies maisons autour de moi, me demandant soudain combien de gens vivent là, en tout. Je demanderai à Blanche, ce sera l'une de mes rares questions du jour.

J'ai vite compris que cela marcherait ainsi avec ma logeuse : Blanche m'accorde un court temps durant lequel elle peut se montrer presque agréable. Une fois ce délai écoulé, elle retourne à sa solitude. Je n'ai pas envie d'empiéter sur sa tranquillité, et elle respecte totalement la mienne. C'était un peu bizarre au départ, mais je commence à m'y faire.

Je soupèse les poireaux d'un marchand, me demandant ce que Blanche entend par « beaucoup de poireaux », lorsque le volettement d'une jupe longue sur ma droite attire mon attention. Mais ce n'est pas *elle*.

Je n'ai pas revu Alice. Ni sa feuille de papier vierge. Je me suis rendue deux fois à l'Atelier et l'ai trouvé désert. J'ai pu y peindre à ma guise sans être dérangée, un vrai bonheur. Mais, au fond, j'espérais la revoir. Hormis elle et le fou furieux de l'autre jour, je n'ai pas encore vu de jeunes de mon âge. Il n'y a que des enfants et des adolescents encore au collège ou au lycée, et ça n'a rien de surprenant : qui resterait ici une fois le bac en poche ?

J'ai fini par comprendre que tout le monde se demande ce que je fiche ici. Qu'une fille de mon âge décide de venir vivre dans un lieu aussi perdu dépasse leur entendement, et intrigue ceux que ça n'agace pas. Les gens ne sont pas forcément désagréables, mais ils ne s'ouvrent pas comme des tournesols au soleil quand j'apparais pour autant.

— Je vais prendre ça, dis-je distraitement au marchand, en qui je reconnais le monsieur aux carottes renversées.

Il ne semble pas m'entendre, obnubilé par les babillages d'une vieille dame à mes côtés. Je m'apprête à insister poliment quand une main s'empare de mes deux poireaux – et c'est ce moment que je choisis pour me rendre compte que deux, ce n'est pas « beaucoup ».

— Attendez, je vais en rajou…

Je m'interromps, prenant conscience, au même instant où il semble comprendre qui je suis, de la personne qui va m'encaisser. Pétrifié, Dan serre mes poireaux avec tant de force que je me demande s'ils ne vont pas éclater entre ses doigts – ce qui serait franchement impressionnant.

— En rajouter deux, trois… ou sept, je conclus.

— Je te sers pas, décrète-t-il en reposant les poireaux.

— Sérieux ?

Il m'ignore royalement, se dirigeant vers un autre client. Toute à ma stupeur, je faillis ne pas remarquer la jeunesse de celui qui lui tend des carottes – les rescapées de l'autre jour, peut-être. Malgré sa haute taille et les cernes violacés sous ses grands yeux aux paupières légèrement tombantes, il a un visage presque enfantin. Sans savoir pourquoi, je me sens attirée vers lui. La perspective de rencontrer quelqu'un de mon âge qui ne fuirait pas ou ne se montrerait pas ignoble à mon égard, sans doute.

Je profite de ce que Dan soit occupé à peser les carottes un peu plus loin pour m'approcher de lui :

— Je ne m'attendais pas à voir autant de jeunes ici !

C'est une entrée en matière d'une nullité affligeante. Enfin, c'est mieux que rien. Il tourne vers moi son long nez droit piqué de quelques taches de rousseur, et je dois lever la tête pour soutenir son regard d'un gris froid. Il y brille quelque chose d'insaisissable, comme s'il savait des choses que le reste du monde ignore. Je comprends, un peu tard, qu'il s'agit sans doute d'arrogance.

Il ne répond pas. Ne sourit pas. Il se contente de me dévisager, un air indifférent sur son visage aux traits particulièrement fins. Ses cheveux aussi blancs que la lumière mystique de mon rêve tranchent avec la tenue intégralement noire qui enveloppe son corps. Son style n'aurait pas dénoté dans mon école d'art, mais ici, il a l'air un peu à part. Comme Alice, il a une forme de prestance qui me fascine un peu. Je lui souris.

Alors, comme s'il avait fait le tour de ma question, le jeune homme se détourne de moi et commence à parler à Dan, revenu en face de lui. Il a la voix un peu éraillée, le ton dénué de chaleur.

Je viens de me faire rejeter pour la troisième fois. Un peu humiliée et bêtement triste, je renonce à insister et retourne auprès du marchand, enfin libre. Le père de Dan, je devine. J'ai presque envie de le serrer dans mes bras quand il me sourit en prenant ma commande.

— Ma femme m'a parlé de toi ! Alors, tu te plais à Ombelle ? Oh, tu aimes les poires ? J'en ai des excellentes, tiens, cadeau de bienvenue !

Tel père tel fils, mon œil.

Une fois mes achats effectués, je lance un dernier regard aux deux garçons, pour les découvrir en train de parler en me dévisageant. Je me fige, indignée. C'est quoi, leur problème ? Dan continue à me fixer sans honte, mais son client aux cheveux blancs se détourne, ses oreilles rosissant légèrement.

— Jude ! gronde une voix de femme.

Une perche d'une cinquantaine d'années rejoint l'adolescent en noir et se saisit de son bras avec une surprenante violence. Vêtue d'un tailleur cintré rose pâle, ses cheveux roux serrés sévèrement sur son crâne, elle a le même regard gris, les mêmes taches de rousseur que mon nouveau meilleur ami.

— On a fini, c'est bon, tonne-t-elle.

Elle lance alors le regard le plus haineux qui soit à Dan, qui le lui rend bien. Tandis qu'elle s'éloigne avec le dénommé Jude qui se laisse faire sans protester, le marchand rejoint son fils et pose une main sur son dos. Lequel hausse les épaules, l'air de dire que ça lui importe peu. Mais il faudrait être aveugle pour ne pas remarquer ses lèvres pincées, sa posture légèrement voûtée.

Je me rends compte que je suis restée plantée là à les fixer bêtement, mon sac de poireaux à la main, quand Dan me remarque et me fusille du regard. Eh bien, il a vite repris du poil de la bête.

Après la fuite d'Alice, le dédain de ce Jude et la haine injustifiée de ce Dan à mon encontre m'atteignent plus que je ne saurais l'admettre. J'ignore ce que j'ai fait pour mériter un tel accueil. Mais est-ce que cela change quoi que ce soit aux objectifs que j'avais en venant ici ? Je ne vais pas me laisser affecter par deux inconnus qui ont décidé que je n'étais pas assez bien pour eux !

Une fois chez Blanche, après l'avoir aidée à ranger les courses – ne recevant nul remerciement au passage –, je me précipite dans ma chambre, réunis mes affaires de peinture, et repars aussitôt pour l'Atelier.

Je n'y arrive pas. Je me contrains à rester positive, mais tout l'optimisme du monde ne peut occulter la réalité : je n'arrive pas à peindre. Je pensais que venir ici me rendrait meilleure, mais mes taches de couleur n'ont jamais été aussi dépourvues de sens.

L'Atelier est désert, à nouveau. La salle est tellement spacieuse, tellement vide que c'en est presque angoissant. Et le silence, d'abord apaisant, finit par m'oppresser. Je comprends à contrecœur que ce n'est pas ma journée. Parfois, ça ne vient pas.

Comme en écho à mes émotions, une mélodie sans joie s'élève doucement. Les battants de la porte d'entrée grincent, les notes de piano résonnent plus fort. Je me relève doucement, comme hypnotisée par la musique empreinte de nostalgie. Une voix douce entonne un chant langoureux.

À l'école, ils nous ont appris à ne pas peindre avec de la musique. Selon eux, la main risquait de prendre le rythme de la chanson plutôt que celui que l'on devait lui dicter. Je trouvais ça idiot, mais je m'y suis pliée dans ma volonté de complaire à mes enseignants. Mais avant ne peignais-je pas tout le temps en musique ?

La mélodie se rapproche et le bruit des talons sur le parquet s'intensifie, m'extirpant de mes réflexions. Ce n'est que lorsque Alice apparaît que je m'aperçois que je suis debout, immobile, à la regarder. Comme si j'avais deviné qu'il s'agissait d'elle. Comme si, au fond, je l'attendais.

CHAPITRE 5

En me voyant, elle paraît d'abord surprise, puis elle abaisse ses paupières aux cils maquillés. Elle porte un long tube en carton dans lequel je devine des feuilles vierges, n'attendant que ses coups de pinceau.

Mais le papier devra patienter. Sans surprise, elle finit par tourner les talons et quitter l'Atelier. Je ne m'en offusque même plus. Lentement, je me rassieds, comme vidée. Au moins, son arrivée m'aura servi à quelque chose : pourquoi ne pas tenter de peindre en musique ? Pourquoi ne pas oser remettre en question les idées de cette école dans laquelle je me sentais si peu épanouie ?

Je pose les yeux sur mes animaux d'aquarelle. Mais quelque chose retient ma main.

Brusquement, je me relève, renversant presque ma chaise au passage. Sans réfléchir, je m'élance à la poursuite d'Alice.

Cette fois, je sors de l'Atelier et, la voyant non loin de là descendant une petite ruelle, je crie son nom… Avant de prendre conscience de l'étrangeté de mon comportement.

C'est comme ça, parfois, j'ai des pulsions qui n'ont aucun sens. Et ce souci me saute aux yeux quand Alice se tourne pour m'observer, ses propres yeux écarquillés. Elle porte aujourd'hui une jolie robe violette sur des collants en dentelle noire rentrés dans des bottines à nœuds papillon. Elle maintient de sa main libre une capeline que le vent menace de faire s'envoler de sa tête.

Elle reste là, à attendre que j'ajoute quelque chose, et je lui en suis reconnaissante. Elle aurait pu prendre ses jambes à son cou, et la situation serait vraiment devenue gênante.

— Pourquoi tu m'évites ? je demande enfin, d'un ton trop suppliant à mon goût.

Face à son silence, je sens ma patience s'épuiser.

— Si tu ne veux pas me parler, d'accord. Mais tu n'as pas à éviter l'Atelier. On peut travailler chacune de notre côté sans…

— J'aime travailler seule.

Sa voix est chantante, un peu hésitante. Elle évite mon regard. J'insiste :

— Il y a autre chose. Est-ce que c'est par rapport à ce que j'ai dit sur la forêt ? Je n'ai peut-être pas bien compris à quel point c'est important pour vous, à Ombelle. Mais je n'y suis pas encore allée !

Quelque chose en elle change : une lueur s'allume sous ses lunettes rondes, une tension parcourt son corps. Elle esquisse un mouvement de recul.

— Je suis désolée.

Et son ton est si empreint de regret que j'ai envie de la croire sincère.

— Mais pourquoi ? Je te… je te fais peur ?

Ça me semble totalement ridicule, mais son silence renforce mes soupçons.

— Pourquoi ? Est-ce que j'ai dit ou fait quelque chose de mal ?

Le malaise d'Alice est trop perceptible pour être ignoré. Je tente un pas vers elle, sachant pourtant ce qui va en résulter.

— Je dois y aller. Je suis désolée.

Et Alice me tourne le dos et s'en va, le vent faisant voleter sa robe derrière elle.

CHAPITRE 5

Avant Ombelle, j'ai rarement eu l'occasion de me retrouver seule. J'ai grandi entourée de monde et, quand je suis arrivée à Paris, la colocation était la seule solution viable pour mes maigres économies et les aides que je percevais. La solitude m'a toujours semblé être un concept romantique, une isolation volontaire dans laquelle l'artiste se plonge pour mieux créer. Je me figurais me contentant de la compagnie des oiseaux et des arbres, peignant dans le silence de la nature, uniquement percé par les cris des créatures de la forêt.

Si j'aspirais à la solitude et au calme, Blanche, elle, est l'incarnation même de l'asociabilité. Personne n'est venu lui rendre visite depuis que je suis arrivée et elle ne passe pas de coups de téléphone, ne descend pas au village – je suis là pour ça. Elle n'évoque les autres Ombellois qu'avec une moue réprobatrice, comme s'ils n'étaient pas à son goût, quand elle ne les traite pas carrément d'idiots. Il n'y a pas de photo sur ses murs, aucun souvenir de famille, d'amis qui pourraient lui rendre visite, ou au moins lui manquer.

Blanche semble s'en contenter, et je n'ai pas la moindre impression qu'elle est attristée par cet exil. Au contraire, elle dévore ses livres avec plaisir, parfois un plaisir bruyant, car je l'entends de temps à autre glousser dans sa chambre ou s'agacer du comportement d'un personnage. Elle s'épanouit dans l'entretien de son jardin et de sa maison, si bien que je ne l'ai encore jamais vue assise sur son canapé.

L'imaginaire collectif dépeint la solitude des personnes âgées comme triste, et celle des jeunes artistes comme épanouissante.

Il me semble que c'est bien tout le contraire dans notre cas.

C'est le cœur lourd que je rentre chez ma logeuse, découragée par les échecs de la journée. Mon manque d'interactions humaines me pèse davantage que prévu.

Une odeur alléchante m'accueille à mon arrivée chez Blanche. Je m'apprête à retirer mes chaussures lorsqu'elle apparaît dans l'entrée, tenant une spatule dégoulinante de sauce béchamel.

— Va prendre le courrier. La clé est sur la boîte aux lettres.

Elle s'interrompt, me juge d'un regard circonspect, puis ajoute avec plus de douceur :

— S'il te plaît.

Eh bien, je dois avoir l'air sacrément misérable pour qu'elle en vienne à être polie. Il faut que je me secoue un peu. Je me contrains à lui sourire. J'ai lu une fois que c'était en souriant qu'on se rendait heureux, une question d'endorphine je crois. Je vais te l'invoquer, le bonheur, à m'en choper des crampes à la mâchoire s'il le faut.

Dehors, la clé de la boîte aux lettres se trouve effectivement là, exposée aux yeux de tous. Je ne me souviens d'ailleurs pas avoir vu la demeure de Blanche fermée à clé une seule fois. Personne ne grimperait jusque-là pour dérober… dérober quoi, d'ailleurs ? La plus impressionnante collection de livres et de plantes d'intérieur du village ?

Ombelle a l'air de vivre un peu dans un autre monde, où la délinquance et le crime n'existeraient pas.

C'est sur ces naïves pensées que je lis, ébahie, ces mots :

CHAPITRE 5

Tu as fait assez de mal comme ça.
Quitte immédiatement Ombelle.

Sur les deux enveloppes que contenait la boîte aux lettres, un message écrit à l'encre noire a été déposé. Figée, je relis les mots inscrits avec haine. Vu la façon dont Blanche parle de ses voisins, ça ne m'étonnerait pas qu'elle ait quelques ennemis, mais tout de même…

— Décidément, grosse ambiance dans ce village…

Et puis, à la relecture, un léger malaise me fait frémir. *Tu as fait assez de mal comme ça.* Qu'est-ce qui se cache derrière ces mots sinistres ?

— Blanche… il y avait un mot étrange dans la boîte aux lettres…

Je feins de ne pas y accorder d'importance, mais en réalité, je suis dévorée par la curiosité. Blanche passe la tête par la porte de la cuisine, les yeux plissés.

— Un mot ?

Je la rejoins et le lui tends. Elle lit les mots venimeux, ses sourcils se fronçant davantage à chaque seconde. J'ai beau essayer de me contenir, je ne peux m'empêcher de traquer le moindre indice sur son visage qui m'aiderait à comprendre la situation. Elle lève finalement un regard intense sur moi et me dévisage quelques secondes en silence. Son sang-froid me fait penser qu'il ne s'agit peut-être pas de la première menace qu'elle reçoit. Mon cœur se serre à cette pensée.

— Ce n'est rien, décide-t-elle brusquement. Jette-le, et viens manger. C'est bientôt prêt.

J'obéis malgré moi, un peu déçue de ne pas en obtenir plus. Mais quand j'arrive dans la cuisine, Blanche est attablée en face de l'assiette qu'elle a remplie pour moi. Son regard me transperce, m'invitant, à ma grande surprise, à la rejoindre. C'est la première fois. Comprenant que j'ai là une occasion d'en apprendre plus, je m'assieds en silence, réfléchissant à la façon de la mener à ce sujet.

— L'Atelier est vraiment super, merci de m'en avoir parlé.

— Mmh, répond-elle dans un hochement de tête.

— Dommage que le reste du village ne soit pas aussi accueill…

— Mmh, répète-t-elle avec plus d'agressivité.

Message reçu : je me tais. Le repas se poursuit dans un silence gênant. Tout en mangeant allégrement ses lasagnes trop poivrées, Blanche me jette de temps à autre des regards scrutateurs, comme pour déterminer si je mérite sa confiance. Je me contrains à soutenir son regard. Puis je m'aperçois soudain qu'elle a fini de manger et n'a toujours pas prononcé un mot. N'y tenant plus, je demande :

— Blanche… Excusez-moi, mais est-ce que vous pourriez me dire pourquoi vous avez reçu un mot pareil ?

J'essaie d'insuffler dans ma voix le plus de douceur et de retenue possible. Face à son silence, j'insiste :

— Est-ce que c'est déjà arrivé auparavant ? Vous savez, si c'est le cas, vous avez le droit de porter plainte !

— Qu'est-ce que tu es venue faire ici ?

Sa question me pétrifie. Tout d'abord, parce que c'est la seule réponse qu'elle a trouvé à offrir à mes interrogations. Ensuite, parce que je lui ai déjà dit pourquoi j'étais à Ombelle. En partie, peut-être, mais comment pourrait-elle…

CHAPITRE 5

— Pourquoi ce village en particulier ? Qu'est-ce que tu cherches ?

Un voile se soulève furtivement en moi.

Ce que je cherche à Ombelle ?

Blanche m'observe avec une sincère curiosité, et il n'y a nulle agressivité dans sa voix. Pourtant, il me semble que ses yeux me transpercent.

Ce que je cherche.

Les lasagnes ont un goût de cendre, tout à coup. Devant moi, Blanche me paraît moins nette, comme une goutte d'aquarelle se diluant dans l'eau. Doucement, j'ordonne à mon corps de se lever. Mes pas m'éloignent de la table, tandis que je prétexte à mi-voix un besoin urgent. Je m'enferme dans ma chambre, le cœur martelant ma poitrine de ses petits poings.

Je ne suis pas encore prête pour ça.

RÉMINISCENCE

Je n'ai plus été aussi heureuse depuis une éternité. J'ignore si c'est dû au fait d'avoir été seule si longtemps, mais chaque instant passé en leur compagnie transporte mon âme.

Je sens l'ébauche d'un lien entre nos cœurs, comme un fragile filament qui n'attend que de s'épaissir, et je devine que c'est à moi d'agir en ce sens. Les idées ne manquent pas à ce sujet, mais je souhaite d'abord m'assurer d'une chose… Puis-je vraiment leur accorder ma confiance ? Ils sont si innocents, aussi purs que la nature qui m'entoure, mais leurs aînés ne leur ressemblent en rien. Comment savoir si tout le temps qu'ils passent loin de moi, et donc auprès d'eux, ne finira pas par corrompre leurs âmes ?

La plus petite, la première à être venue, entraînant ses frères et sœur dans son sillage, me tend une fleur cueillie sur le chemin. Je lui souris tristement.

— C'est un merveilleux présent, mon moineau. Mais cette fleur méritait-elle de perdre la vie pour contenter mon cœur ?

Son sourire vacille, aussi me dépêché-je de remédier à ce malheur. D'un mouvement gracieux de la main, je fais jaillir une couronne de pétales de mes doigts, puis tends le magnifique bouquet à mon amie. Son regard émerveillé, je ne m'en lasserai jamais. Elle et ses trois compagnons, tous en habits de sommeil, illuminent la nuit de leur présence. Ces petits êtres ont ramené la magie qui manquait à ma vie. La forêt tout entière en semble réveillée. En réponse à ma joie, des écureuils dévalent les arbres pour se joindre à nous.

Et nous passons la nuit à jouer. Je leur conte les échos de mon passé, ceux que je n'ai pas encore oubliés, je leur chante les légendes que les nymphes se transmettaient autrefois, et invoque des lucioles qui illuminent leurs visages de faons innocents.

Jusqu'à ce que la nuit, lasse, entame sa lente retraite. Mes nouveaux amis m'abandonnent pour retourner à leur vie, à leur monde si lointain. Et je me retrouve seule.

À nouveau.

CHAPITRE 6

Le sommeil me quitte brusquement, mes yeux s'ouvrent pour ne rien voir. Je me redresse et, prise d'une envie soudaine, regarde par la fenêtre. Dehors, le ciel est couvert, si bien que les environs ne s'illunent guère. C'est cette opacité de la nuit qui me permet de remarquer, au loin, la faible lueur diaphane qui perce les arbres. Lentement, comme dans un rêve, l'éclat s'épanouit pour devenir une tache argentée dans la forêt, qui s'approche inexorablement de la lisière.

Et puis, comme si ma raison reprenait enfin le dessus, la lueur s'estompe pour disparaître.

J'étouffe un bâillement, les paupières lourdes, mais la forêt exerce sur mon regard une attraction incoercible. Je guette l'éveil d'un nouvel éclat qui viendrait prouver que je n'ai pas imaginé ce que j'ai vu… Mais les arbres ne sont qu'une masse sombre au loin, maintenant que la lumière d'argent s'est éteinte.

Et si j'y allais, là, maintenant ? C'est une pulsion irrationnelle, mais je suis prête à y obéir. Pourquoi ne me suis-je toujours pas rendue dans la forêt ? C'est la nature que je suis venue chercher à Ombelle, pourtant, je n'ai pas encore mis un seul pied au-delà du jardin de Blanche. Qu'est-ce qui m'a retenue ? Les avertissements de la mère d'Alice ? La fresque des enfants ? C'est ridicule.

Je dois y aller. Et en même temps, mon lit est si confortable… Ne serait-ce pas étrange de sortir en pleine nuit pour aller me promener dans les bois ? Ne serait-ce pas même dangereux ?

Je me cherche des excuses. Je prends conscience de cela alors que je me suis rallongée dans la douce chaleur de mes couvertures. Pourquoi éviter ce que je suis venue chercher à Ombelle ? Par peur d'être déçue ?

Demain j'irai. Plus de fuite possible.

Je me sens excitée – sans doute trop, mais on ne se refait pas – quand j'entame la montée menant aux bois. Je devine le regard de Blanche dans mon dos. Lorsque je lui ai confié mon désir d'explorer la forêt ce matin, elle n'a rien répondu, mais ses yeux ne m'ont pas quittée quand je suis passée devant le jardin. Ses mains crispées sur sa pelle, son mouvement suspendu dans le temps, elle est restée si immobile que je me suis demandé un peu bêtement si elle n'était pas en train de faire une attaque. Ce sont ses paroles qui m'ont rassurée, pour mieux m'inquiéter ensuite :

— Fais attention, hein. Il y a des sangliers.

Je suis persuadée de l'avoir entendue ricaner quelques instants plus tard.

CHAPITRE 6

La lisière de la forêt est bordée par un cabanon que j'ai remarqué quelques jours plus tôt. Le soir de mon arrivée, la nuit me l'avait dissimulé. Plus grand que je l'avais imaginé, il pourrait facilement accueillir une dizaine de personnes – serrées comme les crayons dans ma trousse pleine à craquer, cela dit. Il est à l'abandon et, lorsque j'essaie d'ouvrir la porte, elle me résiste. En contournant la cabane, je découvre avec un sourire le large trou qu'a creusé un animal. Est-ce qu'une créature a établi son terrier là ?

Une brise caresse ma nuque dénudée – j'ai attaché mes cheveux en un chignon haut pour qu'ils ne se prennent pas dans des branches basses. Je me retourne, comme guidée par le souffle du vent : les premiers arbres se dressent devant mes yeux, des épicéas hauts d'une trentaine de mètres au long tronc couvert de lichen et de mousse. Derrière, là où la végétation devient plus dense, ils s'élèvent plus haut encore. Je repère aussi des sapins, ce qui confirme mes premiers soupçons : je me trouve face à une pessière-sapinière. J'ai toujours été intéressée par les arbres. Pas au point d'en faire mes études, mais j'ai parcouru des livres sur le sujet à la bibliothèque de mon école, dont les images servaient de référence à mes tentatives de reproduction.

Le cœur battant anormalement fort, je reste là, immobile, à contempler l'immensité de la forêt qui s'offre à moi. Pourquoi ai-je l'impression que ce moment est si important ?

Allez. On prend une profonde respiration… et on y va. La forêt referme ses bras verts sur moi.

Les premiers pas sont rapides, portés par une impatience soudaine. Puis ils ralentissent, pour laisser le temps à mon regard de tout explorer. Les troncs demeurent relativement espacés, facilitant d'abord mon avancée. Le parfum vert et humide qui flotte dans l'air réveille en moi une mélancolie inexplicable.

Ma curiosité m'entraîne plus loin, là où la pente s'accentue. À l'affût d'un signe de vie, j'attends, espérant naïvement croiser un renard ou un écureuil. En vérité, nous sortons de l'hiver, et il y a peu de chance que je tombe sur un animal durant ma première excursion en forêt. Ces rencontres-là sont rares, je n'en doute pas, et requièrent discrétion et persévérance.

Je suis certaine que des êtres vivants ne sont pas loin, cela dit. Avec une acuité peut-être fantasmée, je perçois la présence d'autres créatures que moi. Je m'immobilise, espérant entendre un bruit, un grognement, un souffle. Mais une fois de plus, je suis naïve et impatiente. Il n'y a que moi, ici. J'ignore pourquoi ma gorge se noue à cette pensée.

J'effleure un arbuste dont les feuilles n'ont pas encore repoussé. Un frisson remonte jusqu'à ma nuque. Je frotte mes bras couverts de chair de poule, sous ma veste visiblement trop légère.

Une part de moi a envie de rester là pour toujours, d'arpenter les bois à la recherche de la moindre trace de vie. Mais quelque chose d'autre, que je peine de plus en plus à réprimer, me conjure de tourner les talons. Est-ce que c'est à cause de ce que la mère d'Alice m'a dit ? Ou de Blanche et de son histoire de sangliers ?

Je souris, consciente du ridicule de mon malaise. J'ai joué à trop de jeux d'horreur sur les consoles de mes colocataires. Pourtant, sans même en avoir réellement conscience, je rebrousse chemin et retourne chez Blanche.

CHAPITRE 6

Quand j'arrive, ma logeuse n'est déjà plus affairée à son jardin. Je comprends pourquoi en entrant dans la maison :

— Eh bien ! Tu en as mis du temps !

Croyant d'abord à de l'ironie, je ne réagis pas. Mais l'odeur du repas de midi m'interpelle : dans la cuisine, je découvre mon assiette qui m'attend, alors que Blanche nettoie la sienne.

— Il est déjà midi ?

— Passé. Tu es restée des heures là-dedans !

Elle me laisse la dévisager, un léger sourire sur ses lèvres fines. Je secoue la tête, stupéfaite.

— Vous me faites une blague.

— Regarde l'heure.

— Vous pouvez très bien l'avoir changée !

Prenant conscience de l'absurdité de mes propos, je souffle un rire gêné.

— J'ai eu l'impression d'être partie une pauvre demi-heure, à peine… Pas…

— Quatre heures.

Quatre heures. Je secoue la tête à nouveau. Comment ai-je pu ne pas m'en rendre compte ? Blanche retourne à sa vaisselle, mais quand je vais m'asseoir pour manger, je repère sur son profil la commissure de ses lèvres, toujours relevée. Cette vision me détend un peu.

— Tu devais vraiment avoir envie de les voir, ces arbres.

Je note qu'il n'y a aucun jugement dans ses mots. Blanche a presque l'air satisfaite.

— Ou alors c'est ce qui fait tant peur à vos voisins, je réponds, ironique. Le grand mystère de la forêt d'Ombelle ? « N'y pénétrez pas, au risque d'y perdre la notion du temps ! »

Blanche lève les yeux au ciel, mais ne cesse de sourire pour autant.

La journée a filé : le soleil se couche encore tôt à la fin mars, et j'ai passé un temps fou à essayer de reproduire les épicéas et les sapins sur le papier. Refusant de me laisser abattre par mon échec évident, je décide de me rendre à l'Atelier. Il est tard, je ne risque pas d'y croiser qui que ce soit, et j'ai besoin de calme. Blanche a mis de la musique, ce qui est plutôt rare. Et heureusement. J'ignore si elle a une ouïe faible ou l'envie de vivre l'équivalent d'un concert de Led Zeppelin dans son petit salon, mais s'il y avait besoin d'une raison à l'isolement de sa maison, je viens d'en trouver une. Je dois hurler par-dessus le final explosif de *Stairway to Heaven*[1] pour lui annoncer que je vais à l'Atelier et rentrerai tard, et c'est à peine si elle lève les yeux de son roman. Bon sang, combien de livres cette femme lit-elle par semaine ?

Le chemin qui mène au village n'est pas éclairé, aussi dois-je allumer le flash de mon portable. Dans le centre, les rues sont désertes. Mais à ma grande surprise, les fenêtres de l'Atelier brillent dans la nuit. Intriguée, je pénètre dans la vieille ferme.

Je reconnais aussitôt la seule veste accrochée dans le vestibule. Les notes de piano qui résonnent ne laissaient de toute façon aucun doute.

1. Chanson du groupe Led Zeppelin, 1971.

CHAPITRE 6

Alice est dans l'Atelier. Pour la première fois, je n'arrive pas avant qu'elle commence à peindre. Et ce que je découvre me laisse sans voix.

J'ai côtoyé des artistes, des vrais, dans mon école. Des enseignants et des élèves, des gens qui ne savaient pas seulement peindre : des gens qui vivaient leur peinture, qui l'incarnaient. Ce qui émane d'Alice et de ses œuvres est plus puissant encore. Je ne suis pas certaine d'avoir déjà ressenti ça en admirant une artiste en pleine action. C'est peut-être la surprise de voir cette mystérieuse jeune fille un peu frêle peindre avec tant de force. Ou la joie que ma curiosité soit enfin satisfaite.

Non. Ce que je ressens provient réellement de ce qu'elle crée, et de la façon dont elle le crée.

Sur le grand mur, là où elle avait tendu sa première feuille, quatre immenses visages de femmes me contemplent, extirpés de taches et de gerbes de peinture. Leur regard brille au milieu de ces explosions de couleur qui ne semblent avoir aucune organisation, et qui pourtant forment des traits parfaits. Proportionnellement, tout est si juste qu'il me semble impossible qu'ils aient été peints sans dessin préparatoire, mais l'œuvre qu'Alice est en train d'exécuter prouve le contraire : seul un vague ovale tracé au crayon gris détermine là où se trouvera le visage, et deux points placent les yeux. C'est tout. Le reste, Alice le peint sauvagement, entre chaque regard aux images de référence qui sont à ses pieds. En me rapprochant un peu, je remarque qu'il s'agit de photos de la même femme, saisie sous des angles différents. Les portraits dépeignent donc de véritables personnes.

Elles dégagent une telle aura que je ne peux m'empêcher de me demander qui elles sont.

Mon regard est ramené à Alice : d'un geste brusque, elle a balancé son pinceau de haut en bas, traçant une bande de peinture rouge en plein milieu du visage de sa muse du moment. Ébahie, je me demande comment elle va faire pour transformer cela en une œuvre semblable aux autres.

Elle lève son bras, s'apprêtant à exécuter un nouveau mouvement… puis se pétrifie. Une goutte de peinture pourpre glisse des poils du pinceau, pour tomber sur le sol couvert de papier kraft, à quelques centimètres des jolies baskets dorées qu'elle porte ce soir.

Alice se retourne, le visage fermé, le corps tendu. Toute l'énergie, toute la passion qui l'animait une seconde plus tôt s'est évanouie. Mais cette fois, elle n'a pas l'air effrayée. Et c'est moi qui, l'espace d'un instant, crains presque la peintresse entourée de ces visages dont les regards sont devenus inquisiteurs, comme si toutes les femmes devant moi m'accusaient d'avoir troublé la magie de ce moment.

Je devrais peut-être lui demander pardon et me retirer. Mais mon émerveillement est plus fort que tout.

— C'est incroyable.

Je ne crois pas avoir déjà entendu ma voix trembler autant. Comme aimanté, mon regard se porte à nouveau sur l'un des visages : jailli d'éclats bleutés, pourpres et magenta, les yeux brillant de cyan et d'anthracite. Les cheveux bouclés forment comme une mer de nuages autour de lui. Je suis soudain persuadée que la modèle a une histoire fantastique, tout comme les autres sujets d'Alice. Elle ne peut pas les avoir peintes avec autant d'émotion s'ils ne sont pas importantes pour elle, au moins un peu.

CHAPITRE 6

— Celle-là, c'est ma préférée.

Alice cligne des yeux, puis se tourne pour regarder la femme bleue.

— C'est ma préférée de la journée aussi, répond-elle à mi-voix.

— Elle dégage quelque chose d'indescriptible… Comment est-ce que tu arrives à faire ça ? C'est fou, je n'ai jamais vu… Je comprends que tu aies besoin d'être seule, si c'est pour créer des choses aussi puissantes !

À ce dernier mot, le regard d'Alice se pose sur moi. Elle a l'air à la fois surprise et embarrassée. Mais elle garde le silence.

— Dans mon école d'art – j'étais en école d'art, au fait –, les gens étaient obsédés par la technique. Ils laissaient de côté l'émotion, pour la plupart. Mais toi… C'est la première fois que je vois quelque chose d'aussi puissant.

— C'est la deuxième fois que tu le dis…

Alice s'interrompt, se mord la lèvre inférieure comme si elle regrettait ses mots.

— Que je dis quoi ?

Elle me dévisage, hésite à me répondre.

— Que c'est puissant, souffle-t-elle.

Victoire. Je souris.

— Ça l'est.

— Comment est-ce que tu détermines ça ?

— Ça ne se détermine pas. Ça se sent.

Et là, pour la première fois, comme dans un rêve que je n'aurais pas osé faire, Alice me sourit.

— Les gens trouvent ça joli, habituellement. C'est rare qu'on me fasse ce compliment…

Je comprends que c'est ce à quoi elle aspire. Timides ou extravertis, la plupart des artistes rêvent d'une forme de reconnaissance. J'ai trouvé le seul moyen de ne pas la faire fuir : lui donner ce à quoi je n'ai jamais eu droit.

— Ce sont des femmes spéciales pour toi ? Tu les connais ?

— Je connais leur vie. Ce que j'en ai lu ou vu dans des films et des reportages.

Elle a beau rester sur la défensive, je sens qu'elle meurt d'envie de s'épancher sur le sujet.

— Ce sont aussi des artistes ?

— Des artistes, des scientifiques, des historiennes, des sportives… Leur point commun, c'est leur force de caractère, leur courage, leur volonté de sortir des limites qui leur ont été imposées.

Devant moi, Alice s'anime peu à peu, son regard se met à briller. La peinture dégouline de son pinceau, mais elle n'y prête nulle attention.

— J'aimerais qu'on ressente à quel point elles sont formidables en regardant mes peintures…

— Ça fonctionne. J'ai envie d'en apprendre plus sur elles.

Alice s'épanouit devant moi, ouvre la bouche, l'air prête à me déballer toute la vie de ces femmes qui la fascinent tant. Pourtant elle se ravise et se contente de me sourire en silence, à nouveau un peu gênée. J'ignore ce qui l'a freinée, mais je ne me laisse pas décourager. Puisque la flatterie a l'air de fonctionner :

— Comment ça se fait que tu sois encore ici, et pas dans une école d'art ? Tu en as clairement le niveau !

Une ombre s'abat sur Alice : son sourire se fane, son regard se voile et, sans que je comprenne pourquoi, le fragile lien qui s'était tissé entre nous se coupe net. Mon cœur se serre quand elle répond d'une voix éteinte :

— Écoute, j'apprécie tes compliments, mais j'ai besoin de calme pour peindre et… j'aimerais vraiment finir ce dernier portrait.

Elle me jette un regard hésitant, puis ajoute :

— Merci, en tout cas.

Elle me tourne le dos, me signifiant par le geste ce qu'elle a déjà fait comprendre par la parole. Il est temps pour moi de partir.

Je me couche dès mon retour de l'Atelier, épuisée sans savoir pourquoi. Mais le sommeil refuse de me cueillir, et les heures s'égrènent sur l'écran de veille de mon portable.

Huit heures avant que Blanche ne se mette à faire du bruit.

Sept heures.

Six heures.

Quand, enfin, la nuit se referme sur moi, un éclair lumineux jaillit, assez puissant pour que je le perçoive malgré mes paupières closes. J'ouvre les yeux, à demi endormie. La lumière d'un blanc argenté est de retour, projetant les motifs des dentelles de mes rideaux sur les murs de ma chambre. Je cligne des yeux, hébétée. Au ralenti, je me redresse, me penche par la fenêtre. Et réprime un cri.

Il y a un cerf, à la lisière de la forêt.

De là où je suis, il est petit, mais identifiable. Maintenant que je l'ai vu, la lumière s'estompe doucement, comme si l'animal avait obtenu ce qu'il désirait. Car la lueur provient de son corps. On dirait un spectre de lumière. À cette pensée, mes intestins se liquéfient.

Auréolé d'argent, le cervidé m'observe, immobile. Même à cette distance, je peux deviner la puissance et l'élégance de son corps, la fierté de son port de tête et la grandeur anormale de sa ramure dont les bois blancs se dressent vers le ciel noir. Le moment se prolonge, mon regard est accroché à lui – il me semble que je ne pourrai plus jamais cesser de le contempler.

Est-ce que je rêve ? Je me pose la question fatidique, celle dont la réponse risque de briser la magie du moment. Est-ce que je rêvais vraiment, les deux autres nuits ?

Et puis, les questions s'envolent. Tout à coup, ça n'a plus d'importance.

Ce n'est pas normal. Un cerf de lumière qui me fixe depuis la lisière de la forêt, ça n'a foutrement rien de normal. Et pourtant, ma conscience décide d'accepter ce fait, trop vite sans doute. Il m'appelle. J'en suis certaine. C'est moi qu'il est venu chercher, pour moi qu'il a fait briller davantage son corps, et c'est moi qu'il attend ainsi, figé.

C'est une invitation. Une part de moi en est persuadée. Une autre se demande si j'ai perdu la raison. Je la fais très vite taire.

De peur qu'il disparaisse si je le quitte des yeux, je n'ose d'abord pas rejoindre le cerf. Il faudrait pour ça que je m'habille, que je sorte de ma chambre pour emprunter le couloir menant à la porte d'entrée…

« Viens », semble me dire le cerf, au loin. Sa lueur vacille. Sans réfléchir davantage, j'ouvre la fenêtre et sors de la demeure de Blanche.

CHAPITRE 6

Je ne porte ni chaussettes ni veste, seuls un pantalon en tissu léger et un tee-shirt trop large. Un vent glacé s'y engouffre, me gelant de l'intérieur. Après trois pas dans l'herbe humide et froide, je grimace, les bras couverts de chair de poule, et consens à rebrousser chemin pour au moins enfiler une paire de chaussures.

Cette perspective s'envole lorsque le cerf pénètre dans la forêt, se dérobant à ma vue. Affolée, je me mets aussitôt à courir. Je ne peux pas le perdre. Je dois le rejoindre.

J'arrive, haletante, les pieds endoloris et couverts de terre, auprès des premiers arbres. Dans la nuit, la silhouette élégante de leur tronc se fait menaçante, et le sol qui m'avait paru mousseux lors de ma première exploration est en réalité couvert d'aiguilles et de petites branches acérées qui éraflent la plante de mes pieds. Une douleur aiguë m'extirpe brusquement de ma torpeur. Je me demande pourquoi je me trouve là, stupéfaite d'être pieds nus, en pyjama au milieu de la forêt alors qu'il doit faire moins de dix degrés.

Et puis, comme un rappel à l'ordre, la lumière argentée reparaît. Je devine, à travers les troncs, la silhouette de mon cerf plus loin. Je m'élance aussitôt, pressée par le désir de le rejoindre. Il me semble qu'il m'attend, tout en se maintenant à une distance raisonnable pour que je ne risque pas de le toucher. Je n'aspire plus à rien d'autre que ça, pourtant. Je veux le voir de plus près, au moins. De loin, je ne pouvais clairement l'observer et, dans la forêt, ma vue est obstruée par tous les obstacles qu'il met délibérément sur mon chemin.

— Attends-moi !

Et là, soudain, l'obscurité.

La lumière argentée s'est éteinte, tout comme la faible lueur de la lune, plongeant mon environnement dans la noirceur la plus totale. Je mets quelques instants à m'en inquiéter, croyant d'abord que le cerf va me guider à nouveau. Mais rien. Mon excitation se mue en désespoir. J'implore, éperdue :

— Reviens…

Toute à mon chagrin d'avoir été abandonnée par la créature mystique, je tourne sur moi-même, sondant les environs à la recherche de son aura d'argent. Mes yeux s'habituent lentement à l'obscurité, je devine dans le noir des épicéas dénudés, sans vie, certains effondrés sur le sol. Et partout, un silence glaçant. Ici, la forêt semble presque… morte. Pas endormie, comme une forêt d'hiver, mais bel et bien morte.

Croyant entendre un bruit, plus loin, je m'élance désespérément dans cette direction. Il ne peut pas m'avoir laissée, pas après être venu me chercher ! Car c'est bien ce qu'il a fait. Il voulait que je vienne jusqu'ici, il voulait me montrer quelque chose.

Un cri. Des pleurs.

Ceux d'une enfant.

Je me fige, mortifiée. Il y a, pas loin de moi, une enfant qui pleure.

Bon sang, mais qu'est-ce qui se passe dans cette forêt ?

Pourquoi une enfant se trouverait là ? Est-ce ce que le cerf souhaitait me montrer ? Peut-être voulait-il que je vienne en aide à l'enfant ?

Les cris redoublent d'intensité, la peur et la douleur qu'ils communiquent me contaminent. Un étau se referme sur mon cœur, menaçant de le broyer.

CHAPITRE 6

Mon horreur s'accroît lorsque les cris désespérés d'un garçon se joignent aux pleurs. Mais ils ne proviennent pas de la même direction : il me semble qu'il se trouve derrière moi, à quelques pas seulement.

Je n'ose pas me retourner.

Je n'ose pas avancer.

Je baisse les yeux.

Il y a du sang, par terre. Une traînée de sang qui mène aux pleurs de la petite fille. Il y a du sang partout. Sur les troncs des arbres morts, sur la terre sèche et les aiguilles que mes pieds foulent, sur mes mains même.

Le cerf m'a menée au royaume de la folie.

Je perçois une dernière fois son éclat argenté. Puis tout s'éteint.

CHAPITRE 7

Je me réveille de ce cauchemar, d'abord haletante, le cœur martelant ma poitrine. J'ai envie de vomir, de crier. Puis le soulagement d'avoir imaginé le sang, les pleurs des enfants et ce cerf d'argent qui m'a guidée en enfer l'emporte.

C'était un rêve. Juste un rêve.

Les battements s'apaisent, j'inspire, expire, les yeux fermés. Rassérénée, je m'étire dans la chaleur de mon lit, pousse un profond soupir.

Jusqu'à sentir une douleur dans mes pieds. D'un geste vif, j'écarte les couvertures. La nausée me reprend. Je porte une chemise de nuit d'un violet criard qui n'est définitivement pas à moi. En dessous, la plante de mes pieds est couverte de pansements. Mon cœur s'emballe.

C'était vrai. Je me suis vraiment rendue dans la forêt cette nuit. Comment est-ce possible ? Et comment suis-je revenue ? Quand me suis-je changée ? Je n'arrive pas à me souvenir de ce qui s'est produit, après que j'ai vu le sang.

Le sang. Ça, je l'ai rêvé, c'est certain. Le cerf aussi, sans doute, même s'il me semble d'un réalisme indéniable dans mes souvenirs. Ai-je halluciné ? Est-ce la fatigue, l'altitude, ou que sais-je, le changement d'environnement qui a déclenché de telles visions ?

Mes mains formant un caveau protecteur autour de mon visage, je ferme les yeux, essayant de dissiper ce qui est faux pour ne garder que le vrai. Je n'arrive pas à déterminer si j'ai réellement vu ce cerf ou si je l'ai rêvé. Peut-être étais-je à moitié endormie. Peut-être un villageois s'est-il aventuré dans la forêt avec une lampe, dont la lumière m'aurait interpellée, et que mon esprit ensommeillé aurait parée d'atours fantaisistes ? J'ai toujours adoré les cerfs, j'aime les dessiner. Rêver d'en voir un n'aurait rien d'étonnant…

Toute à mes pensées, je me lève et, grimaçant à chaque pas, me rends à la cuisine, où l'odeur réconfortante de croissants chauds embaume l'air. Lorsqu'elle me remarque, Blanche, affairée sur une pâte à tartiner maison, se retourne vers moi, les lèvres pincées en une moue que je ne lui connais pas.

— Eh bien, tu as meilleure allure que cette nuit.

Elle fronce les sourcils face à mon silence.

— Qu'est-ce qui t'a pris, franchement ?

Comprenant que je ne suis pas apte à répondre pour le moment, elle soupire, puis me désigne le banc.

— Allez, assieds-toi, je t'ai préparé des croissants et une boisson chaude.

Son ton, d'une douceur inhabituelle, ne fait qu'amplifier ma confusion. J'en oublie presque de lui demander ce qui s'est produit après mon évanouissement. Elle ne me laisse de toute façon pas le temps de l'interroger :

— Heureusement que le petit Dan t'a trouvée ! Tu vas m'aider à lui préparer un gâteau après, pour le remercier.

Je m'étouffe avec le thé encore brûlant, écopant d'un regard sévère de Blanche.

— C'est la moindre des choses, fait-elle remarquer.

Ce n'est pas l'idée de cuisiner un gâteau pour « le petit Dan » qui m'a fait frôler la mort par suffocation – quoique maintenant que j'y songe, il y a de quoi en recracher son rooibos.

— Dan m'a ramenée ?

— En pleine nuit, approuve Blanche sur un ton de reproche. Je n'avais pas eu de réveil aussi stressant depuis les années maudites où mon époux devait se lever aux aurores pour aller aux champs…

C'est la première fois qu'elle parle de son mari, mais je n'ai pas le temps d'y songer davantage, Blanche poursuit son récit :

— Il te portait comme une poupée désarticulée, tu étais dans un de ces états… Je l'ai aidé à te déposer dans ton lit, et je lui ai promis que tu le remercierais comme il se doit le lendemain.

Elle m'a aussi lavée, probablement nettoyé et ensuite pansé les pieds, m'évitant ainsi une infection. Sans parler de la chemise de nuit qu'elle m'a prêtée, elle qui accorde une telle importance à ses affaires. Le fait qu'elle ne le mentionne pas ne me surprend pas vraiment. Je crois que je cerne de mieux en mieux son fonctionnement.

— Qu'est-ce qu'il fabriquait dans la forêt, en pleine nuit ?

Blanche me fusille du regard, tout sourire envolé.

— Et toi donc ? Il t'a trouvée dans la terre, allongée au milieu des arbres, pieds nus, en pyjama… Qu'est-ce qui t'est passé par la tête ? Et ça t'arrive souvent, de t'évanouir comme ça ?

— Quand j'étais plus petite, oui… Mais ça allait mieux depuis quelques années.

Blanche pousse un soupir.

— Je ne te nourris peut-être pas assez… Tu m'as dit que tu dormais mal, il n'y a pas longtemps. C'est encore le cas ? Tu ne bois pas de thé le soir avant de te coucher, hein ?

Je ne peux m'empêcher de lui sourire, ce qui ne fait qu'accroître son agacement. Son inquiétude me touche. Je m'en veux de l'avoir sortie du lit en pleine nuit, de lui avoir imposé un tel stress. J'étais censée lui faciliter la vie en l'aidant pour ses courses, pas la déranger…

— Je suis désolée. Je ne sais pas ce qui m'a pris. J'étais à moitié réveillée quand je suis sortie, je pense que je rêvais encore. Merci d'avoir pris soin de moi.

Ma logeuse écarte mes remerciements d'un geste sec de la main, puis m'examine un long moment, songeuse.

— Peu importe, conclut-elle enfin. Que ça ne se reproduise pas, entendu ? Attache-toi à ton lit s'il le faut.

Je le lui promets, l'esprit absent. Tout ce qui s'est produit me semble complètement fou. Et Dan m'aurait portée jusque chez Blanche ? Cette brute qui m'est si hostile, mon sauveur ?

Et pourquoi se trouvait-il dans la forêt ? J'avais une raison de m'y rendre – une raison étrange, et que je n'avouerai pas à Blanche de peur de passer pour folle. Mais Dan, que faisait-il en pleine nuit dans une forêt que tous ses voisins fuient ?

Blanche ne me laisse pas y réfléchir, m'ordonnant de commencer avec elle la confection du cake au citron, « le gâteau préféré du petit Dan ». Je ne peux que la croire à ce sujet, même si je me demande comment elle peut savoir une chose pareille.

Blanche se montre directive, mais étonnamment patiente pour une fois – surtout au vu de mon absence complète de talent culinaire. Nous ne parlons que de la recette qu'elle connaît par cœur, mais cela suffit à me ramener un peu sur terre : les événements de cette nuit m'ont plongée dans un flou constant ; l'action de cuisiner, elle, est si concrète, si logique et, par conséquent, si réelle ! Veiller à respecter les dosages, fouetter les œufs, éplucher le citron… je ne pensais pas trouver un tel réconfort dans des gestes si simples – et auxquels je suis aussi peu habituée. Je n'ai quasiment jamais cuisiné. Même à la colocation, on a vite compris qu'il valait mieux me tenir éloignée des fourneaux. Hormis pour dessiner, je n'ai jamais été très à l'aise avec mes mains – avec mon corps tout entier, à vrai dire.

Battre les œufs me fatigue tant que, le bras brûlant, je dois faire des pauses toutes les trente secondes, et je manque de renverser le bol par terre deux fois. Mais je m'implique sincèrement, luttant de mon mieux contre ma maladresse, comme je l'ai toujours fait. Blanche, qui s'en rend compte, m'adresse des signes de tête approbateurs quand mes gestes la satisfont. Lorsque nous avons fini de remplir le moule, je contemple le fruit de notre travail, un sourire sur les lèvres.

Elle m'abandonne le temps que le cake cuise pour retourner à son jardin. Je comprends un peu mieux pourquoi elle passe autant de temps à en prendre soin ou à cuisiner. S'occuper libère l'esprit, au moins un moment.

Je mets une éternité à arriver chez Dan, grimaçant de douleur à chaque pas. Heureusement qu'il ne vit pas loin.

Note à moi-même : ne plus jamais sortir sans chaussure en forêt.

J'arrive avec soulagement devant la vieille et vaste maison que m'a décrite Blanche, située sur une colline à l'est de chez elle. La demeure en pierre borde un champ que je devine appartenir à sa famille. Une grange se dresse plus loin, devant laquelle je crois reconnaître son père, le marchand barbu qui travaillait avec Dan au marché.

Je suis accueillie par la petite femme qui m'a indiqué où se trouvait l'Atelier, le lendemain de mon arrivée. Quand je lui annonce être là pour Dan, elle pose un regard appréciateur sur le cake que je tiens maladroitement dans mes mains. Un sourire radieux illumine son visage.

— La nouvelle ! Entre ! Je ne savais pas que Dan et toi étiez amis. Enfin ça ne m'étonne pas, ajoute-t-elle avec fierté, *tous* ses amis sont des artistes.

Trop tard pour reculer. J'entre, mal à l'aise comme jamais, accueillie par une douce odeur de brioche et de viande chaude qui me fait saliver. Lorsqu'elle ferme la porte derrière moi, je prends conscience de la situation dans laquelle je me suis fourrée. Dan va me balancer mon pauvre cake au citron en pleine face avant de m'y enfoncer le visage.

CHAPITRE 7

Au moins, je mourrai le nez dans un délicieux arôme citronné.

À ma grande surprise – et à mon effroi plus grand encore –, la mère de Dan me guide en haut des escaliers, jusqu'à la chambre de son fils. Les marches en bois sombre crissent sous mes pas, tandis que je passe devant des photos de famille ornant le mur en lambris, où Dan grandit sous mes yeux : au milieu d'un champ, tenant fièrement un râteau trop haut pour lui ; dans un temple, tendant le bras pour qu'un moine vêtu d'orange y attache un ensemble de ficelles colorées ; sur les Champs-Élysées, entouré de ses grands-parents, j'imagine ; devant des ruines immenses qui se dressent au loin, en lesquelles je crois reconnaître Angkor Vat, au Cambodge… Quand elle ouvre la porte de la chambre et m'invite à y entrer, je m'efforce de garder les yeux rivés au sol.

— Il aide son père, mais il devrait bientôt rentrer. Je te laisse attendre ici !

Elle hésite un moment, avant de s'exclamer :

— Oh, je vais t'apporter à boire, bien sûr ! Tu veux aussi des *nom paos* ? Je viens d'en préparer.

À mon air interloqué, elle ajoute sans me laisser répondre :

— Je vais te faire goûter, tu vas adorer, j'en suis sûre !

J'ai à peine le temps de poser le cake sur le bureau couvert de feuilles volantes et de carnets qu'elle revient pour me tendre un verre de jus de fruits et une sorte de grosse brioche blanche. Le *nom pao* réchauffe mes doigts, exhalant la même odeur alléchante qu'en bas. Je la remercie, légèrement déstabilisée. Je suis si peu habituée à ce que les habitants d'Ombelle me traitent avec gentillesse que j'en ai perdu mes moyens.

Mon hôtesse m'adresse un signe de tête encourageant et, malgré mon estomac noué, je plonge les dents dans la brioche pour lui faire plaisir. Aussitôt, mon corps se détend un peu. Légèrement sucrée, la pâte est moelleuse, réconfortante. La farce aux champignons, salée et savoureuse, a beau me brûler la langue, je ne peux m'empêcher de sourire la bouche pleine.

— Tu as le même sourire que mon fils quand il en mange ! se rengorge la mère de Dan.

J'ai un peu de mal à me figurer ce dernier sourire, et encore plus à nous imaginer un point commun, mais je me contente de répondre un sincère :

— Ch'est très bon, merchi !

— Évidemment que c'est bon !

Avec un air satisfait, elle me laisse seule. Mon anxiété resurgit aussitôt la brioche dévorée.

Est-ce que je pouvais imaginer situation plus gênante ? Non.

Est-ce que je devrais laisser le cake et m'enfuir au plus vite ? Sans doute.

Mais ce serait me montrer impolie envers la gentille mère de Dan, ne pas respecter la promesse que j'ai faite à Blanche – ai-je seulement promis quelque chose, en réalité ? – et, surtout, manquer une occasion d'en apprendre plus sur cette nuit. Car si quelqu'un peut bien m'éclairer, c'est Dan. Je rassemble mon courage et décide de l'attendre, observant ce qui m'entoure.

La chambre de Dan est plutôt sobre. Il n'y a pas de poster, pas de peinture vive au mur, pas de collection de figurines, rien de bien transcendant, si ce n'est l'amoncellement de feuilles et de carnets sur son bureau et les deux bibliothèques remplies de livres. Je m'en approche pour y découvrir à la fois des bandes dessinées, des romans, des mangas et des comics. Des quelques noms que je reconnais, pour les avoir empruntés à mes anciens colocataires ou en avoir entendu parler, je ressors une tendance : ce sont des bonnes histoires, avec un scénario correctement ficelé. Dans la deuxième bibliothèque se trouvent plusieurs essais sur le scénario, la construction des personnages, la structure d'une histoire… Je commence à saisir.

De retour auprès du bureau, je prête plus d'attention au chaos qui y règne. Un petit mot est posé à côté d'une jolie boîte ouverte sur une plume : *À nos histoires. À tes histoires.* Au vu de la disposition des pages volantes sous mes yeux, « le petit Dan » rédige des scénarios. Jamais je n'aurais attribué une telle passion à un garçon aussi… disons, peu enclin à la communication. Comme quoi, il ne faut jamais se fier aux apparences. Une leçon qu'on n'apprend jamais vraiment.

Son bac, encadré, date d'il y a trois ans, ce qui signifie qu'il a plus ou moins vingt ans. Et il l'a eu avec mention très bien ! Une moue impressionnée se forme sur mes lèvres. On est loin de mes propres résultats.

Il y a quelques photos collées aux murs. L'une d'elles représente quatre enfants riant aux éclats, j'y reconnais aisément son regard noir. Il a l'air si innocent, c'est étrange de songer qu'il s'agit de la même personne… Une autre photo trône au-dessus de son bureau, plus récente. Les hauts immeubles en arrière-plan me rappellent La Défense, à Paris. Un jeune homme blond en sweat sourit à l'objectif, sa main dans les cheveux de Dan, arrachant à ce dernier une grimace amusée. Juste à côté, le premier prix d'un concours de nouvelles pour jeunes auteurs. Et, fièrement encadré, un article de journal sur une web-série tournée à Paris, que le titre qualifie de *novatrice* et *passionnante*. Apparemment, Dan est talentueux.

Un écho me parvient, brisant la quiétude du moment. Je me redresse, me tourne vers la porte. Une voix grave gronde pour s'éteindre aussitôt, et les marches grincent sous des pas précipités. Le bruit augmente, augmente. J'attends, mon cœur battant au rythme de ce compte à rebours. Quand la porte s'ouvre enfin, j'ai l'impression que je vais me liquéfier.

— Qu'est-ce que tu fous là ?

Dan me dévisage comme s'il avait un monstre en face de lui. Il referme la porte derrière lui avec une lenteur plus terrifiante encore que s'il l'avait claquée : il veut éviter d'alerter sa mère. Une fois à mon niveau, son visage se penche sur moi, menaçant. Le sourire du Dan des photos, celui qui, soi-disant, ressemble au mien, est un lointain souvenir en cet instant.

— Qu'est-ce que tu fous là ? répète-t-il d'une voix venimeuse.

— Ta mère… Elle m'a… C'est Blanche qui voulait…

Ma faiblesse me révolte. Dan ne se laisse pas attendrir le moins du monde, il s'avance davantage, m'obligeant à reculer.

— Comment est-ce que tu oses venir dans ma chambre ? Tu te prends pour qui, putain ? T'en as pas déjà assez fait ?

CHAPITRE 7

J'écarquille les yeux, médusée par l'ampleur de son animosité. Qu'est-ce qu'il me reproche au juste ? De m'être évanouie dans la forêt ?

Un frisson me parcourt. Ses paroles me rappellent le mot qui a été déposé dans la boîte aux lettres de Blanche. *Tu as fait assez de mal comme ça.* Quand je l'ai lu, il m'a paru évident qu'il était adressé à ma logeuse. Après tout, je suis nouvelle à Ombelle, et Blanche n'a pas eu l'air franchement surprise de le recevoir. Les disputes de voisinage, ça arrive même dans ce genre de petits villages…

Et si je m'étais trompée ?

Je n'ai pas le temps d'y réfléchir davantage, Dan assène avec cruauté :

— J'aurais dû te laisser là-bas, cette nuit.

C'est le déclic. Le moment où ma fierté reprend le dessus. Où mon esprit craque. Peu importe ce qu'il a à me reprocher. Je ne peux pas le laisser me parler ainsi. Je me redresse.

— Je suis venue t'apporter un gâteau pour te remercier. Blanche dit que tu aimes le cake au citron, j'espère qu'il te plaira plus que ma compagnie !

J'avance d'un pas, et c'est lui qui recule, comme s'il craignait d'entrer en contact avec moi. L'espace d'une seconde, je crois lire dans ses yeux une émotion que je n'aurais jamais pensé lui inspirer : de la peur. Triomphante, j'avance davantage, hausse le ton :

— J'ai essayé d'être gentille, de comprendre, mais tu continues à te comporter comme un connard. Ça suffit maintenant. N'essaie plus jamais de m'intimider.

Le regard de mon adversaire s'étrécit et il réplique, piqué au vif :

— Tu n'as que ce que tu mérites.

— Comment est-ce que tu peux le savoir ? Tu ne me connais pas !

Il ouvre la bouche pour répondre, puis se ravise, et les muscles de ses mâchoires se contractent, trahissant sa frustration. J'en déduis, à tort ou à raison, que j'ai gagné et décide de quitter la chambre à ces mots. Dévalant les escaliers, je me rends compte que je n'ai pas demandé à Dan de me parler de cette nuit.

Eh bien tant pis. Au diable cette fichue nuit, mes hallucinations et mon sauveur qui se révèle bel et bien être un trou du cul. Certaines choses n'ont peut-être pas besoin d'être comprises, après tout ! Je ne suis pas venue dans ce village pour me faire crier dessus, ni pour me poser des questions sur la possible existence de forces mystiques dans une forêt perdue dans les montagnes. Je suis ici pour créer. Et pour créer, il faut quoi ? De l'émotion.

Autant dire que là, tout de suite, j'en ai à revendre.

CHAPITRE 8

Je n'ai jamais peint autant de cerfs de ma vie. Ce qui me pose le plus de soucis, ce sont les bois. Difficile de créer une forme qui soit assez naturelle tout en gardant une bonne symétrie. Sous mes yeux, figés dans un saut, le cou tendu vers le ciel ou le regard rivé sur moi, des dizaines de cerfs colorés plus ou moins réussis recouvrent les feuilles éparpillées sur la table que j'ai installée dans l'Atelier. Je l'ai trouvé désert, comme toujours – quand Alice n'y est pas.

Et, bien évidemment, la voilà qui entre dans l'Atelier. Aux notes de piano qui résonnent, au son des talons qui claquent sur le parquet, je suis certaine que ça ne peut être qu'elle. Je refuse de relever la tête. Je veux rester dans cet état de concentration, de transe presque.

De toute façon, elle aura vite fait de partir quand elle m'aura vue.

Le bruit de ses talons s'interrompt quand, je le devine, elle m'aperçoit au milieu de la pièce. Je l'ignore. Ma colère s'est transformée en passion, et ma main peint seule sous mes yeux avides de couleurs.

— Il va bientôt y avoir un cours, si jamais…

La voix d'Alice, définitivement trop douce, me contraint à lever le nez de mes aquarelles. Dans une jolie robe en laine blanche cintrée à la taille, avec ses petites bottines à talons et son maquillage irisé, Alice a l'air d'une fée. Je me demande comment elle peut marcher avec de telles chaussures sur un sol tantôt maladroitement pavé, tantôt fait de terre.

— Un cours ?

Ma voix est rauque. Depuis combien d'heures suis-je là, à peindre sans parler ni boire ?

— Je donne un cours d'arts plastiques aux enfants en fin d'après-midi.

— Ah…

Est-ce qu'elle est en train de me chasser ? Devinant ma question, elle ajoute précipitamment :

— Tu as du temps encore ! Et puis, tu pourras même rester pendant le cours. Seulement, les enfants sont un peu…

Elle me sourit.

— Ce sont des enfants.

Ce qui implique du bruit, de l'agitation, et les questions qu'ils ne manqueront pas de me poser. « T'es qui ? Tu viens d'où ? Pourquoi tu dessines que des cerfs ? Pourquoi c'est pas beau ce que tu fais ? »

— Je vois, je réponds dans un sourire.

Elle s'approche de moi, si bien que je me demande si je ne suis pas en train de rêver une fois de plus. Mais non, de sa démarche légère, Alice est bien en train d'avancer dans ma direction.

— Je peux voir ce que tu peins ?

Ah, oui, là on a clairement atteint le stade de l'irréel. Alice a l'air embarrassée, presque… désolée. Elle attend un hochement de tête de ma part pour contourner la table et me rejoindre derrière les peintures. Elle dégage une odeur florale. Ça n'aurait pas pu être autrement. Il fallait qu'elle sente les fleurs.

— C'est plutôt joli.

C'est le compliment le plus navrant que j'aie jamais entendu. Personne n'a envie qu'on lui dise ça. Pourtant, mon cœur se soulève à ces mots.

— Tu trouves ?

Un sourire sincère illumine son visage. Jamais cette fille n'a autant souri devant moi. Elle hoche doucement la tête. Je demande :

— Tu peins aussi à l'aquarelle ?

— Très peu. Je préfère l'acrylique.

— Je m'en doutais.

Nous échangeons un regard complice, puis Alice s'éloigne de quelques pas, comme par réflexe. Je commence à songer qu'elle est peut-être mortellement timide. Quel effort cela lui coûte-t-il de me parler ainsi ? Je lui en suis étrangement reconnaissante. Après mon altercation avec Dan, j'avais besoin de sympathie.

— Je… je peux te poser une question ?

Surprise, je la dévisage. Elle ne me regarde plus, l'air plus gênée encore qu'auparavant.

— Tant que tu ne me demandes pas de t'apprendre l'aquarelle. Je suis déjà incapable de me l'apprendre.

Les lèvres d'Alice frémissent. Mon cœur se réchauffe. J'ai failli la faire rire. Elle parcourt la salle pour chercher une chaise qu'elle rapporte devant moi. Et, tranquillement, comme si la situation n'avait rien de surprenant, elle s'assied face à moi.

— Pourquoi tu es à Ombelle ?

Il n'y a nul jugement, nulle hostilité dans sa voix. J'y perçois une curiosité sincère et, toujours, cette délicatesse qui lui est si spécifique.

Je pourrais lui répéter ce que j'ai dit à Blanche, ce que j'ai dit à sa propre mère, quand Alice se trouvait dans la voiture, jouant à la morte. Je pourrais nier la vérité, continuer à éviter la véritable raison de ma venue ici, celle que je peine à m'avouer. Mais quelque chose s'est brisé, petit à petit, depuis mon arrivée ici. Je me sens prête à faire un pas supplémentaire. D'autant plus s'il peut me rapprocher de cette fille.

— Je suis venue chercher l'inspiration… et aussi…

Les mots restent bloqués dans ma gorge. Alice me scrute de ses grands yeux sous ses lunettes rondes, d'un regard si direct que j'ai la sensation qu'elle peut deviner ce que je m'apprête à dire.

— Je crois que je viens d'ici… d'Ombelle.

Je me sens glacée, tout à coup. Elle a l'air surprise, mais pas autant que je l'imaginais. La scène me semble encore plus irréelle. Je n'arrive pas à croire que je l'ai dit, ça y est.

— Tu as des souvenirs d'ici ? demande-t-elle. De ton passé dans ce village ?

— Non. Aucun.

— Alors… comment sais-tu que tu viens d'Ombelle ?

Encore une fois, sa question aurait pu sonner comme un défi, mais il n'en est rien.

— J'ai eu une enfance un peu confuse, j'admets du bout des lèvres. C'est compliqué. Peut-être que je ne *viens* pas d'ici, mais je sens… je sais que j'ai un lien avec cet endroit. Et…

Ma voix s'éteint. Je fixe mes mains, posées sur la table. Je n'ai pas envie de m'étaler sur le sujet. Alice en sait assez, désormais. Elle en sait plus que quiconque, d'ailleurs. J'évite généralement de parler de mon passé.

— Tu penses que tu as grandi ici, donc ?

— Peut-être… Je ne sais pas.

— Et tu as oublié ton enfance ?

Cette fois, je ne réponds pas. J'aimerais retourner à mes cerfs.

Alice laisse planer un silence. Je la sens un peu nerveuse, hésitante peut-être. J'espère qu'elle comprendra que je ne souhaite plus en parler, mais après un moment, elle déclare d'une voix plus douce encore que d'ordinaire, comme pour ne pas me brusquer :

— Le village est petit, il n'y a qu'une école, je t'aurais forcément croisée si tu y étais allée et… je ne me souviens pas de toi.

Je joue avec le pinceau, effleurant ses poils du bout de l'index.

— Peut-être que tu es partie très jeune, avant la maternelle. Ou que tu allais à l'école d'un autre village… Tu sais, l'Atelier, c'est un peu la seule activité qu'il y a pour les enfants, à Ombelle. On y est presque tous passés. Est-ce que tu te souviens être déjà venue ici ?

Je secoue la tête. Après un silence, Alice renchérit sur un ton plus léger :

— Ça a toujours été mon endroit préféré… Le seul où l'on peut être qui l'on souhaite, sans craindre d'être jugé par les autres.

Ses paroles réveillent mon intérêt. Je repose le pinceau, lève la tête vers elle.

— Tu viens depuis toute petite, c'est ça ?

— Oui. Et maintenant, j'enseigne aussi aux enfants. Ils ont pensé à transformer l'Atelier en salle des fêtes… mais, par chance, c'est encore jamais passé. Cet endroit, c'est la seule richesse culturelle de notre village, la seule échappatoire pour nos jeunes.

Sa seule échappatoire.

J'ai envie de lui demander pourquoi elle me parle, elle qui était si désolée de ne pas pouvoir le faire la veille, mais je suis certaine que ça briserait la fragile harmonie qui s'est instaurée entre nous.

— Tu es la seule à enseigner ici ?

— Oui… Avant, c'étaient des parents qui s'en chargeaient, mais maintenant je gère les cours toute seule. Il n'y en a pas beaucoup, donc ça ne me prend pas trop de temps… Et puis, du temps, j'en ai.

Elle hausse les épaules, mais je sens qu'elle s'est légèrement tendue à ces mots. Je devine que je ne dois pas la lancer sur ce terrain.

— Et les enfants sont attentifs ?

— Je n'enseigne pas qu'à des enfants. Il y a aussi quelques adolescents qui rêvent d'aller en école d'art… et je donne même un cours pour adultes. Ce sont plutôt des ateliers que des cours, en réalité. Ils viennent avec leurs idées et leur envie de créer, et je les conseille et les encourage, c'est tout… Mais c'est agréable.

Je ne pensais pas qu'Alice pouvait autant parler. Je lui souris, un peu amusée.

— J'aurais bien aimé avoir une prof comme toi, dans mon école.

— Ça ne s'est pas bien passé ?

— Je crois que tu aurais détesté.

CHAPITRE 8

Première erreur. Alice se referme un peu. Avant que je puisse trouver un sujet sur lequel la relancer, elle demande soudainement :

— Tu as vu les photos à l'entrée ?

— Celles des enfants ?

Elle se lève, m'invitant silencieusement à la suivre. J'obtempère malgré le nœud qui recommence à grossir dans mon estomac. Je n'ose pas y penser clairement, et encore moins l'énoncer, mais l'idée qu'elle paraît avoir m'avait aussi effleurée.

— Tu es là ? je demande, curieuse.

Elle me désigne trois photos, l'une où une petite gamine aux immenses lunettes est entourée d'une horde d'enfants, une autre où une Alice adolescente pose aux côtés de ses élèves, et une dernière où quatre gamins me sourient. Elle n'a pas de lunettes sur celle-là et ses cheveux sont aussi longs que les miens, mais je la reconnais malgré tout. À sa droite, un garçon maigrichon fait une grimace et, à sa gauche, un enfant radieux en qui je reconnais Dan mime des cornes avec ses doigts derrière la tête blonde d'une fillette qui tire la langue. Au milieu de ces garnements, Alice a l'air d'un petit ange. C'est cette photo qu'elle fixe le plus longtemps, une lueur étrange dans les yeux.

Il y a quelque chose de familier dans ces visages d'enfants que je ne m'explique pas. Hormis Dan et Alice, je ne les ai jamais vus. Pourtant, je m'attarde sur le portrait, parcourue de fourmillements. Et puis, soudain, l'évidence : j'ai vu une photo similaire dans la chambre de Dan. Je m'en désintéresse aussitôt, vaguement déçue par la simplicité de cette conclusion. Mon regard parcourt les dizaines d'autres images collées au mur.

— Peut-être que je suis sur une de ces photos, je dis enfin, après un long silence.

Le formuler rend l'hypothèse plus vraisemblable encore. Alice pose un regard insondable sur moi, sans répondre.

Après quelques minutes, je secoue la tête. Je ne me reconnais nulle part, mais j'ai sans doute beaucoup changé depuis mon enfance, et je n'ai aucune photo de cette période pour comparer. Je me promets de prendre le temps d'analyser plus longuement tous les clichés un autre jour.

Nous retournons ensuite dans l'Atelier, où j'aide Alice à installer les tables pour son cours. Je lui pose des questions sur son travail, qui semble lui plaire sans la passionner non plus. La discussion manque de naturel et, parfois, Alice se tait pour m'observer. Mais je suis heureuse d'avoir enfin une conversation avec quelqu'un de mon âge, qui plus est avec elle. J'espère qu'elle ne devine pas à quel point elle m'intrigue, ni la fierté que je ressens d'être parvenue à la faire sortir de sa coquille. Ses rejets et sa peur initiale m'apparaissent désormais comme de la timidité, rien de plus.

Enfin, les premiers enfants arrivent, submergeant la pièce de leurs cris de joie à la vue d'Alice. Comme Dan, elle a l'air de récolter un franc succès chez les petits du village. Au moins, elle, elle le mérite. Je la remercie pour sa compagnie et lui souhaite bon courage pour s'occuper des enfants surexcités. Dans un sourire, elle me salue.

Je sors de l'Atelier, le cœur presque aussi léger que lorsque je suis arrivée à Ombelle. Mais dans le vestibule, je prends garde à ne pas jeter le moindre coup d'œil aux photos.

CHAPITRE 9

Les jours passent et, pierre après pierre, le mur qu'Alice avait érigé entre nous se brise. Je la vois s'épanouir lentement, comme les petites fleurs blanches qui éclosent sur le cerisier du jardin de Blanche. Au fur et à mesure de nos rencontres à l'Atelier, elle me raconte la vie passionnante de ses modèles, qu'elle appelle ses muses, et me parle du petit hameau de deux cent cinquante âmes dans lequel je vis depuis deux semaines.

Le village tient son nom des quantités fabuleuses de fleurs en ombelles blanches qui poussaient dans la forêt et ses alentours, à l'époque. Selon la mère d'Alice, le sol semblait alors couvert de neige, si bien qu'on disait qu'un hiver quasi éternel régnait dans la forêt d'Ombelle.

Et puis elles se sont mises à pousser de moins en moins, jusqu'à pratiquement disparaître. La mère de Dan dit que c'est parce que les gens ont trop foulé la terre, le grand-père d'Alice, lui, assurait que les esprits de la forêt étaient trop fatigués pour continuer leur travail correctement.

Alice ne déteste pas Ombelle. Chacun de ses récits, chacune de ses anecdotes est teinté de nostalgie et d'affection. Mais elle s'y ennuie, et je ne peux que la comprendre. J'y trouve de plus en plus ce que je suis venue y chercher ; elle, elle n'y a accès qu'à une ferme retapée pour exprimer son art.

J'évite soigneusement de lui demander pourquoi elle ne part pas. Ce serait risquer de tout briser. Il reste une frontière entre nous. Enfin, c'est toujours mieux qu'un mur.

— Tu retournes à l'Atelier ce soir ?

Blanche soupe avec moi. La règle absolue qu'elle avait établie à mon arrivée a finalement été abolie. De temps à autre, elle se joint à mes repas et, si nous gardons généralement le silence, je ne m'en sens plus gênée.

— Oui. J'aimerais qu'Alice m'apprenne l'acrylique. C'est une technique que je ne maîtrise pas du tout, et elle est si douée…

— C'est vrai qu'elle a du talent, Alice.

C'est rare de l'entendre parler de quelqu'un qui vit au village avec bienveillance.

— Vous avez déjà vu ses peintures ?

— Elle a fait une petite exposition à l'Atelier, quand elle était plus jeune. Mon époux a insisté pour qu'on s'y rende. Il adorait la peinture, le dessin, ces trucs-là. Mais il était vraiment très mauvais, lui.

Elle grimace, mais il y a de la tendresse dans ses mots. J'aimerais lui demander si elle a gardé les dessins de son mari. Je n'ose pas.

Blanche ne m'en laisse de toute façon pas le temps.

— Alice ne te fuit plus, ça veut dire ?

Elle me sourit d'un air malicieux, de longues rides se forment aux coins de ses yeux. Plus je la côtoie, plus elle me semble belle. Elle a quelque chose de lumineux, comme Alice.

— On se croise souvent à l'Atelier, alors on discute maintenant.

Blanche hoche la tête, comme si la nouvelle la satisfaisait.

— C'est bien la seule jeune de mon âge qui m'adresse la parole, d'ailleurs…

— Ça court pas les rues d'Ombelle, les gosses de ton âge.

— Il y en a deux autres. Dan, que notre cake au citron n'a pas rendu plus aimable, et un autre, un type aux cheveux blancs.

— C'est Jude, ça.

Blanche mâchonne un bout de pain, sans doute pour faire passer son plat trop épicé. J'ai fini par m'habituer à son manque total de pondération dans les dosages. Je bois beaucoup d'eau, désormais.

— Je l'avais croisé au marché, la première fois. Eh bien, quand j'y suis retournée hier, il m'a encore ignorée.

— Il n'est plus très bavard depuis quelque temps.

— Parce que vous le voyez souvent ?

Elle hausse les sourcils. Blanche parle toujours comme si elle côtoyait les habitants d'Ombelle régulièrement, alors qu'elle ne met plus les pieds au village depuis une éternité. Avant moi, c'était une lycéenne qui avait besoin d'argent qui lui apportait ses courses, mais elle a obtenu son bac et est partie faire ses études en ville.

— Un point pour toi, admet-elle. Je ne l'ai pas vu

depuis au moins un an. Mais, à cette époque, il causait déjà plus. Et je ne te parle pas de sourire.

Avec une douceur inhabituelle, elle ajoute :

— Quand il était petit, c'était un vrai comique et un sacré garnement. Les gens changent en grandissant…

Je ressasse ses paroles, pensive. Je peine à imaginer le jeune homme laconique en enfant rigolard. Au bout d'un moment, j'en conclus, un peu soulagée :

— Donc il est comme ça avec tout le monde, pas seulement avec moi…

— Ah, ça, rien ne dit qu'il ne te déteste pas !

— Il parlait avec Dan l'autre jour. S'il le connaît bien, il a peut-être eu le temps de briefer Jude à mon sujet. « Méfie-toi de la sorcière venue de Paris ! »

— C'est une très mauvaise imitation de Dan.

— Parce que vous le connaissez bien, lui aussi ?

Je ne parviens pas à masquer mon animosité. Depuis notre confrontation, j'ai du mal à penser à lui sans me sentir bouillonner intérieurement. Et puis, il y a toujours ce doute qui subsiste, dans un coin de ma tête, à propos du mot de menace.

— C'est un petit village. Tout le monde connaît tout le monde, Cléa. Il te faut du temps pour le comprendre.

Blanche se lève sur ces mots, prend son assiette vide et ses couverts.

— Jude et Dan sont de bons amis, m'apprend-elle. Petits, ils étaient tout le temps fourrés ensemble à l'Atelier, avec Alice.

Avec Alice ? Je n'ai pas le temps de m'attarder sur cette information, Blanche poursuit :

— Ils me font un peu de peine, ces gosses. Ils restent

à Ombelle alors que tous leurs copains sont partis après le lycée.

Blanche doit remarquer mon intérêt, car elle s'immobilise pour me dévisager, l'air hésitant. Après un flottement, elle ajoute, comme en réponse à ma question muette :

— Ils ont vécu quelque chose d'assez… traumatisant, quand ils étaient gamins.

Elle se lève pour aller faire sa vaisselle, m'abandonnant là, comme ça, songeant peut-être que je vais me satisfaire de ces miettes d'informations. Après deux minutes, n'y tenant plus, je me lève et la rejoins.

— Qu'est-ce qui s'est passé ?

Blanche me lance un regard critique, coupe l'eau et secoue ses mains, m'éclaboussant au passage.

— Tu es bien curieuse.

Elle va sûrement me rembarrer une fois de plus et me laisser dans le flou. Je mesure à quel point mon indiscrétion est déplacée, mais Blanche ne peut pas entamer un récit pour l'achever si brutalement ! Je m'empare d'une serviette et me mets à essuyer sa vaisselle sous son regard perçant.

— Ne va pas leur en parler, c'est compris ? soupire-t-elle.

Je hoche vivement la tête, frottant l'assiette comme si ma vie en dépendait. Mais les paroles de ma logeuse interrompent net mon geste.

— Une de leurs amies est morte quand ils n'avaient même pas onze ans… C'est une triste histoire dont on ne connaît pas l'entière vérité. Ça a marqué tout le village, mais eux… ils étaient si jeunes, ils ont eu bien du mal à s'en remettre.

Ma curiosité s'est transformée en effroi. Mes doigts crispés sur l'assiette étincelante, je suis incapable de dire un mot. Blanche me considère froidement.

— Tu n'as pas intérêt à parler de ça à qui que ce soit ! Personne n'aime se souvenir de cette affaire. Les parents et la petite étaient très aimés à Ombelle.

À ces derniers mots, sa voix s'essouffle.

— Je n'aurais pas dû te raconter tout ça, soupire-t-elle.

Ses mains reposent sur le bord de l'évier, comme mortes. Blanche m'apparaît soudain si fragile que j'en ai le cœur serré. J'ai l'impression d'avoir fait quelque chose de mal en la poussant à aborder ce sujet. Je lui souffle, avec le plus de douceur possible :

— Je vais finir la vaisselle.

Blanche prend quelques secondes à réagir, puis hoche lentement la tête. Elle quitte la cuisine, et j'entends la porte d'entrée s'ouvrir et se fermer. Blanche est partie se réfugier dans son jardin.

C'est la première fois que je la vois comme ça. Et ce n'était pas une vision agréable. Une culpabilité irrationnelle m'enveloppe de ses bras glacés. Je ne me rends compte que lorsqu'elle se met à saigner que je mordille sauvagement la pulpe entourant mes ongles.

Une fois la vaisselle achevée, je retourne comme prévu à l'Atelier. Sur le chemin, mon malaise ne fait qu'augmenter. Je n'aurais pas dû insister. Peut-être qu'il aurait mieux valu que je ne sache jamais pour leur amie – ou alors que je l'apprenne d'Alice, quand elle aurait été prête.

Et je sens que quelque chose m'échappe, une fois de

plus. Je me demande si la réponse est à chercher dans les paroles de Blanche, ou dans ses silences.

Je tiens ma promesse et ne parle pas à Alice de ce que je viens d'apprendre, lorsqu'elle me rejoint à l'Atelier. De toute manière, elle a vite fait de me changer les idées. C'est étrange comme, après seulement quelques jours d'échanges, j'ai la sensation de la connaître depuis longtemps. Tout est devenu simple avec elle, subitement.

— Tu es sûre que tu te sens prête ? me demande-t-elle en me désignant les pots d'acrylique.

— Avec toi comme prof, bien sûr !

— Une bonne prof ne suffit pas !

Alice plaisante, maintenant. Et j'ai découvert qu'elle ne manquait pas de confiance en son travail, contrebalancée par une exigence qui la pousse à tout le temps se remettre en question. C'est agréable – et rafraîchissant – de côtoyer une artiste qui n'est ni arrogante ni persuadée à tort d'être une ratée. Elle saura m'enseigner sans me dénigrer, mais sans me conforter dans ma médiocrité pour autant.

Alice m'aide à tendre une feuille format raisin au mur. Elle préfère peindre de cette façon, même si l'Atelier dispose de chevalets.

— C'est plus… ça défoule.

Elle hausse les épaules avec un sourire. Cette explication me convient. Je peins toujours assise, voûtée sur mon aquarelle. Créer debout, c'est une nouveauté qui n'est pas pour me déplaire.

Alice me rappelle rapidement les bases. Elle prépare

ses couleurs à l'avance sur de grandes assiettes. Et, régulièrement, elle asperge le tout pour maintenir la peinture fraîche. L'acrylique sèche très vite. Pour pouvoir la travailler sur la longueur, il faut régulièrement l'humidifier avec un vaporisateur d'eau à laquelle elle ajoute un produit qui prolonge la malléabilité de la peinture.

— En été, c'est encore pire. Deux minutes d'inattention et tout est sec !

C'est bien ce que je détestais, avec l'acrylique.

Alice parvient à peindre « dans la matière », comme elle le dit si bien. Chacun de ses grands coups de pinceau énergiques est étudié. Elle pose ses premières couleurs avec générosité et, étape par étape, part sur des pinceaux plus petits, en tenant parfois plusieurs dans ses mains – et entre ses lèvres – pour mélanger les couleurs tant qu'elles sont encore fraîches. Quand j'essayais de faire ça, tenant maladroitement mes deux pinceaux, le résultat était toujours affreux. Mais Alice a saisi quelque chose qui m'a toujours échappé. Ça semble instinctif chez elle.

— Tu ne commences pas ? me demande-t-elle soudain, tout en vaporisant sa peinture.

Je n'ai fait que l'observer, espérant comprendre dans ses gestes le secret de l'acrylique. Mais je patauge encore.

— Il faut pratiquer, c'est comme ça que tu comprendras.

D'un sourire encourageant, elle insiste :

— Essaie !

Alors j'essaie. Je prépare, comme elle, mes couleurs : diverses nuances de gris froid à base de violet et de jaune, des bleus azurés, un peu d'argent, et un blanc très légèrement bleuté. Le temps que j'aie fini, le tout a déjà commencé à sécher, et je m'empresse de l'asperger d'eau. Puis, du bout du pinceau, je trace finement la silhouette de mon sujet. Alice peint par taches, par fragments d'ombres et de lumières. Moi, j'ai besoin d'un contour que je recouvrirai ensuite.

Alice s'interrompt soudainement.

— J'ai oublié ! Peindre en musique, c'est mieux. Ça te dérange si j'en mets ?

— Au contraire !

— Je vais chercher mon téléphone. Tu me la gardes humide, s'il te plaît ?

Et à ces mots, confiant sans peur sa peinture à mes soins, elle s'en va de son pas claquant, sa jolie robe verte voletant derrière elle. J'ignore comment elle réussit à préserver sa tenue et ses chaussures quand elle peint. Elle porte un tablier, certes, mais je ne compte plus le nombre de vêtements que j'ai tachés en cours pour ma part. C'est quand elle revient, son téléphone à la main, que je comprends enfin : les chaussures d'Alice sont en fait couvertes de peinture, de même pour les manches de sa robe.

— Tu sais que l'acrylique ne part pas au lavage ?

Alice me lance un regard mutin.

— Vraiment ?

Son ironie est palpable.

— Je passe tout mon temps à peindre, m'explique-t-elle. C'était soit destiner une partie de ma garde-robe à la peinture, soit me recouvrir d'une combinaison intégrale. Ça ne m'embête pas que mes vêtements soient tachés, vu que c'est à ça qu'ils servent. Et j'ai quand même envie de porter des choses qui me plaisent.

— C'est vrai que tu es toujours bien habillée.

— C'est gentil. C'est une question de point de vue, après. Ça ne peut pas plaire à tout le monde.

L'autre jour, Alice arborait fièrement une casquette violette avec une broderie d'hippocampe rose dessus. C'est un concept, mais j'imagine que ça fait aussi partie de son style. Aujourd'hui, elle porte de toutes petites boucles d'oreilles en forme de chat roux accrochées à ses lobes.

Tandis qu'elle cherche une playlist sur Spotify, je lui demande :

— Tu dis ça parce qu'on t'a déjà fait des commentaires ?

Si j'ai bien appris une chose pendant mon adolescence, c'est que la plupart des gens ont du mal avec ce qui sort de leur ordinaire.

Alice me prend doucement le vaporisateur des mains pour rafraîchir sa peinture.

— Quelques-uns, oui, répond-elle avec un vague sourire.

Elle n'a pas besoin d'en dire plus. J'ai envie de lui avouer que moi aussi, j'ai connu ça. Qu'on s'est moqué de mes vêtements ringards, en plus de ma démarche maladroite, de mes tics, de mes rougissements… Mais je déteste évoquer cette période. Et déjà, elle poursuit :

— Les gens du village sont surtout obsédés par mes cheveux. Je les avais comme toi avant, aux épaules, et quand j'ai tout coupé, ça a été le drame du quartier. « Ils étaient si jolis quand ils étaient longs ! Mais tu as l'air d'un garçon maintenant, Alice ! »

Elle hausse les épaules avec un sourire résigné.

Au fond, ça n'a rien de surprenant. Et c'est peut-être ça, le pire.

CHAPITRE 9

— À l'inverse, sur Instagram, des types me disent que je ne suis pas une vraie féministe quand je mets des talons ou des robes courtes…

Alice m'a déjà montré son profil Instagram, quand je lui ai demandé si elle postait son travail sur Internet. Des dizaines de milliers de personnes la suivent, j'en suis encore stupéfaite. Il lui arrive de vendre des tableaux ou des impressions de ses œuvres, de prendre des commandes parfois même, qu'elle envoie un peu partout en France. Elle ne gagne pas des milliers d'euros, mais suffisamment pour mettre de côté. Pour quoi, je l'ignore. Alice ne parle jamais de son avenir.

Sur Instagram, elle ne poste pas que ses peintures : elle publie aussi des vidéos d'elle en train de peindre, partage des articles féministes dans ses stories, raconte en vidéo l'histoire des femmes qu'elle peint, se prend en photo à côté de ses œuvres. C'est sous ces publications que j'ai pu lire ce genre de commentaires : *Féministe en carton. Arrête de recouvrir ta face de maquillage et on en reparle. La meuf donne des leçons de féminisme et s'habille comme une princesse Disney…* La plupart du temps, ils provenaient d'hommes.

— Ça me dégoûte qu'on continue à juger les femmes sur ce qu'elles portent… En quoi est-ce que tu ne serais pas « une vraie féministe », juste parce que tu portes des jupes ? Et puis déjà, c'est quoi, une « vraie » féministe ? Qui le décide ?

Le regard brillant, Alice lance la première musique. Je reconnais dans un sourire les notes à la fois entraînantes et mélancoliques d'une mélodie du *Château Ambulant*[1].

---

1. Film d'animation japonais des studios Ghibli réalisé par Hayao Miyazaki (2004).

— Ça, on pourrait en parler des heures. Mais mon féminisme, en tout cas, il donne le choix à chacune de s'habiller comme elle le souhaite. En jupe ou en pantalon, intégralement couverte ou presque nue. Et il ne décide pas qui est une « vraie » féministe en se basant sur ses vêtements. Le mot « vrai » lui-même, je crois qu'il ne veut rien dire. Au final, tout est une question de perception. Mon vrai, ce n'est pas ton vrai.

J'ignore pourquoi ses paroles me bouleversent tant. Elle se remet à peindre, me laissant figée au point d'en oublier d'asperger ma peinture.

Nous travaillons en silence désormais, portées par les notes de piano mélancoliques. Alice est comme possédée, et moi j'hésite, je tente, j'échoue, je persévère. Je préfère l'aquarelle, mais je trouve un certain plaisir à essayer quelque chose d'autre.

Mon sujet prend forme et, si Alice jetait d'abord des coups d'œil intrigués à ma peinture, il me semble à présent qu'elle évite soigneusement de regarder autre chose que sa feuille. Je suis un peu déçue : déjà parce que, je l'admets, j'espérais des compliments ; ensuite, parce que je m'imaginais bêtement que peut-être elle saurait ce dont il s'agit. Je suis toujours aussi naïve. Personne ne peut reconnaître ce que je peins, puisque c'est mon imagination qui l'a créé, n'est-ce pas ?

Face à moi, maladroitement extrait de mes coups de pinceau, le cerf d'argent me fixe de ses grands yeux, comme dans mon hallucination d'il y a une semaine. Je ne l'ai plus revu depuis. C'est à la fois rassurant… et étrangement décevant.

— Qu'est-ce qu'elle fait là ?

CHAPITRE 9

Mon pinceau dérape au son de la voix et le museau déjà bancal de mon cerf se retrouve barré d'un trait d'argent. À mes côtés, Alice s'est figée. Les notes de piano nous ont dissimulé l'arrivée de celui qui a dit ces mots avec une lenteur dédaigneuse. Alice abaisse ses paupières, et je retrouve la jeune fille effrayée qui m'évitait il y a une semaine encore.

Quand je me retourne, Jude se tient à quelques mètres de moi. Il fixe Alice. Dans ses vêtements sombres et serrés, il a l'air encore plus grand que lorsque je l'ai vu au marché. Ses cheveux blancs laissent légèrement apparaître ses racines d'un brun roux. Ce sont les seuls changements notables, puisqu'il persiste à m'ignorer et arbore le même air sinistre.

— Elle n'a pas le droit de venir ici. C'est pour les Ombellois.

Il ne hausse pas le ton, contrairement à Dan, mais il n'en a pas besoin pour injecter son venin dans ses paroles.

— Je vis ici, je me sens obligée de préciser.

Pas une réponse, pas un regard même. Jude ne quitte pas Alice des yeux. Je me demande si elle va me défendre ou le laisser me mettre à la porte.

— On s'était mis d'accord, insiste-t-il.

Stupéfaite, je me tourne vers Alice, qui décidément n'ose soutenir le regard de personne. Comment ça, « mis d'accord » ? Sur quoi ? Avec qui ?

Comme si elle entendait mes questions muettes, Alice lève enfin un regard hésitant sur moi. Elle reste ainsi, quelques secondes, à chercher je ne sais quoi sur mon visage. Puis son expression se fait résolue, et elle lève le menton en direction de Jude.

— Elle vit à Ombelle. Elle a le droit de venir ici.

Jude hausse un sourcil brun.

— Alice, fait-il d'une voix presque suppliante.

— Je suis encore libre de voir qui je veux.

Cette fois, elle a parlé d'un ton sans appel. Jude secoue la tête, l'air médusé, et je décide de mettre fin au débat. Je regroupe mes pinceaux, m'élance en direction des toilettes où je les lave brièvement - trop même, j'ignore s'ils s'en remettront, l'acrylique ne pardonne pas. Quand je reviens dans l'Atelier, Alice demande, l'air désolé :

— Tu t'en vas ?

— Je préfère.

C'est ma voix qui m'indique à quel point je suis agacée. Moi qui m'énerve peu souvent, ça fait beaucoup d'émotions fortes en peu de temps. Mais les garçons de ce village ont un don pour me pousser dans mes retranchements. Je n'aime pas le conflit, alors autant partir. De toute façon, je faisais n'importe quoi. Je lance un dernier regard consterné à mon cerf. Il ne ressemble à rien.

Quand je pose les yeux sur Jude, je découvre qu'il s'est mis lui aussi à considérer ma peinture. Je me fige, vexée par sa réaction : il la regarde comme on regarderait une véritable abomination. Les oreilles écarlates, il jette un œil écarquillé à Alice, qui détourne à nouveau les yeux. Puis il se referme aussitôt. Quoi, il va lui reprocher de m'avoir permis d'utiliser l'acrylique de l'Atelier, maintenant ? Alice a dit que j'en avais le droit.

N'attendant pas un énième reproche indirect, je réunis mes affaires et quitte l'Atelier.

RÉMINISCENCE

Nous, les nymphes, veillons sur la nature. Et pour ce faire, nous sommes douées des dons de vie, de création et de mort. Ce qui a péri ne peut renaître, cependant. La mort est l'une de nos limites : nous pouvons la donner, pas la braver. Et si nous la donnons sans raison, la nature veillera à nous punir.

*Ce qui nous lie à elle est à la fois une bénédiction et une malédiction. Notre foyer, celui sur lequel nous devons veiller, est aussi notre prison. Si nous échouons, nous disparaissons. S'*ils *font mal à notre nature, nous en payons le prix. Elle est notre air, notre sang, notre chance et notre désolation. Nous sommes vouées à l'aimer, à l'honorer.*

Parfois, je la hais.

Je peux faire renaître une fleur fanée en quelque chose de nouveau. Mais je ne peux lui rendre sa vitalité. Je peux offrir le corps sans vie d'un lièvre à un loup qui meurt de faim, mais je ne peux les arracher, ni l'un ni l'autre, à une fin inévitable. Autour de moi, tout ne cesse de se flétrir pour renaître autrement. Tout ne cesse de m'abandonner pour revenir sous une autre forme.

Et, quoi qu'il advienne, que ma forêt soit pleine de vie ou qu'un jour ils décident de la dévaster, je ne peux m'en défaire. Il doit toujours y avoir quelqu'un pour veiller sur elle. Et qui d'autre que moi pourrait s'en charger ? Mon corps est lié à ces terres, même si mon âme, quelquefois, rêve de s'en échapper.

Par chance, mes petits êtres n'ont pas cessé de me visiter. Ils grandissent, ils ressemblent de plus en plus à leurs aînés qui détruisent toujours tout. Leur apparence me plaît moins. Je n'ai pas osé le leur dire, mais j'ai réfléchi à un compromis. Et, sans surprise, ils l'ont adoré.

Toute magie a un prix, et celle-ci fanera des centaines de fleurs en ombelles, peut-être des milliers. Mais cette perte en vaut la peine.

Venez à moi, mes chers amis, dans vos nouvelles enveloppes plus libres. Venez galoper, voleter, gambader dans ma forêt. Devenez ce que vous n'auriez jamais rêvé possible.

CHAPITRE 10

Je craignais que la rencontre avec Jude n'éloigne Alice de moi et que notre amitié naissante ne prenne fin brusquement. Je me trompais.

Dès le lendemain, je l'ai retrouvée à l'Atelier en train de peindre. Quand elle m'a vue, elle s'est comportée comme si rien ne s'était produit la veille. Ma peinture avait cependant disparu du mur. Peut-être Jude l'a-t-il retirée pour la brûler, histoire de me punir d'avoir… je ne sais pas, parlé à Alice ? Peu importe, je n'y étais pas attachée, et j'étais trop heureuse de ne pas me retrouver à nouveau seule. C'est aussi pour ça que j'ai choisi de ne pas lui tenir rigueur de ce que Jude a dit, à propos de leur accord à mon sujet. Mais je le garde dans un coin de ma tête et, un jour, je trouverai le bon moment et le courage de lui en parler.

En attendant, nous nous voyons tous les jours à l'Atelier. Alice a demandé que nous échangions nos numéros de téléphone et a même proposé que je vienne chez elle découvrir sa collection de pinceaux quand je me suis émerveillée de leur qualité.

— Ta collection ? ai-je répété un peu bêtement.

— Chacun ses obsessions, a-t-elle répondu dans un haussement d'épaules amusé.

Et me voilà donc, devant la jolie maison fleurie de la famille d'Alice, un cake dans les mains – selon Blanche, ma conseillère culinaire officielle, elle aime le cake à la framboise et aux pépites de chocolat.

La mère d'Alice m'ouvre la porte, tout sourire. Je craignais qu'elle ne se remette à me sermonner à propos de la forêt comme lors de notre première rencontre, mais sa fille a dû me faire une bonne publicité.

— La petite touriste ! Entre !

Je ne sais pas trop quoi penser du surnom. Un peu intimidée, j'obéis. Elle est plus imposante que dans mes souvenirs. Ses bras musclés et couverts de magnifiques tatouages pourraient sans doute rivaliser en force avec ceux de Dan. Derrière elle, les murs en pierre de l'entrée sont couverts de peintures d'Alice, certaines visiblement récentes, d'autres ayant l'air d'avoir été réalisées par une enfant.

— Blanche et moi vous avons fait un cake, j'annonce avec le plus de conviction possible.

— Ah, Blanche… Elle a bonne mémoire.

Elle sourit, même si je la sens un peu sur la réserve. Je n'ose rien demander, mais elle est plus expansive que la plupart des gens que j'ai rencontrés jusque-là. Elle me confie dans un haussement d'épaules :

— Alice allait souvent prendre le goûter chez Blanche et Paul, quand elle était petite…

— Paul ? C'était…

CHAPITRE 10

La mère d'Alice hoche doucement la tête. Ses longues boucles brunes ondulent autour de son visage doré par le soleil. Si elle est plus imposante que sa fille, elle dégage une certaine douceur, elle aussi.

— Son époux. Un homme gentil. Il adorait Alice. Il lui a offert plusieurs pinceaux et sa première palette quand elle était petite… Il est décédé il y a quelques années, mais je ne suis pas surprise que Blanche ne t'en ait pas parlé. Elle n'est plus vraiment la même depuis… Enfin, ne parlons pas de choses aussi tristes. Alice est dans sa chambre !

En passant devant la pièce à vivre, j'aperçois, affairé dans la cuisine, le père d'Alice. Un peu plus petit que sa femme et d'une minceur surprenante pour un homme de cet âge, il a le sourire le plus large que j'aie jamais vu. Il me salue d'un signe de main, puis retourne à ses fourneaux. Et par tous les dieux, qu'ils existent ou non : ce que ça sent bon ! L'odeur de pommes chaudes me fait saliver.

Le couloir que j'emprunte donne sur plusieurs portes, mais il est facile de deviner laquelle s'ouvre sur la chambre d'Alice : des coulures de peinture la maculent, comme si elle avait essayé de peindre une de ses œuvres dessus… ce qui ne serait pas surprenant. Avant même que j'aie pu frapper, Alice ouvre la porte.

— Tu aurais dû m'appeler, je serais venue t'ouvrir ! me souffle-t-elle d'un ton d'excuse.

Puis, en voyant mon gâteau, un sourire espiègle étire ses lèvres.

— Blanche ?

— Blanche.

— J'adore ce cake. Mon père nous prépare une tarte aux pommes, ça fera double ration de pâtisseries pour le goûter !

— Tu sais parler à mon estomac, je réponds d'un ton complice.

La chambre d'Alice est à son image : colorée, créative, agréable. Les murs pastel débordent de dessins, de peintures, de photos, de tableaux sur lesquels elle a inscrit toutes sortes d'idées ; une couronne de fleurs séchées qu'elle me dit avoir réalisée avec celles de son jardin trône au-dessus du petit lit ; quant aux rideaux aux motifs mignons, couvertures toutes douces et coussins en forme de rond, de nuage et même de marguerite, elle me raconte les avoir confectionnés lors de cours de couture donnés à l'Atelier. Le bureau, en bois blanc, est maculé de taches d'acrylique séchées. Et sur plusieurs étagères trônant au-dessus de ce joyeux et joli chaos, des dizaines de pots en verre contiennent des centaines de pinceaux.

Des *centaines*.

Alice ne plaisantait pas.

— Ah oui, ça relève effectivement de l'obsession ! je m'esclaffe, ébahie.

— Peut-être juste un petit peu.

Ce sont des cadeaux pour la plupart. Quand son obsession pour les pinceaux a débuté, elle cherchait en réalité « le pinceau parfait », croyant que c'était le matériel qui faisait la peintresse et, qu'avec ses pinceaux à deux euros le paquet de trois, elle ne pourrait jamais progresser. Elle a ensuite compris que, si avoir un bon matériel aidait, elle devrait surtout compter sur sa maîtrise de la technique. Entre-temps, elle était tombée amoureuse des pinceaux.

— C'est l'histoire d'amour la plus étrange qu'il m'ait été donné d'entendre.

— Regarde celui-là ! s'émerveille-t-elle, me désignant une brosse immense aux poils bien endommagés. C'est ma mère qui me l'a offert.

— Ta mère peint aussi ?

Alice secoue la tête, jouant distraitement avec les poils du pinceau.

— Elle n'aime pas spécialement l'art, comme mon père – sauf que lui, il n'y comprend vraiment rien, à la peinture.

J'en tire la réponse à cette question que je me suis tant posée à son sujet. Après tout, ce ne serait pas la première fois que des parents se montrent récalcitrants à l'idée que leur enfant se lance dans une carrière artistique.

— Ils ne veulent pas que tu…

Alice balaie aussitôt mon hypothèse :

— Ils me soutiennent, au contraire. Je pourrais décider de devenir astronaute, streameuse ou actrice de comédie musicale, tant qu'ils me verraient me donner à fond, ils m'encourageraient. Ils veulent juste que je sois heureuse.

Et ils doivent bien constater, comme moi, que ce n'est pas le cas. Il y a toujours comme une mélancolie dans ses sourires, même les plus lumineux. Et plus encore dans celui qu'elle m'adresse en ce moment.

— Et donc, ta mère qui n'aime pas la peinture t'offre des pinceaux ?

Le visage d'Alice s'éclaire aussitôt.

— Je lui dois une grande partie de ma collection, en fait. À chaque fois qu'elle passe devant une boutique de fournitures d'art, de bricolage ou même une brocante, peu importe où, elle me rapporte un pinceau. Une vieille chose avec deux pauvres poils qui se battent en duel ou une immense brosse que je n'aurais jamais songé à acheter moi-même. Ça me force à tester des nouvelles choses, et ça me permet d'étoffer ma collection.

Je réponds franchement à son sourire. N'importe quelle jeune artiste adorerait que ses parents la soutiennent ainsi. J'en ressens un léger pincement au cœur, que j'ignore de mon mieux.

— Et puis elle m'aide autrement. C'est elle qui m'a parlé de la plupart des femmes que je peins. Depuis que je suis petite, elle me raconte les vies incroyables d'aventurières, d'autrices, de sportives… Des femmes fantastiques que la majorité des gens ne connaissent pas.

— Alors tu en parles aux gens, toi, à ta façon.

Elle hoche la tête avec enthousiasme.

— J'aimerais que le plus de personnes possible voient leurs visages, et ressentent la même chose que toi, me dit-elle avec ferveur.

— Qu'elles aient envie d'en savoir plus sur elles.

Et, comme moi, ils auraient aussi envie d'en savoir plus sur la personne qui les peint, sans doute. Je l'imagine, au milieu d'artistes et d'amateurs d'art, dans une galerie ou une exposition dans un magnifique jardin, dans une école d'art entourée d'élèves ou dans un amphithéâtre, donnant une conférence sur ces femmes à des centaines d'auditeurs fascinés… Et il me semble, alors qu'elle fixe ses pinceaux, qu'elle voit la même chose que moi.

Et puis, le mirage s'envole et nous sommes à nouveau dans sa chambre, qui me paraît soudain trop petite pour contenir toute la passion que renferme Alice. Elle reste silencieuse un instant de trop, puis se met brusquement à me montrer ses pinceaux les plus originaux.

La plupart ont servi, qu'ils soient d'excellente facture ou non. Il y a vraiment de tout, du rond, du plat, de l'éventail, du biseauté, même du pinceau pour calligraphie. Ils sont classés par teintes de bois et de poil, pas par type ni forme, si bien que le tout donne un joli nuancier de pinceaux que la lumière traversant la fenêtre au-dessus du lit d'Alice fait briller.

— Tu dois vraiment me trouver bizarre, fait-elle dans un sourire.

— Je te trouvais déjà bizarre.

Elle semble comprendre, en même temps que moi, que je ne plaisante qu'à moitié. Un silence gênant s'installe, tandis qu'Alice range les pinceaux qu'elle m'a montrés. Je cherche désespérément un sujet de conversation pour débloquer la situation, et mes yeux trouvent la solution :

— Tu as prévu de te rendre à un bal ?

Alice sursaute presque, comme si je l'avais arrachée à ses pensées. Elle suit la direction que ma main lui désigne, puis secoue lentement la tête.

— Je n'aime pas danser, dit-elle pour seule réponse.

Ça n'explique en rien pourquoi deux magnifiques robes longues sont accrochées à son armoire. La première est un flot de tissus bleutés aux reflets irisés, la seconde un bouquet vaporeux de tons opalins, au corset finement perlé. Elles semblent sorties d'un conte de fées.

— C'est toi qui les as fabriquées ?

Son « non » de la tête me rassure presque : une seule personne n'a pas le droit d'exceller dans autant de domaines.

— Mais tu les portes ?

Nouvelle négation. Et quand Alice change de sujet pour me demander si mes aquarelles avancent, je comprends qu'il vaut mieux laisser tomber.

Nous passons des heures à discuter de tout, de rien, et bien évidemment de peinture. Entre deux rires, je me demande – comme je l'ai tant fait cette dernière semaine – pourquoi après m'avoir fuie, Alice souhaite soudain passer tant de temps avec moi. Non pas que je doute de la très grande qualité de ma compagnie… C'est au détour d'une conversation sur Ombelle que je commence à comprendre.

— Tous mes amis sont partis il y a deux ans, quand ils ont eu leur bac.

— Et Dan et Jude ?

Je n'ai pas posé cette question sans arrière-pensée, je l'avoue. Mais Alice ne m'apprend rien de nouveau :

— On était très amis, enfants. Maintenant, c'est différent. Et puis, ça fait du bien de parler à une personne qui peint…

Alice me sourit et, pendant un instant, je me demande à quel point elle se sent seule dans ce village où l'on qualifie ses peintures de « plutôt jolies », mais où on lui demande sans cesse si elle a enfin trouvé « un vrai travail » ou si elle va à la fac l'année prochaine.

J'ignore pourquoi, mais j'ai l'impression que, cette

fois, c'est le bon moment. Je me risque à lui poser la question fatidique.

— Alice…

— Mmh ?

Je devine, à la légère tension dans sa voix, qu'elle s'attend à ce que j'aborde le sujet.

— Tu n'as jamais eu envie d'aller dans une école d'art ?

J'ai parlé avec le plus de douceur possible, et j'attends patiemment qu'elle me réponde. Si elle s'y refuse ou si elle change de sujet, je n'insisterai plus, c'est décidé. C'est sa vie, après tout.

— Oui. Bien sûr.

Elle me dévisage avec franchise. Je soutiens son regard, un peu surprise qu'elle m'ait répondu, et avec autant d'aplomb.

— Qu'est-ce que tu en penses ? ajoute-t-elle sans me quitter des yeux.

— Ce que j'en pense ?

Je contiens un rire, désigne sa collection démesurée.

— J'en pense que quelqu'un qui a plus de pinceaux que de vêtements sans tache d'acrylique a clairement sa place dans une école d'art.

Un rire s'échappe des fines lèvres d'Alice. Son air tendu s'adoucit un peu. Je reprends, plus sérieuse :

— Si tu en as envie, alors tu devrais foncer…

Je peux presque la voir danser dans ses yeux, la flamme de l'envie qui la consume. Mais Alice s'est raidie, une main crispée sur l'autre. Encore plus doucement, j'ajoute :

— À moins que quelque chose t'en empêche ?

Alice entrouvre la bouche, la referme aussitôt. Pendant un instant, je crois qu'elle va me répondre… et la voix de sa mère résonne depuis les escaliers :

— La tarte est prête, les filles !

Alice réagit au quart de tour : elle s'empare du cake et m'assure, avec un enthousiasme qui me semble forcé, que son père est le meilleur pâtissier du monde. Puis, me prenant le bras, elle m'entraîne hors de la chambre.

Nous ne reparlons plus d'école d'art de toute l'après-midi.

Le cerf est de retour. C'est en tout cas ce que mes yeux voient, et ce que mon esprit peine à comprendre.

La nuit tombe de plus en plus tard sur Ombelle, le printemps se fait doucement sa place et je reste éveillée un peu plus longtemps, désormais. Mais dès que l'heure bleue est passée, dès que l'obscurité s'est installée, la lumière argentée a inondé ma chambre à nouveau. J'ai aussitôt sauté sur mon lit pour voir à travers la fenêtre. Aussi pâle qu'un spectre, aussi lumineux qu'une étoile, il était là. Mon cerf.

Une onde de chaleur se répand en moi. Je devrais être stupéfaite, effrayée même, mais je me sens rassurée, traversée par une forme d'évidence. Je n'ai pas rêvé, les autres fois.

Ou alors je rêve encore.

Le cerf s'approche de quelques pas, puis recule immédiatement, comme s'il craignait de trop s'éloigner de la lisière. Je l'observe longuement, me demandant si cette vision doit définitivement m'inquiéter ou me rassurer. Nouvelle hallucination, ou preuve que je ne rêvais pas ? J'ai presque envie d'aller chercher Blanche pour lui demander si elle voit la même chose que moi, mais ma logeuse me tuerait si j'osais la tirer de ses lectures. Et le cerf partirait aussitôt, j'en suis certaine.

Je ne me suis pas encore mise en pyjama cette fois, et j'ai pris la judicieuse habitude de déposer ma paire de baskets dans la chambre, à côté du lit, juste au cas où… Sans cesser de fixer la fenêtre, je me rapproche des chaussures, tends la main jusqu'à elles dans une torsion tout sauf naturelle. J'ai trop peur de baisser les yeux et de les relever sur l'obscurité. Je saisis mes deux baskets, suppliant intérieurement le cerf de m'attendre. Sans même prendre le temps de les enfiler, j'ouvre ma fenêtre et, d'un petit saut, sors de ma chambre.

C'est idiot, vraiment, totalement idiot. Ça s'est si mal passé la dernière fois. Mais le cerf est là, pour moi. Il est venu me chercher. Je ne suis pas folle.

Je cours à moitié dans la fraîcheur de la nuit, enfilant mes chaussures en sautillant, manquant de tomber à plusieurs reprises. Cette fois, il m'attend un peu plus longuement. Puis, quand il est certain que je le suis, il pénètre dans la forêt. Alors je cours pour de bon, car j'ai peur de le perdre une fois de plus. J'ai peur qu'il disparaisse définitivement. J'ai peur de me rendre compte que j'ai tout imaginé.

Quand j'y pénètre, la forêt est étrangement silencieuse, comme en sommeil. L'éclat argenté du cerf brille toujours entre les troncs noirs, barreaux d'obscurité qui découpent sa silhouette de lumière. Je décélère pour ne pas le brusquer, écartant les branchages sur mon passage, trébuchant parfois sur des racines, mais sans jamais le quitter des yeux. Je m'approche de plus en plus lentement, la peau couverte de chair de poule.

Il attend de l'autre côté d'un ruisseau, sa tête couronnée de bois énormes tournée vers moi. Ses pattes longues et puissantes bien ancrées au sol, son cou fort fièrement levé, il me toise de ses grands yeux argentés aux longs cils blancs. J'admire un instant, haletante, les contours légèrement flous de cette bête extraordinaire faite d'une lumière solide. Il dégage une telle élégance que j'en ai un frisson.

— Qu'est-ce que tu es ?

Il ne bouge pas. J'avance d'un pas, le cœur battant, essayant d'apaiser le rythme de ma respiration. Le ruisseau nous sépare, mais il est si fin, à peine la longueur d'un bras.

— Pourquoi est-ce que tu reviens me chercher ? Qu'est-ce que tu veux me montrer ?

Un autre pas. Un autre. Encore un.

— Est-ce que tu es réel ? Est-ce que ce qui s'est passé la dernière fois…

Soudain, un éclair d'argent file devant mes yeux, je pousse un cri en reculant. J'ai à peine le temps de faire volte-face pour voir une silhouette lumineuse qui disparaît furtivement dans la nuit. Impossible de dire ce dont il s'agissait exactement. Je me tourne vers le cerf, le souffle coupé. Il y a d'autres créatures comme lui ! Que sont-ils ? Des espèces d'esprits de la forêt ? Des fantômes ?

— Qu'est-ce que tu es ? j'insiste, la voix enrouée.

Cette fois, le cerf baisse la tête avec grâce. Je reprends ma lente avancée dans sa direction, ne prêtant aucune attention à l'eau du ruisseau qui mouille soudain mes chaussettes ni au vent glacé qui s'est mis à souffler. Tout ce qui compte, c'est le cerf.

Dans la nuit, une chouette hulule.

— Je ne te veux aucun mal, je te le promets.

Je tends le bras. Et brusquement, un nouvel éclair d'argent. Entre deux flashs lumineux, j'entrevois le cerf relever la tête. Quelque chose s'abat sur moi dans un cri strident. Je protège mon visage de mes bras, les hurlements de la chose qui m'attaque vrillant mes tympans. Des griffes déchirent la chair de mes avant-bras. La douleur, effroyable, me fait reculer, trébucher et tomber lamentablement en arrière. Au-dessus de moi, battant furieusement de ses ailes éclatantes, une chouette. D'argent.

— Bordel, mais qu'est-ce que…

À nouveau, elle pousse un cri terrifiant, bientôt imitée par le cerf qui se met à bramer. Je me relève aussitôt et, voyant la chouette fondre sur moi une deuxième fois, tourne les talons et m'enfuis.

Je ne sais combien de temps je cours dans la forêt, je me perds sans doute, trébuche encore et encore, me cogne contre des arbres quand je me tourne pour vérifier que la chouette ne me retrouve pas. Mon cœur dopé à l'adrénaline défonce les parois de ma cage thoracique. Je n'ai plus qu'un seul instinct : fuir ce fantôme ailé, fuir ses serres furieuses, fuir ses cris de haine pure.

CHAPITRE 11

— Tu as bonne mine, dis-moi !

L'ironie de Blanche ne me fait pas réagir. Rien ne le pourrait ce matin, si ce n'est le retour de la chouette folle. Immobile sur mon banc, le regard dans le vide, je laisse mon thé refroidir entre mes doigts, incapable d'en avaler une gorgée. Tout comme j'ai été incapable de dormir jusqu'au lever du soleil.

— On dit pourtant que la vie à la campagne redonne des couleurs…

Eh bien je suis l'exception qui confirme la règle. Je n'ai même pas la force de le rétorquer. Je peux deviner le sourire narquois de Blanche au ton de sa voix. Grand bien lui fasse. Au moins, quelqu'un prend du plaisir dans cette maison.

— Fais attention, tout de même. Si elle te voit avec cette tête, tu risques de refaire peur à la petite Alice !

Ah ah. Hilarant. Le regard morne que je lève sur Blanche ne suffit pas à lui retirer son sourire espiègle.

Je me suis levée avant les premières lueurs ce matin pour m'affaler sur le canapé. Trop fatiguée pour entreprendre une activité plus constructive, trop agitée pour me rendormir.

Quand Blanche s'est réveillée et m'a vue, elle a haussé un sourcil, puis émis un petit ricanement. Mais je suis incapable de lui en vouloir : elle m'a aussitôt préparé du thé et ordonné de venir manger quelque chose à la cuisine. C'est sa façon à elle de prendre soin de moi. Elle a de plus en plus souvent ce genre d'attentions à mon égard. Elles demeurent discrètes, mais elles suffisent à me réchauffer un peu le cœur.

Je me décide finalement à avaler mon thé et quelques biscuits au chocolat – faits maison, évidemment. Par égard pour Blanche, mais aussi pour me donner la force de partir pour l'Atelier. Hors de question que je reste dans la maison à ruminer les événements de cette nuit – que je les aie inventés ou non. J'ai déjà passé de longues heures à fixer les bibliothèques de Blanche, les yeux écarquillés, à me demander une fois de plus si je perdais l'esprit.

Ai-je tout imaginé ? Ou se passe-t-il réellement quelque chose d'étrange – et c'est un euphémisme – dans cette forêt ? Je suis tentée d'interroger Blanche, mais j'imagine déjà sa réponse : « Des animaux argentés ? Dans la forêt d'Ombelle ? Ma pauvre enfant, tu as sniffé trop d'aquarelle ! »

Pas sûre pour la dernière phrase, enfin, ce serait dans ce genre-là.

Cette énergie en moi, cette peur, cette confusion, je dois en faire quelque chose. Alors je vais peindre. Figer les assauts terrifiants de la chouette sur une feuille de papier, l'emprisonner dans la fibre pour toujours. Peut-être trouverai-je dans cet acte ce qui m'échappe encore.

CHAPITRE 11

Sur le chemin menant au village, je découvre avec plaisir que les nuages sont rares, aujourd'hui. Le soleil s'élève paresseusement, réchauffe ma peau de sa caresse et couvre les environs de ses bras dorés comme un parent protecteur. Des petites fleurs blanches commencent à pousser dans l'herbe, et les feuillus tendent leurs branches nues au ciel, invoquant les bourgeons qui s'apprêtent à y renaître. D'ici quelques semaines, quelques jours peut-être même, je vais découvrir une nouvelle version d'Ombelle.

Le village est à peine réveillé quand j'y arrive. Deux vieillards discutent déjà dehors, leurs cheveux blancs se nimbent d'une aura dorée lorsqu'ils passent devant une ruelle donnant sur le soleil.

Il y a de la magie partout, même dans les plus petites choses. Qui me disait ça, déjà ?

Peu importe, au fond.

Les rues paisibles contrastent tant avec ce que j'ai vécu cette nuit, mettant toujours plus en doute mes souvenirs. Malgré tous mes efforts, la même question revient me torturer, encore et encore. Est-ce que je perds la tête ? Et si j'avais imaginé tout ça, les ramures interminables du cerf d'argent, les griffes acérées de la chouette…

Je me fige devant la porte de l'Atelier, retire ma veste, mue par un besoin urgent de me rassurer. Je remonte les manches de ma chemise à carreaux, découvrant les pansements que j'ai chapardés dans la salle de bains de Blanche pour en recouvrir mes plaies. Je ne ressens aucune douleur. Je me souviens avoir hurlé cette nuit, quand les griffes ont transpercé ma chair… Je devrais encore avoir mal, ne serait-ce qu'un peu.

Cette nuit, les heures à fixer le plafond dans le noir ont peu à peu estompé la certitude de ce que j'avais vécu. Comme quand on se réveille après un rêve, d'abord persuadé qu'il était réel, puis, après quelques secondes, soulagé ou déçu de constater qu'il ne s'agissait que d'un égarement de l'esprit endormi. Petit à petit, je me suis demandé si j'avais vraiment mal, si mes pansements couvraient des blessures ou juste mon épiderme, intact. Je suis sortie, c'est évident – mes chaussures pleines de terre suffisent à en témoigner. Mais, et si j'étais somnambule ? Cette perspective me terrorise sans que je sache vraiment pourquoi.

Non, je le sais, en vérité. J'aimerais que ce soit réel. Malgré la peur que tout ça m'inspire. J'aimerais que quelque chose d'aussi spécial m'arrive.

Au point de l'imaginer ?

Lentement, retenant ma respiration, je retire l'un des pansements.

— Merde…

Il y a bien les stigmates d'une entaille. Mais elle est à peine perceptible à l'œil et impossible à déceler au toucher. Une fine et courte trace blanche, totalement indolore.

J'ignore ce qui est le plus étrange et inquiétant. Qu'il y ait bien une cicatrice, ou qu'elle ait l'air de dater d'il y a un mois ?

Un à un, je soulève les autres pansements, pour le même résultat. Parcourue de sueurs froides, je bourre les poches de mon jean avec les pansements désormais inutiles. Je me décide à entrer dans l'Atelier, peu désireuse qu'un villageois me voie en train de me palper le bras avec un air sceptique sur le visage. « Cette Parisienne, ça va pas en s'arrangeant, hein ! »

Je suis accueillie par un bruit aussi répétitif qu'agressif qui me tire de mes réflexions. Il y a quelqu'un. Sans retirer ma veste, je suis le *tac tac tac* intempestif. Mon corps s'immobilise de lui-même. Au milieu de l'Atelier, une silhouette sylphide enveloppée de noir, des cheveux d'un blanc diaphane, des mains aux doigts interminables.

Tac tac tac tac...

Des doigts qui maintiennent un tissu opalin en place, tandis que l'aiguille de la machine à coudre vient prestement planter son fil.

Tac tac tac tac...

Je sais qui a cousu les magnifiques robes d'Alice, maintenant.

Tac.

Jude relève brusquement la tête. Un éclair de surprise passe sur ses traits juvéniles. Ses lèvres fines se serrent, ses yeux gris perdent l'éclat qui les animait quand la machine à coudre faisait encore son œuvre. Puis, d'un mouvement vif, il se lève et plante son regard dans le mien, espérant sans doute me déstabiliser.

J'ai été agressée par une chouette magique cette nuit. Il faudra plus qu'un regard hostile pour m'intimider.

— N'en parle pas.

Je sursaute presque en entendant sa voix éraillée.

— De quoi ?

Il désigne la machine à coudre, la robe, les tissus posés à côté.

— N'en parle à personne, insiste-t-il.

Il se veut menaçant, mais sa voix tremble légèrement, et son ordre ressemble plutôt à une supplique. Je me demande s'il vient ici aussi tôt tous les jours, si c'est le seul moment où il peut coudre sans craindre d'être vu.

— Les robes d'Alice, c'était toi. Elles sont magnifiques.

Mon compliment ne le détend pas, au contraire. Son regard se plisse.

— Elle te les a montrées, comprend-il, amer.

— Je les ai vues chez elle, je nuance.

— Chez elle…

Je sens qu'il a envie d'ajouter quelque chose, mais il se contente de secouer la tête d'un air désapprobateur.

— N'en parle pas, répète-t-il.

Je suis tentée de lui demander pourquoi, de le pousser dans ses retranchements, mais les plaques roses qui couvrent progressivement sa peau m'attendrissent. Je me retrouve un peu dans ses rougissements constants. Je détestais qu'ils trahissent mes émotions, petite. Jude joue les durs, mais je crois qu'il a surtout peur.

— À une condition.

Son regard s'étrécit encore, ce qui me semblait impossible.

— Tu restes. Tu ne t'enfuis pas. Tu continues à travailler à côté.

Jude évalue ma proposition, sans me quitter des yeux. Il paraît prêt à remballer ses affaires et à quitter l'Atelier à toutes jambes. Pourtant, d'un mouvement crispé, il consent à se rasseoir.

Je viens de piéger le type le plus fuyant du village dans la même pièce que moi. J'imagine que sa compagnie n'aura rien d'agréable, mais c'est une forme de victoire en soi.

Et qui sait, peut-être a-t-il déjà entendu parler de chouettes maléfiques hantant la forêt d'Ombelle ? On peut toujours rêver.

Nous passons une bonne heure à travailler côte à côte. Au début, Jude coud lentement et, à chaque fois que je glisse un œil à sa table, je le découvre, le front plissé, le visage coincé entre ses épaules tendues, des veines saillant le long de ses fines mains. Mais peu à peu, le claquement devient plus régulier, plus empressé, et son rythme soutenu me berce presque. Quand je me retourne après une heure, Jude est à nouveau plongé dans son ouvrage, comme s'il avait totalement occulté ma présence de son esprit.

J'en profite pour observer ses gestes. Il a l'air presque habité. Il commet beaucoup d'erreurs, mais à chaque fois, il découd calmement, sans jamais grimacer de frustration. Le tissu qui ondule sous ses doigts semble aussi doux que le pelage du cerf d'argent, et j'ai presque envie de me lever pour l'effleurer, tout comme j'ai essayé de toucher l'animal de lumière.

Ce qui me vaudrait un regard offusqué de Jude, à n'en pas douter. Et peut-être même quelques points croisés dans les doigts.

— C'est vraiment beau, ce que tu fais.

Mes paroles l'extirpent violemment de sa transe créatrice. Il me dévisage, puis grogne un merci apathique. Il considère son ouvrage d'un regard critique. Pour mon œil peu avisé, on dirait presque une robe de mariée, avec ses teintes nivéales et sa dentelle délicate. Je me demande ce qu'il voit, lui.

Le soleil nous tape à travers les fenêtres. Je retire ma chemise en quête d'un peu de fraîcheur, mais Jude demeure dans son fourreau de noir. Si au moins il remontait les manches de son pull, il me donnerait un peu moins chaud.

— T'es pas en train de fondre ?

Il lève un regard indifférent sur moi, ne répond pas. Mais quelques minutes plus tard, il se lève et rejoint ma table. Il veut voir ce que je fais. Je jette un œil aux taches grises sur mon papier. Les chouettes d'aquarelle n'ont pas l'air aussi terrifiantes que celle qui m'a griffée, loin de là. Jude reste à côté de moi, immobile, à fixer mon travail d'un air insondable. Je me sens étrangement satisfaite de le voir là. Et puis, naïvement, je me demande s'il va savoir ce dont il s'agit. Et si les habitants de ce village connaissaient l'existence de cette chouette et du cerf d'argent ? Et si…

— C'est vraiment pas terrible.

Ma bouche s'ouvre toute seule mais aucun son n'en sort. Jude soutient mon regard, son visage n'exprimant aucune émotion. J'hésite entre la vexation et la protestation, mais, en moi, quelque chose se casse à cet instant. Quelque chose qui avait grand besoin d'être brisé.

J'éclate de rire. Ma réaction le surprend d'abord, puis, comme venu d'un autre monde, je vois apparaître sur son visage l'ébauche d'un sourire amusé.

— Alors toi, tu me parles jamais, mais quand tu le fais, c'est d'une délicatesse !

Cette fois, j'en suis certaine, Jude a souri.

❁

Mon erreur, après ce moment de complicité évanescente, est de lui avoir demandé s'il avait déjà entendu parler d'animaux d'argent. Son regard s'est écarquillé, il a secoué la tête et est retourné à sa place. J'aurais dû m'arrêter là, mais j'ai insisté, lui demandant s'il y avait des rumeurs concernant la forêt. Je lui ai remontré mes dessins, et j'ai tendu mes bras vers lui, espérant qu'il remarquerait les cicatrices. Mais elles m'ont semblé encore moins visibles que deux heures plus tôt. Et c'est là qu'il a décidé de partir, non sans me jeter un regard soupçonneux. Il doit penser que la chaleur m'est montée au cerveau.

Tout comme Alice qui, lorsqu'elle est arrivée à l'Atelier quelques heures plus tard, a écouté ces mêmes questions avec un air circonspect. Elle m'a appris qu'il y avait des légendes au sujet de la forêt d'Ombelle.

— Mais ce sont des légendes. Juste des légendes, a-t-elle précisé.

Elle avait l'air encore plus déstabilisée quand j'ai commencé à lui montrer mes dessins, espérant éveiller chez elle le souvenir d'une histoire particulière. Je serais allée jusqu'à lui raconter ce qui s'est produit, je pense, si elle n'avait pas réagi ainsi :

— Il n'y a aucune histoire à propos de chouettes, ici. Nos seules légendes concernent des esprits qui veillent sur les forêts. Je te raconterai une autre fois, d'accord ? J'ai une commande à finir pour demain.

Elle s'est aussitôt mise à peindre et, quand elle a augmenté le son de sa musique, j'ai compris qu'il valait mieux ne pas la déranger.

Bien. Si on ne peut pas – ou ne veut pas – m'aider à trouver la réponse, il est temps de recourir au meilleur ami de ceux qui sont confrontés à un mystère : Internet.

Blanche n'a pas de wifi, et autant dire que ce n'est pas la fête de la 4G chez elle. Le meilleur endroit pour capter du réseau à Ombelle, c'est sur la place où se trouve la fontaine à la fille fleurie. J'ai découvert le bon plan en parcourant tout le village le téléphone brandi devant moi, sous les regards hébétés des Ombellois.

Adossée au bassin, puis, au fil de mes recherches, assise sur le sol, ignorant les coups d'œil intrigués ou les têtes qu'on secoue à ma vue, j'ai parcouru tout internet à la recherche d'informations concernant Ombelle. Et il n'y en a pas pléthore. Le village a gagné le prix du hameau le plus fleuri de la région il y a quelques années et la forêt est citée comme étant l'une des plus protégées du coin. Dans les environs, de nombreux bois ont été le théâtre de chasses, ont brûlé dans des incendies criminels ou ont été partiellement sinon entièrement abattus pour agrandir des stations de ski. Moins d'arbres, plus de chalets. Ombelle étant trop isolée des pistes, elle a été épargnée par ce fléau. Un projet pour la rendre plus touristique a été avorté il y a trois ans.

Toutes ces informations ne font généralement l'objet que d'une brève dans la catégorie faits divers d'un journal régional. Sans parler de la taille ridicule de la page Wikipédia d'Ombelle. Autant dire que je ne vais pas tomber sur un article racontant ses légendes ou une page recensant tous ses habitants ayant croisé la route d'animaux d'argent… Peut-être que je devrais chercher si on en a aperçu ailleurs dans la région ?

Mon doigt s'arrête sur l'écran.

Accident tragique à Ombelle : le corps de l'enfant retrouvé à des centaines de mètres du véhicule.

CHAPITRE 11

L'article m'apprend qu'un accident de voiture a eu lieu il y a environ dix ans sur la route qui descend au village, de nuit. Les paroles de Blanche se rappellent à moi dans un frisson :

« Une de leurs amies est morte quand ils n'avaient même pas onze ans »

Les dates concordent. La respiration bloquée, je poursuis ma lecture.

Il pleuvait. Le conducteur était ivre et a viré trop brusquement, la voiture a dérapé sur la boue pour effectuer plusieurs tonneaux avant de se fracasser contre le tronc d'un arbre. Les parents sont morts sur le coup. La petite fille, elle, a été retrouvée, seule, sans vie…

Dans la forêt.

Mon téléphone me tomberait des mains si mes doigts n'étaient pas aussi crispés dessus. Comment, après un tel accident, la petite a-t-elle pu remonter jusqu'à la forêt pour y mourir ? L'article n'indique rien de plus, si ce n'est le nom de la famille. Perin.

Recherche : Perin Ombelle. Et là, après quelques instants encore à faire défiler les liens inutiles, je découvre un petit hommage à Marcel, Liliane et Olive Perin, qu'Ombelle n'oubliera jamais. Sur la photo qui illustre l'article, Marcel et Liliane sourient à l'objectif, mais Olive, elle, tire la langue. Son espièglerie, ses cheveux blonds dressés en un palmier sur sa tête ronde, je les reconnais presque aussitôt, sans savoir où je les ai déjà vus.

« Tu sais… l'Atelier, c'est un peu la seule activité qu'il y a pour les enfants, dans ce village. »

Les photos dans le vestibule. C'est là que j'ai vu Olive Perin. Comme tous les enfants d'Ombelle, elle est allée à l'Atelier.

Je me lève aussitôt, écopant pour la peine d'un petit vertige bien mérité. Peu importe, je m'élance en direction de l'Atelier.

Là, mes soupçons se confirment. Sur une des photos qu'Alice m'a montrées, celle où deux enfants grimacent autour de Dan et elle, Olive Perin me tire joyeusement la langue. Un examen plus approfondi m'apprend sans grande surprise que le quatrième enfant est Jude. Avec ses cheveux d'un brun chaud et son air de canaille, il est difficile à reconnaître.

« Ils étaient si jeunes, ils ont eu bien du mal à s'en remettre. »

Je frotte mes bras couverts de chair de poule. Il y a dix ans, Alice et Jude devaient avoir neuf ans, Dan dix. Perdre leur amie à cet âge-là, d'une telle façon… Je ne peux pas imaginer leur horreur et leur détresse. En contraste, leurs quatre visages radieux sur la photo me brisent le cœur.

Y a-t-il la moindre chance pour qu'ils sachent pourquoi Olive a été retrouvée dans la forêt plutôt que sur les lieux de l'accident ? Comment est-ce seulement possible ? Est-ce que cette étrangeté-là a un lien avec mes étrangetés à moi ?

Mais comment pourrais-je interroger Alice à ce sujet, sans prendre le risque de la blesser, ou pire encore ? Je ne peux pas me montrer à ce point maladroite.

Je ne suis donc pas franchement plus avancée. J'en sais plus sur Alice, sur Jude et, pour le peu que j'en ai à faire, sur Dan.

Malgré le ressentiment que ce dernier m'inspire, j'éprouve tout de même de la peine à son égard. Personne ne mérite de vivre un drame pareil.

CHAPITRE 11

— Oui ?

Je bondis sur place, retenant un petit cri. La voix provient de l'intérieur de l'Atelier, et je la reconnais aisément.

— Non, tu me déranges pas… J'étais en train d'écrire, j'ai pas vu que tu m'appelais.

Quand on pense au loup… J'ignorais que Dan venait aussi travailler à l'Atelier, mais ce n'est pas surprenant, au fond. Mon regard se porte automatiquement sur la photo des quatre enfants. Il a l'air si heureux dessus. Que serait devenu ce petit garçon souriant s'il n'avait pas eu à traverser cette épreuve, si tôt ?

— Ouais, j'écoutais justement les musiques qu'il a composées. C'est top, il a bien taffé ! Mais non… t'es con !

Dan rit. D'un rire un peu gêné, presque mignon. Si j'osais me montrer à lui, j'irais voir la tête qu'il a. Je peine à l'imaginer en train de sourire bêtement.

— Ouais, moi aussi je veux te revoir… J'aurais adoré pouvoir venir sur le tournage. Mais j'ai trop de choses à gérer ici.

La voix de Dan est devenue grave. Le bruit d'un raclement sur le sol m'indique qu'il s'est levé. Je recule vers la sortie, hésitant à partir en courant. J'ai peur qu'il entende le bruit de la porte et me suive. J'ai peur qu'il s'imagine que je l'espionne. Mais si je reste, c'est un peu ce que je ferai…

— Tu me manques aussi, Ethan. Les relations à distance, ça craint.

Ça ne peut pas être Dan. Cette douceur, cette tristesse.

Tout comme il me semble que ce visage radieux d'enfant ne peut lui avoir un jour appartenu. Je suis stupide, vraiment. Je ne connais rien de lui. Il ne peut pas être que cette brute hostile. Pour d'autres que moi – ses parents, Blanche, cet Ethan au téléphone et les enfants de la photo –, il est une tout autre personne, ou du moins des variations de cette personne. Il existe en dehors de ma perception. Je n'ai pas le droit de l'y enfermer.

Et je n'ai pas le droit de rester l'écouter. Cette discussion lui appartient. Discrètement, j'ouvre la porte et sors, priant pour qu'il ne m'entende pas.

Il y a tellement de choses qui m'échappent, je le sens bien. Je ne suis pas plus avancée au sujet de la forêt et de ce que j'y ai vécu. Le cerf d'argent qui vient me chercher, la chouette qui m'a agressée, les cicatrices à peine visibles sur mes bras, l'impression que tout cela n'appartient ni à la réalité ni au rêve… Je n'y comprends rien. Si j'en parle, je passe pour folle. Si je le garde pour moi, je sens que je vais réellement le devenir.

À moins que je ne le sois déjà.

J'étais venue à Ombelle en quête d'inspiration, d'une solution à un problème que je ne parvenais pas à identifier chez moi. J'ai l'impression d'avoir découvert plus d'énigmes encore à résoudre.

Ce que je sais, ce dont je me rends vraiment compte, c'est qu'il ne faut définitivement pas se fier aux apparences. Alice, Jude et Dan m'ont tous surprise, à leur manière. Quant à Blanche, elle se montre de plus en plus attentionnée, même si elle fait mine de ne pas y toucher.

Ce soir, me voyant encore plongée dans mes pensées, elle a mis de la musique, m'a apporté du thé, puis, d'un ton tranchant, m'a lancé :

— Ça fait longtemps que je ne suis pas allée en forêt. Dans quelques jours, j'y vais. Et tu m'accompagnes.

J'ai ouvert la bouche pour répondre, ébahie, mais elle

s'est aussitôt emparée d'un roman qu'elle a agité en l'air.

— Pas de question. Tu viens, c'est tout.

Et elle a disparu dans sa chambre.

Une autre chose qui a disparu ce soir : mes cicatrices. Plus rien. *Nada*. Comme si rien ne s'était produit. Et c'est sans doute ce qu'une personne sensée en conclurait, avant de retourner à sa vie paisible. Pas moi.

Je pensais pourtant être d'une nature insouciante, je me voyais comme quelqu'un qui vit l'instant présent, qui ne s'attache ni au passé ni à ce qu'elle ne saisit pas. Qu'est-ce qui a changé ?

Une chouette argentée a griffé tes bras en pleine nuit, dans une forêt lugubre où un cerf magique t'a guidée jusqu'aux pleurs d'une gamine invisible.

Oui, certes.

Dans mon lit, malgré la nuit, je n'essaie pas de dormir. Je sais que mon teint et mes cernes commencent à faire peine à voir, mais ce n'est même pas la peine d'essayer. J'attends. Au fond de moi, la certitude bat à tout rompre, plus fort encore que mon propre cœur. J'attends la lumière d'argent.

Et, presque sans surprise, avec autant de soulagement que d'appréhension, je vois le plafond de ma chambre s'éclairer lentement. Quand je me redresse pour regarder par la fenêtre, le cerf est là.

CHAPITRE 12

La terre est sèche ce soir, la nuit agréable. J'ai pris le temps de me vêtir convenablement et de me chausser – j'ai même glissé une grande règle dans mon sac à dos, au cas où la chouette reviendrait. Je n'ai pas franchement l'étoffe d'une escrimeuse et on ne peut pas dire qu'il s'agisse de l'arme la plus efficace qui soit, mais je me débrouille avec ce dont je dispose.

Je savais que le cerf m'attendrait, que je n'avais pas à me presser. Il est venu au moins quatre fois déjà, peut-être même plus. J'en suis certaine désormais, il veut me montrer quelque chose. La dernière fois, la chouette s'est interposée, mais je ne me laisserai pas faire cette nuit.

Je veux comprendre. Je veux savoir ce qui m'arrive. Je veux avoir la preuve que je ne suis pas en train de sombrer.

Car j'y ai songé, malgré tout, avant que le cerf n'arrive : et si les griffures étaient dues à, qu'en sais-je, des ronces qui m'auraient éraflée pendant ma course folle de la nuit précédente ? Et si j'étais bien venue dans la forêt, à chaque fois, sans pour autant y avoir vu quoi que ce soit ?

J'ai apporté mon téléphone, espérant prendre une photo. Mais lorsque j'ai fait mine de le sortir de ma poche, le cerf s'est mis à bramer avec force. Craignant que la chouette revienne ou, pire, que le cerf se retourne contre moi, j'ai renoncé. Pourtant, une preuve soulagerait mes doutes, une fois le soleil levé… Et je pourrais peut-être la montrer à Alice, ou même à Blanche.

Dans l'obscurité, mon seul repère est l'éclat argenté du cerf qui avance à un rythme soutenu entre les arbres. Sa démarche élégante, son port de tête assuré, ses bois immenses qui jamais ne se prennent dans les branchages, tout en lui émane la perfection. Il a l'air si serein, si fiable et si pur. Je me sens presque indigne de le regarder, encore plus de le suivre.

Le bruissement d'ailes qui se déploient puis s'envolent me fait frémir. Mais il s'agit seulement d'une banale corneille qui va se poser, nonchalamment, sur le bois du cerf, tache d'encre sur un rayon de lune. Ce dernier s'immobilise, puis remue doucement la tête, chassant l'importune. Donc, le cerf est tangible. L'idée qu'il ne s'agisse pas d'un spectre me rassure un peu.

J'enjambe des branches tombées au sol pour poursuivre ma route. La forêt se densifie au point que l'avancée devient pénible, mais je tiens bon, guidée par ma soif de découverte, par ma fascination pour le cerf. Je n'ai plus peur du tout, et je suis consciente que ce n'est pas normal. Une sensation de plénitude m'a lentement envahie, se diluant en moi comme les pigments se dispersent dans l'eau.

Cependant, le souffle commence à me manquer. J'implore :

— Attends…

Je ne pensais pas vraiment qu'il allait obéir, mais le cerf s'immobilise le temps que je prenne quelques inspirations. Le regard qu'il pose sur moi, malgré son blanc lumineux, me semble compréhensif, patient… presque humain.

Un frisson me parcourt.

— Est-ce que… C'est peut-être stupide, mais…

Le cerf penche légèrement la tête. Je suis certaine qu'il me comprend. D'une petite voix tremblante d'émotion, je demande :

— Est-ce que tu es la jeune fille qui a perdu la vie dans l'accident ? Est-ce que tu es Olive ?

Et là, j'ignore comment j'y parviens, mais je la perçois clairement : la détresse du cerf. Il reste immobile, pourtant quelque chose en lui me crie son malheur, me contaminant aussitôt. Ma sérénité s'est envolée, chassée par un froid mordant qui grignote mes entrailles, par une sensation effroyable qui me donne la nausée.

Mon guide reprend sa lente avancée. Je le suis, essoufflée, et pas seulement à cause de la fatigue. La douleur continue à palpiter en moi, nichée dans ma poitrine. Lentement, la pente s'adoucit pour finalement s'aplanir. Les arbres s'espacent chaque mètre davantage, puis s'ouvrent sur une clairière au centre de laquelle un petit lac s'étend paisiblement, reflétant la lune que les nuages ont libérée de leur étreinte. L'eau est immobile comme de la glace, bordée d'herbes hautes d'où jaillissent quelques fleurs sauvages. Le poids en moi s'allège un peu. Je n'ai jamais vu d'endroit aussi simplement beau de ma vie.

Je repère aussitôt la chouette, perchée sur la branche du seul arbre qui borde le lac, un grand chêne pratiquement nu. À l'instant où elle esquisse un geste pour s'envoler, le cerf redresse brusquement la tête. Le rapace se fige. Un mouvement lumineux au pied de l'arbre ; nouveau geste de tête du cerf. Les pattes tendues, prêtes à détaler, un nouvel animal d'argent me fixe de ses yeux pareils à deux lunes étincelantes : un renard. Mon cœur tressaute dans ma poitrine lorsque je reconnais la petite silhouette qui m'avait fuie lors de notre première rencontre sans que j'aie pu l'identifier. Je sonde les environs, à la recherche d'une autre créature luminescente qui se cacherait derrière les épicéas.

C'est alors que je perçois enfin la quatrième lueur. Elle émane du centre du lac. Son intensité augmente de seconde en seconde. Le cerf s'avance jusqu'au bord de l'eau, puis se tourne vers moi, comme pour m'inviter à m'approcher. Avec un regard méfiant pour la chouette, je m'avance à pas lents. J'évite consciencieusement de toucher le cerf, même si la tentation est grande. Je n'ai aucune envie de me faire à nouveau lacérer les bras.

Le spectacle qui s'offre à moi me cloue sur place. Sous l'eau, un éclat d'argent s'épanouit, déployant ses pétales brillants sur la surface limpide. Bientôt, une forme blanche et lumineuse s'extirpe du lac, au ralenti. Des minuscules cascades d'eau dévalent le long de sa silhouette tandis qu'elle s'élève. Une tête se redresse, sa chevelure laiteuse se déploie, deux bras et deux jambes s'étirent et, flottant au-dessus du lac, une jeune fille apparaît. La bouche entrouverte, le souffle coupé, je n'en crois pas mes yeux.

Dos à moi, luisant d'un éclat diaphane, ses cheveux vaporeux dansant autour d'elle, la sylphide fait naître des fleurs du bout de ses doigts pour les laisser retomber sur l'eau. Son corps est couvert d'un voile évanescent sur lequel des fleurs s'épanouissent pour se flétrir aussitôt, dans un cycle de mort et de vie infini.

Le cerf brame soudain, brisant la magie de ce moment. Je suis saisie par la sensation de ne pas avoir le droit d'être là, de briser quelque chose de sacré.

La jeune fille se retourne vers moi et son visage de lumière aux traits à peine visibles, mouvants, se tord d'effroi. Elle recule en croisant les bras devant elle.

Elle ne reste là à me fixer qu'une fraction de seconde, mais sa terreur envahit chaque parcelle de mon corps, se transmet à moi comme une maladie incurable. J'en ai des sueurs froides. C'est moi qui ai déclenché ça chez elle. Ce sentiment me révulse. Le cerf pousse un nouveau cri auquel répond la chouette. Pourtant, je ne bouge pas, le regard rivé sur l'être de lumière face à moi.

— Qu'est-ce que tu es ?

À ces mots tremblants, la chouette surgit devant moi, ses ailes battant l'air à quelques centimètres de mon crâne. Mes entrailles se glacent. Instinctivement, je ferme les yeux et brandis ma règle pour me protéger, mais l'instant d'après, quand je rouvre mes paupières, le rapace a disparu.

Je suis seule dans l'obscurité. La créature, le cerf, le renard, la chouette, tous sont partis. *Ou alors n'ont jamais été présents.*

C'est seulement à ce moment que je prends conscience des larmes qui dévalent mes joues.

CHAPITRE 13

Cette nuit-là, après être rentrée dans ma chambre, j'ai fait un rêve plus étrange encore que d'ordinaire. La fille de lumière ne fuyait pas à ma vue cette fois, mais s'approchait. Son élégance, sa légèreté m'ont frappée. Quand elle est arrivée auprès de moi, elle m'a souri avec douceur. C'est là que j'ai discerné, sur son visage blanc, les traits familiers que je n'avais pu reconnaître avec la distance.

— Alice ? ai-je murmuré. C'est toi ?

La sylphide de lumière a posé une main sur ma joue. C'était elle. Elle lui ressemblait à la perfection.

— Où est passé le lièvre, Cléa ? a-t-elle demandé.

La voix d'Alice, plus liquide, plus désincarnée. J'ai voulu répondre, mais la mienne s'est brisée en un sanglot. Je suis tombée à genoux, secouée par des tremblements incontrôlables.

— Le lièvre ? me suis-je étranglée. Quel lièvre ?

Et là, le visage d'Alice s'est écarté de moi. Son regard est devenu incandescent, les fleurs sur son corps se sont couvertes d'épines.

— Comment as-tu pu l'oublier ?

S'il y a bien une chose que j'aimerais oublier, c'est ce qu'Alice m'a ensuite fait. Dans un cri furieux, ses mains pareilles à des ronces se sont refermées sur ma gorge. Je me suis réveillée dans un sursaut salvateur, le cœur prêt à jaillir de ma poitrine.

Sur le chemin de l'Atelier, je me sens encore obligée de palper mon cou, comme pour vérifier que tout ça était bien faux.

Je me demande si beaucoup de gens supporteraient tout ce qui m'arrive depuis que je suis ici. Est-ce que les gens normaux fuiraient ce village ? Ou en parleraient aussitôt à quelqu'un ?

À un psy, peut-être.

Plus je m'approche de l'Atelier, plus je meurs d'envie de rebrousser chemin pour retourner au bord du lac – cette simple idée me terrifie pourtant. La forêt m'inspire à la fois une attraction démesurée et une révulsion instinctive.

Il est trop tôt pour qu'Alice soit à l'Atelier, mais peut-être qu'il y aura Jude, à sa place. Dans les deux cas, cette fois, je veux vérifier une bonne fois pour toutes qu'ils ne savent rien sur ce qui m'arrive : ils ont grandi ici, il y a des chances qu'ils connaissent quelque chose à propos de la forêt, quelque chose qui pourrait m'aider à comprendre. Et leur amie a été retrouvée morte là-bas, bon sang ! Il doit bien y avoir une explication.

Je sais déjà comment évoquer le sujet. Aborder la question de front serait stupide. Tout aussi stupide que mon rêve, et le fait que, par moments, il ne me semble plus si stupide que ça.

Je crois que je perds un peu le sens des réalités. Tout commence à se mélanger dans ma tête.

CHAPITRE 13

Je trouve bien Jude à l'Atelier. En compagnie d'Alice. En train d'essayer des robes.

Ils paraissent aussi surpris de me voir entrer que je le suis de les découvrir ainsi. Alice n'est pas la seule à être drapée d'élégance : Jude a lui aussi revêtu l'une de ses créations. C'est lui qui semble le plus horrifié de me voir.

Il porte une robe incroyable, un bouquet de dentelles noires orné de petites perles anthracite, qui contraste avec sa chevelure blanche. Comme pour me défier de me moquer de lui, il redresse la tête, soutient mon regard, malgré le rose qui colore ses oreilles. Je n'ai aucune envie de rire, en réalité. Il est magnifique. Altier. À ses côtés, sous ses voiles bleutés, Alice a l'air d'une actrice se rendant au Met Gala.

— Vous ressemblez à des œuvres d'art.

Alice, malgré son malaise palpable, m'adresse un sourire lumineux. Jude, lui, se détend un peu sans se dérider pour autant.

— On essayait les nouvelles créations de Jude, m'explique inutilement Alice.

Ce dernier ouvre la bouche sans parvenir à articuler quoi que ce soit.

— Je n'en parlerai pas, j'assure aussitôt.

Ni de ça, ni de sa passion pour la couture, ni des tatouages qui ornent ses bras, enfin découverts. Avant qu'il ne les cache derrière son dos, j'ai tout juste eu le temps d'apercevoir un complexe assemblage de formes géométriques, de motifs floraux et de silhouettes que je n'ai pas pu identifier.

— C'est pour ça, les pulls.

Jude grogne quelque chose d'inintelligible en réponse, puis récupère ses vêtements posés sur une table et part se changer dans le vestibule, nous laissant seules, Alice et moi.

— Sa famille n'est pas au courant pour ses tatouages, m'explique-t-elle brièvement. Alors Jude les montre jamais.

Dans sa robe, elle me semble plus féerique encore que d'habitude, comme si on l'avait arrachée à un conte pour enfants.

Ou à une forêt magique.

— Il a un vrai talent pour la couture en tout cas, dis-je en désignant sa tenue. Il pourrait en faire son métier.

Alice hoche la tête, silencieuse.

— Mais il ne veut pas que j'en parle. Donc, j'imagine que ce n'est pas au programme.

Alice acquiesce à nouveau. Cette manie qu'ont les jeunes d'Ombelle à rester coincés ici au lieu de partir exploiter leurs talents !

— Dis, ça va te paraître bizarre…

Alice avait commencé à se diriger vers la table pour récupérer ses vêtements. Elle s'immobilise, lève un regard hésitant sur moi.

— J'ai fait un rêve vraiment étrange, cette nuit.

— Ah ? me répond-elle, l'air ailleurs.

— Oui, il faut vraiment que je te le raconte !

Je parle sur un ton faussement amusé, comme si je m'apprêtais à partager quelque chose d'absurde avec elle. Mais je scrute la moindre de ses micro-expressions.

— Eh, Cléa !

CHAPITRE 13

Je me retourne pour inviter Jude à écouter mon récit, mais la vision qui s'offre à moi me coupe le sifflet. De nouveau couvert de noir du poignet aux épaules, ses jambes vêtues de leur habituel slim, Jude me tend la robe sur laquelle il travaillait la veille.

— Essaie-la.

— Quoi ?

— La robe. Mets-la.

Je recule dans un réflexe instinctif.

— Mais… Mais non, je…

— Allez. Je dois voir mes robes portées, et tu m'as coupé l'envie d'enfiler celle-là.

— Alice pourrait…

— Elle rendrait pas bien sur Alice. Va la mettre.

C'est un défi. Jude me refourgue son nuage de tissus immaculés et va se planter aux côtés d'Alice. Je capte le regard entendu qu'ils échangent, puis fais face au sourire impatient d'Alice, me sentant impuissante.

— Allez ! J'ai envie de voir ce que ça va donner sur toi ! m'encourage-t-elle.

— Je ne suis pas sûre que ça donne bien, justement.

— Tu sous-entends que ma robe est mal fichue ? rétorque Jude.

— Non ! Juste que sur moi…

— Si une robe est belle, le modèle qui la porte ne peut que l'être.

— Tu viens de dire qu'elle n'irait pas à Alice.

Jude ouvre la bouche, puis, comprenant que je l'ai eu, pince ses lèvres dans un sourire crispé. Je crois que je préférais quand il tirait toujours la tête. Alice vole à son secours :

— J'ai vu la façon dont tu regardes ses robes. Jude ne les fait essayer à personne d'habitude, c'est un immense honneur de pouvoir porter quelque chose d'aussi beau !

Ses compliments embarrassent Jude, même s'il s'évertue à ne pas le montrer. Je lui adresse un petit sourire, effleurant la robe du bout des doigts.

— C'est vrai que ce que tu crées est magnifique.

— Oh, ça va ! Allez, va l'enfiler avant que je demande à Alice de te la mettre de force.

— Elle ne le ferait pas.

Alice hausse les épaules, l'air de dire qu'elle n'en est pas certaine. Je soupire :

— Écoutez, je… Enfin, regardez-moi quoi. Je suis pas comme vous. Personne m'imaginerait porter ça.

Le sourire d'Alice a tressailli ou je me trompe ? Jude ne me laisse pas le temps d'y réfléchir :

— Est-ce que tu crois que les gens m'imagineraient, moi, porter ces robes ? Ou même les coudre ?

Je ne réponds pas, consciente de tout ce que ses questions soulèvent. Devant qui a-t-il déjà osé porter ses créations, à part Alice ? Combien le jugeraient pour ça, à Ombelle comme ailleurs ?

— Toi, personne trouvera étrange que tu en portes, alors pourquoi tu te gênerais ?

— Si t'as vraiment pas envie, on ne te force pas, intervient Alice.

— Mais si t'as juste peur de pas être aussi classe qu'Alice, insiste Jude, parce que t'es pas « comme elle »… Bah personne n'est comme elle de toute façon, donc c'est pas une raison valable.

Oh. Voilà une chose que je n'avais pas suspectée. Ce

regard furtif pour Alice, alors que Jude prononçait ces mots, il veut tout dire.

— Tout le monde a le droit d'être fabuleux une fois dans sa vie, conclut-il finalement en croisant les bras.

Je les dévisage quelques instants, puis pose les yeux sur la robe. Je pourrais la lâcher et m'enfuir.

Ou alors je pourrais ressembler à une héroïne de conte l'espace de quelques minutes.

Je n'ai jamais été très à l'aise avec mon corps. Il me semble parfois qu'on s'est trompé dans ma conception quelque part. Je ne suis pas très forte, je me fatigue vite. J'ai été souvent malade, petite. J'ai passé mon adolescence à apprendre à ne plus trébucher tous les trois mètres. Je ne me trouve pas jolie et j'évite généralement les miroirs. Il y a quelque chose qui ne fonctionne pas, sur mon visage, quelque chose qui ne me va pas.

Pourtant, je me retrouve, moi aussi, à enfiler ma robe. Je vais être ridicule, je le sens. Au pire, ce sera drôle. Au mieux, ce sera une bonne surprise. Alice vient m'aider. Ses doigts s'affairent sur le laçage dans mon dos, puis ajustent le tout, pour ensuite saisir doucement mon bras.

— Jude va être surpris, m'assure-t-elle.

Je n'ose pas demander si ce sera en bien ou en mal.

L'apprenti couturier, les bras toujours croisés, accueille mon arrivée par un grognement intraduisible. Alice me fait tournoyer sur moi-même.

— Détends-toi, tu vas péter.

Je lance un regard outré à Jude.

— Péter me ferait du bien, justement, je marmonne.

L'ombre d'un sourire étire ses lèvres. Les tissus volettent autour de moi, je sens le poids de la robe peser sur mes hanches, le corset enserrer ma taille. C'est une sensation plutôt agréable.

— Le tombé est pas mal. Mais ça manque peut-être un peu de volume…

— Elle est sublime, Jude. Cléa, je vais te montrer. Tu dois absolument voir.

Alice brandit son téléphone devant moi, en mode selfie. Sur l'écran, l'héroïne de conte de fées écarquille les yeux, ébahie.

— Waouh… Ça fait… bizarre.

Ce n'est pas déplaisant. Et pas aussi ridicule que je le pensais. Ce n'est peut-être même pas ridicule du tout. Un sourire naît sur mes lèvres, malgré moi. Je tournoie sur moi-même, encore, et encore une fois.

À chaque tour, les souvenirs du collège et des moqueries sur mon physique s'éloignent davantage. J'évite d'y penser habituellement – j'ai décidé que ça ne servait à rien. Mais elles sont toujours là, quelque part dans le fond de ma tête, à me souffler que je n'aurai jamais le droit de me sentir belle. Étrange comme une simple robe, aussi extravagante, aussi peu « moi », parvient à me donner ce sentiment de liberté. Je n'arrive plus à réprimer mon sourire. Je m'aime bien comme ça, je crois. Comme si elle lisait dans mes pensées, Alice me confie :

— Tu sais, de base, je détestais mon physique.

Elle s'approche de moi et me tend le téléphone pour que je puisse m'admirer de plus près.

— À l'école, on m'appelait le squelette. Au collège, la calculette ou le serpent à lunettes…

Je lui lance un regard médusé.

— Et au lycée, on disait que j'étais anorexique.

Sur Instagram, que je donne une mauvaise image du corps de la femme… Ou que je ne suis pas une « vraie femme, avec des vraies formes ».

Elle tournoie dans sa robe, les bras tendus vers le ciel, comme une danseuse.

— Quand Jude m'a fait porter sa première robe, j'étais sûre que j'allais être hideuse et gâcher son travail.

Jude hausse les sourcils, l'air de trouver cette idée totalement absurde.

— Petit à petit, il m'a convaincue de porter ses créations. Et petit à petit, j'ai appris qu'il y avait différentes beautés, différents types de corps, et que tous peuvent être magnifiés. De toute façon, on ne peut pas être beau aux yeux de tous. Le plus important, c'est de l'être pour soi.

Alice me sourit à nouveau et, d'un air encourageant, demande :

— Alors… est-ce que tu te trouves belle, là ?

Je l'ignore. Il y a toujours quelque chose qui ne va pas. Comme si j'étais un puzzle dont toutes les pièces ne s'imbriquaient pas parfaitement. Mais je me sens bien. Un peu plus libre. Un peu plus légère. J'ai l'impression que je viens de franchir un pas sans m'en rendre compte.

— Je pense que c'est un bon début.

Alice hoche la tête, satisfaite de cette réponse.

— Ça prend du temps, de s'aimer. Autant de temps qu'il en faut pour pardonner.

— Ou se souvenir.

Jude écarquille les yeux à ses propres mots, comme s'il venait de dire quelque chose de stupide. Je les dévisage, interloquée. Le sourire d'Alice s'est crispé.

— Tu peux garder la robe, m'annonce brusquement Jude.

— Pardon ?

— La robe. Elle est pour toi.

Confuse, je secoue la tête.

— Non, là, je peux vraiment pas. Tu devrais présenter tes œuvres à une formation ou à une école, je sais pas. Pas les offrir. Tu as vraiment quelque chose, c'est con de gâcher ce potentiel !

— Je te dis de la garder, insiste-t-il, ses traits se fronçant subitement.

— Je…

— Prends-la, intervient doucement Alice. On ne refuse pas un cadeau.

Après quelques instants d'hésitation, je soupire, vaincue. J'ignore ce que je vais faire de cette robe magnifique, mais le présent de Jude me touche. Ça n'a pas de sens, quand on y pense… Je n'imagine même pas le temps et l'argent qui ont été investis dans cette création. Pourquoi l'offrir à une personne qu'il connaît à peine – et ne semble pas porter dans son cœur ?

— Désolée. Je n'aurais pas dû refuser… C'est vraiment gentil.

Je me sens soudain ridicule. La magie s'est estompée. Je décide de partir me changer. À mon retour, Jude et Alice conversent à voix basse. Le premier a l'air contrarié. La seconde me remarque et met fin à leur échange.

— Écoute, Cléa… me dit-elle, je sais que tu nous l'as déjà dit, mais… C'est vraiment important que tu ne parles à personne de ce que tu as vu ici.

— C'est promis.

CHAPITRE 13

J'attends un moment avant de demander :

— Personne ne sait ?

Jude fixe un point sur le sol, paraissant soudainement fasciné par la structure du parquet. Alice lui adresse un regard hésitant, puis, voyant qu'il ne réagit pas, me répond :

— Tu as peut-être eu un aperçu de comment les gens sont ici… Pour beaucoup, les artistes, on est un peu…

— Des saltimbanques qui mènent une vie de bohème, complète Jude avec amertume.

Ça ressemble fort à une citation.

— Et pour des parents un peu… fermés d'esprit…

— Très, rectifie Jude.

— Avoir un fils qui coud des robes, c'est aussi étrange que…

Alice ne trouve pas comment compléter sa comparaison. Je m'en charge :

— Qu'avoir un fils qui porte des robes.

Jude esquisse un sourire narquois. Un sourire qui pue la tristesse.

— C'est ça, soupire Alice. Ils ne voient pas ce que je vois, moi.

Jude hausse les épaules, comme si ce n'était pas si grave.

— On n'a pas tous tes parents.

Il aurait pu en nourrir de la jalousie, mais il semble plutôt heureux pour elle. À chaque fois qu'il pose les yeux sur Alice, on peut y lire toute l'affection qu'il lui porte. Ils sont bien plus proches que je ne le pensais.

— Ils ont eu une vie difficile, alors, pour eux, la possibilité que notre génération puisse vivre de ses passions, c'est une chance…

Elle s'interrompt brusquement, les lèvres pincées. Jude, lui, arbore un visage fermé. L'ambiance est définitivement retombée. Je m'aperçois que toutes ces histoires m'ont fait oublier ce qui s'est produit cette nuit, et ma détermination à leur en parler. Mais quelque chose me retient d'y revenir : c'est la première fois que Jude tolère autant ma présence, il s'est même confié à moi et m'a offert une de ses créations. Quant à Alice, elle a presque l'air prête à parler de ce qu'elle évite habituellement d'évoquer. Ramener ça à un rêve étrange dans le seul but de les faire réagir, alors que j'ignore même s'ils savent quoi que ce soit, briserait tout.

Qu'est-ce qui est le plus important pour moi ? Comprendre, ou me lier avec eux ?

— Tu ne leur as pas dit que c'est Jude qui a cousu les robes qu'il y a dans ta chambre ?

Je n'avais pas encore pris conscience de mon besoin éperdu de me rapprocher d'eux.

Alice répond aussitôt :

— Non, bien sûr !

— Sa mère serait foutue d'aller chercher la mienne pour la torturer jusqu'à ce qu'elle accepte de m'envoyer en école de couture, ricane Jude.

Ce qui serait peut-être une bonne chose. Mais je ne le dis pas. J'apprends de mes erreurs, parfois.

— Et toi, Alice ? Ils n'ont pas essayé de t'y pousser ?

— À ?

Sa voix sonne faux. Elle fait semblant de ne pas comprendre.

— À aller en école d'art. Ou quelque part où tu pourrais t'améliorer, rencontrer d'autres artistes, montrer tes créations…

— Internet me suffit.

Face à mon scepticisme, elle se crispe un peu, mais finit par admettre :

— Mes parents m'encouragent à partir, évidemment.

Alice et Jude échangent un regard, puis la jeune artiste me scrute, comme pour estimer si je suis digne de la suite. Il y a une espèce de lueur dans ses yeux que je ne parviens pas à identifier.

— Il y a une école où je rêve d'aller, à Paris.

— C'est quoi, comme école ?

Pourquoi est-ce que tu n'y es pas encore ? Qu'est-ce qui te retient ici aussi longtemps ? La peur ? L'argent ?

— Une école d'art spécialisée dans la peinture. Les enseignants sont des artistes dont j'admire le travail… Après, rien n'est parfait. Il n'y a pas beaucoup de notes, la présence en cours n'est pas requise, certains anciens élèves déplorent le manque d'assiduité de leurs camarades… mais moi, je sais que j'aurais la discipline nécessaire pour y aller tous les jours, que ce soit noté ou non. Je ne veux que ça, avoir un endroit où créer quotidiennement. Je serais entourée d'autres artistes, formée par des professionnels… C'est exactement ce qu'il me faut. Voir d'autres choses, côtoyer d'autres peintres, élargir mes horizons.

Alice s'interrompt, s'apercevant qu'elle s'est emportée. Elle jette un œil triste à ce qui l'entoure, ajoute plus calmement :

— Je connais l'Atelier par cœur…

Je m'en doutais. Elle meurt d'envie de partir. Je m'apprête à lui poser la question fatidique quand un grincement provenant de l'entrée nous fait tous trois sursauter. Une petite tête rousse apparaît dans l'embrasure de la porte menant au vestibule.

— Juuuuude !

— Putain ! s'écrie le concerné.

Dans un geste inutile, il se place un peu devant Alice, comme pour cacher la robe qu'elle porte.

— Un euro dans la boîte à gros mots, Jude !

— Ferme-la ! Qu'est-ce que tu fiches ici ?

Le gamin, qui n'a pas plus de dix ans, ressemble en tout point au Jude de la photo du vestibule. Son petit frère.

— Maman et papa arrivent !

Les rougissements de Jude disparaissent sous un masque livide, comme si tout son sang venait de quitter son visage.

— Papa veut faire une promenade en famille. Tu répondais pas à ton portable, mais je savais que t'étais ici alors j'ai couru pour te prévenir. Parce qu'ils vont aussi finir par deviner. Et parce que je suis un super petit frère.

Très sérieusement, il ajoute :

— Ce soir, tu me laisses jouer à la Switch. Maintenant dépêche-toi, faut pas qu'ils te voient ici ! En plus y a Alice. Ils vont confisquer les consoles s'ils savent que t'es avec elle.

Il adresse un sourire charmeur à Alice, ajoute :

— C'est pas ta faute. Moi je te trouve cool. Et ta robe est trop stylée.

Puis, l'air aussi solennel qu'un chevalier ayant délivré un message d'importance capitale à son roi, l'enfant nous salue d'une petite courbette avant de sortir en trombe de l'Atelier. Jude échange un regard résigné avec Alice qui lui répond avec un petit sourire triste, comme pour lui donner de la force. Il n'a plus rien du garçon sûr de lui qui me demandait de porter sa création. C'est sans un mot, le dos voûté, qu'il suit son frère.

Alice secoue doucement la tête, les yeux rivés sur le lieu où a disparu Jude. Elle ne semble pas du tout surprise par ce qui vient de se passer.

— OK. J'ai saisi quel est leur problème avec les robes, même si c'est stupide… Mais avec toi ?

Un souvenir flou me revient.

— Avec toi *et Dan.* J'ai vu la mère de Jude l'éloigner de lui, au marché, la première fois que je l'ai croisé. C'était assez violent…

Alice déglutit, répond d'une voix glacée que je ne lui connaissais pas :

— Les parents de Jude sont venus me voir il y a quelques années pour me dire que leur fils méritait « mieux que Dan et moi » comme amis.

Je la dévisage, abasourdie.

— Ils ont expliqué pourquoi, au moins ?

Alice grimace.

— Pas directement. Ils ont dit qu'on était gentils, que c'était pas ça, le problème… Mais que leur fils avait besoin de rencontrer d'autres gens, de trouver sa voie… d'aller de l'avant.

— D'aller de l'avant ?

Elle s'est mise à ronger l'un de ses ongles manucurés, ce que je ne l'avais encore jamais vue faire. Après un long moment où elle semble peser chacun de ses mots, elle répond finalement :

— Quand on était petits, on a vécu un truc très triste avec Jude et Dan.

Mon cœur bondit dans ma poitrine. Je devine sans peine ce dont il s'agit.

— Après ça, on parlait plus à personne, on restait tous les trois ensemble, tout le temps. Jude, surtout, s'est fermé aux autres. Ses parents ont eu peur, je pense.

Ses incisives arrachent un bout de vernis bleu ciel. Elle semble se rendre compte de ce qu'elle fait et arrête aussitôt, la mine sombre. De toute évidence, me parler de ça lui coûte beaucoup.

— Et encore plus quand je me suis coupé les cheveux et ai commencé à peindre plein de femmes, je crois. Sa mère ne m'a plus souri depuis que j'ai fait ma petite expo, tu peux imaginer pourquoi.

Elle laisse échapper un rire amer qui sonne étrange dans sa bouche.

— Bienvenue au XXIe siècle, je murmure, stupéfaite.

— Ils disent qu'ils s'inquiètent pour leur fils, qu'on l'enchaîne au passé et je veux bien le croire, mais je sais qu'il n'y a pas que ça.

Elle s'interrompt, me regarde enfin droit dans les yeux. Un frisson me parcourt l'échine.

— Quand sa mère nous a trouvés dans la chambre de Jude, lui et moi en robe, et Dan en train de nous prendre en photo…

Je n'ai pas besoin qu'elle en dise plus.

RÉMINISCENCE

Ma vie est une prison.

Une prison d'épicéas et de sapins, de chèvrefeuilles et de primevères. Une prison de terre et d'eau, sous un ciel trop lointain. Et partout ces petites fleurs en ombelle qui me narguent, bouquets de pétales unis par la même tige, quand moi je suis seule à être enracinée ici pour toujours.

Mes petits amis de lumière me parlent de leurs rêves d'avenir, du monde qui les attend. Ils sont si avides de le découvrir.

Et moi, si avide de les suivre.

Mais ma raison d'être me retient ici. Je suis enchaînée à la nature qui autrefois m'apportait réconfort et joie. Je la déteste pour de bon, aujourd'hui. Je la déteste autant que je risque de les détester, mes êtres de lumière, quand ils seront finalement partis.

Je ne peux pas les retenir.

Je ne peux pas partir.

Alors, à nouveau, je me retrouverai seule.

Liée à cette forêt pour toujours, car si ce n'est pas moi, qui la protégera ?

CHAPITRE 14

Mi-avril, la nature s'éveille sous mes yeux émerveillés. Des oiseaux commencent à chantonner le matin, le cerisier de Blanche a perdu la majorité de ses fleurs pour se parer de vert. J'ai toujours aimé cette sensation de plénitude retrouvée, quand l'hiver s'en va enfin et qu'on peut sortir sans manteau. L'éveil de la nature résonne en moi, remplit mon cœur de séréni…

— Fais attention aux orties !

Brusquement interrompue dans mon élan mélodramatique, je lève les yeux vers Blanche, mais elle trace sa route sans m'attendre. J'ai découvert qu'elle adorait la forêt. Pas comme je l'aime, avec un œil d'artiste. Non, Blanche, elle l'aime comme la botaniste qu'elle était sans doute dans une autre vie, comme l'autrice de *nature writing*[1] qu'elle aurait dû être. Elle me cite des noms scientifiques à tout va, me montre des coins où, selon elle, des adénostyles vont bientôt pousser – *des adénoquoi* ? Là, il y avait de magnifiques valérianes l'été dernier.

1. Le *nature writing*, « écrire la nature » en français, est un genre littéraire dans lequel la nature tient une place centrale.

Je hoche la tête. *Mmh mmh, des valérianes, bien sûr.* Je sais juste qu'il s'agit de fleurs.

— Regarde ! Des empreintes !

J'observe les légères traces sur le sol, sceptique. Je demande, sincèrement intriguée :

— Ce sont des empreintes de quoi ?

Blanche hausse un sourcil.

— J'ai une tête de garde forestière ?

Face à mon désarroi, elle souffle un petit rire avant de poursuivre sa route. Elle s'est vêtue comme une aventurière : bottes, parka, canne et chapeau vissé sur la tête. Elle a l'air ravi d'une enfant qu'on emmène à Disneyland Paris.

— Je ne vais pas dans la forêt en hiver, m'a-t-elle expliqué. Il fait froid, tout est mort. Aucun intérêt.

Pour elle, le retour du printemps signifie le retour des promenades, même si je devine à son souffle rauque qu'elles risquent de se raréfier avec le temps. L'énergie habituelle de Blanche est mise à rude épreuve par la montée à travers les arbres. Un peu inquiète, je la rejoins.

— Tout va bien ?

Elle me gratifie d'un regard noir.

— Fais attention aux orties, répète-t-elle.

Je souris malgré moi.

— Tu es déjà venue par là ? me demande-t-elle.

— Oui.

Je ne suis pas retournée dans la forêt depuis ma mésaventure avec l'étrange fille lumineuse, il y a quelques nuits. Je me demande si je saurais retracer le chemin menant au lac. J'en doute.

— Tu y as trouvé ce que tu y cherchais ?

CHAPITRE 14

Blanche ponctue sa question d'un regard appuyé. Je hausse les épaules.

— Pas encore.

Ma logeuse n'a pas l'air satisfaite. Nous arrivons enfin sur une partie plus plate, et Blanche s'assied sur un tronc qui s'est écrasé au sol, massacrant sans vergogne les fourmis qui y avançaient à la queue leu leu. Mon cœur se serre un peu à cette vision.

— Assieds-toi, me souffle Blanche en tapotant à côté d'elle.

— Pas sur les fourmis.

— Elles ne vont pas te manger.

— Mais moi je vais les écraser.

Un éclair de surprise traverse son regard. Elle m'adresse un sourire chaleureux.

— Reste debout, si tu veux. Mais je vais parler un moment.

Autour de nous, la nature est comme en attente. Des oiseaux piaillent plus loin, mais quand Blanche commence son récit, ils s'arrêtent aussitôt. Ou est-ce moi qui ne les entends plus ?

— Les parents de ma génération, et leurs parents avant eux, racontaient les légendes de notre région à leurs enfants. La tradition se perd avec le temps, comme tout. Mais à Ombelle, certaines histoires sont restées ancrées dans les mémoires. Elles se transmettent encore, le soir, pour endormir les petits. Plus personne n'y croit bien sûr.

Blanche s'interrompt pour reprendre son souffle, et poursuit :

— Parmi mes histoires préférées, il y a celle des esprits de la forêt.

Cette fois, c'est moi qui dois me souvenir de respirer. Immobile, je bois ses paroles.

— Dans la plupart des cultures, passées ou présentes, la nature est veillée par des gardiens, des dieux ou des créatures magiques. Mon père disait que nos forêts, nos mers, nos montagnes étaient protégées par des esprits qui se dérobaient au regard des humains. Chacun d'entre eux s'est vu confier la protection d'une parcelle de territoire. Chacun d'entre eux y est lié, comme le cœur est lié à tous les membres de ton corps par des veines et des artères. Sans eux, la nature dépérit. Avec eux, elle s'épanouit.

Blanche pose son regard brillant sur moi.

— À Ombelle, on racontait que notre esprit était autrefois sociable et taquin, qu'il adorait accueillir les humains chez lui et leur jouer des tours. Il ne se montrait qu'en de rares occasions. Les élus le décrivaient tous de la même façon.

Je sais ce qu'elle va dire.

— Une jeune fille de lumière, au corps parsemé de fleurs.

— Comme la statue de la fontaine, je murmure dans un frisson.

Celle sur la place de la poste. Blanche acquiesce, loin de se douter que ce n'est pas uniquement là que je l'ai vue.

— Notre esprit avait une place importante dans la vie des Ombellois, à l'époque de mes grands-parents. On lui faisait des offrandes, on lui consacrait des fêtes… Il paraît même que les enfants allaient planter un arbre pour la remercier de veiller sur la forêt, une fois par an. Et puis, petit à petit, le temps du scepticisme est arrivé.

Maintenant, même si tout le monde connaît encore la légende des esprits de la forêt, plus personne n'y croit, du moins ouvertement.

— Est-ce que ça a un lien avec le fait que les Ombellois refusent d'entrer dans la forêt ?

Blanche serre les lèvres.

— Pas exactement.

Elle pousse un soupir et, avec lenteur, lève une main devant son visage. Une petite fourmi s'y promène, tournant autour de ses doigts.

— Les gens ne croient plus à la magie, aux fées et aux belles choses… mais les malédictions, les monstres et les démons, ça, ils en ont toujours peur.

— Il y a des légendes à propos de monstres dans la forêt ?

Blanche a l'air surprise par ma curiosité. Je peine à refréner mon excitation. Je sens que je suis sur le point de comprendre quelque chose d'important.

— Ce que je voulais dire, c'est qu'il est plus aisé, à notre époque, de craindre ce qu'on ne comprend pas que de s'en émerveiller.

Ses paroles me rappellent Jude et ses parents, ou le regard effrayé qu'Alice posait sur moi, au début. À cette pensée, mon cauchemar me revient en tête, celui où la jeune fille de lumière arborait le visage de la peintresse.

— Les esprits… vous avez dit qu'ils sont liés à la forêt. Ça signifie qu'ils n'ont pas le droit de partir ? Qu'ils sont prisonniers ?

— Ils peuvent partir, dément Blanche. Mon père m'a raconté l'histoire d'un sylphe qui, par amour pour une humaine, a abandonné les bois sur lesquels il veillait.

Blanche pose délicatement ses doigts noueux sur la mousse qui recouvre le tronc, attendant patiemment que la fourmi s'en aille rejoindre les autres.

— En quelques jours, les feuilles sont tombées, les troncs se sont asséchés, les animaux sont tous morts… Et après quelque temps, les bois sont devenus un cimetière.

— Et l'esprit ?

— Lui, il a vécu heureux… au début. Mais il ne cessait de penser aux bois, malgré lui. Il avait beau essayer d'oublier, il n'y arrivait jamais complètement. Un jour, le besoin a été trop fort, et il est revenu pour vérifier que tout allait bien.

Blanche émet un petit rire amer.

— Ce n'est pas une histoire joyeuse.

— Quand il a vu ce qu'il avait causé, il est mort de chagrin ?

La fourmi quitte enfin la main de Blanche. Cette dernière acquiesce, lève son regard gris sur moi.

— Quand son amoureuse a découvert son corps sans vie, elle a supplié le ciel de faire d'elle une nymphe, en échange de la promesse de redonner vie aux bois. Depuis, elle veille dessus à la place de son amant, pleurant chaque nuit sa mort.

Un frisson me parcourt l'échine. Blanche me sourit.

— Je t'ai dit que ce n'était pas très joyeux.

— Et si la forêt est détruite ? Qu'est-ce qu'ils deviennent ?

— Si la forêt est détruite, alors les esprits finissent par dépérir, eux aussi. Ils ont été créés pour protéger la nature. Leur vie ne peut se poursuivre si elle disparaît.

— C'est affreux.

— C'est le genre d'histoires qu'on nous racontait quand on était enfants. Je peux te dire qu'on culpabilisait à chaque fois qu'on cueillait des champignons.

Je souris à Blanche, malgré les frissons qui ne s'arrêtent pas. Est-ce que la fille du lac est un esprit de la forêt ? Est-ce qu'elle veille sur la nature environnante, comme les créatures des légendes de l'enfance de Blanche ?

— Les gens ne veulent pas prendre le risque de déranger l'esprit, c'est pour ça qu'ils ne viennent pas dans la forêt ?

Ça m'aurait semblé absurde il y a quelques semaines, mais désormais, ça a du sens. Pourtant, Blanche secoue la tête, la mine réprobatrice comme toujours lorsqu'elle évoque ses voisins.

— Les Ombellois ne croient pas aux esprits de la forêt, je te l'ai dit. De notre temps, plus personne ne…

— Vous avez dit « ouvertement ».

Blanche m'adresse un de ses regards qui signifie « ferme ton clapet ». J'obéis.

— Tu ne t'en rends peut-être pas compte, déclare Blanche en regardant autour d'elle, mais cette forêt dégage quelque chose de spécial.

Oh si, je m'en rends bien compte.

— Quelque chose qui peut effrayer.

Je ne peux m'empêcher d'intervenir :

— Qui faisait rêver autrefois.

Blanche hoche la tête.

— Est-ce que tu crois qu'il y a des choses que nous ne pouvons pas comprendre dans ce monde, Cléa ? Que ce soit un dieu, de la magie ou autre chose encore… Je pense que nous ne pouvons pas tout savoir, et que c'est très bien ainsi. Mais ce que nous ne voyons pas ne doit pas forcément nous effrayer. Tout comme nous n'avons pas à tout prix besoin de l'expliquer.

Moi, je veux comprendre.

— Jusqu'à mon arrivée ici, je pensais qu'il n'y avait que le perceptible qui était réel, je réponds doucement. Mais depuis quelque temps, je remets certaines choses en question.

Lentement, Blanche se relève de son tronc. Je tends bêtement la main pour l'aider, mais elle l'ignore royalement. J'attends sa réponse, et le silence qui se prolonge me donne l'impression qu'elle s'apprête plutôt à m'interroger. Finalement, elle reprend là où elle s'était arrêtée.

— S'il n'y avait que ce que nous pouvons voir, ce monde ne serait pas bien intéressant.

Elle ajoute, dans un sourire :

— Un peu de mystère ne fait pas de mal !

Nous continuons notre chemin, Blanche racontant des histoires de fées, d'elfes et de sylphides, et moi m'abreuvant de ces récits enchanteurs. Ma logeuse a l'air si heureuse de narrer ces légendes, encore plus quand elle se rend compte à quel point elles me passionnent. À plusieurs reprises, elle me compare aux enfants qui venaient autrefois chez elle, et je n'ose pas demander s'il s'agissait de membres de sa famille.

Je découvre une nouvelle Blanche. Toujours pleine d'énergie à la maison, elle semble tellement plus épanouie aujourd'hui, alors qu'elle arpente la forêt en me contant les histoires de son enfance. Je me demande depuis combien de temps elle n'a pas pu les partager avec quelqu'un. Depuis combien de temps elle n'est pas sortie se promener en compagnie d'une autre personne.

Je suis certaine qu'elle se satisfait de sa solitude, qu'elle l'a choisie. Mais peut-être qu'elle en souffre parfois, ne serait-ce qu'un peu.

Son mari doit lui manquer.

Nous arrivons dans une clairière que je n'avais pas encore découverte. Blanche s'appuie contre un tronc pour reprendre son souffle. Je n'ose pas lui demander si elle se sent bien : pas envie d'écoper d'un nouveau regard assassin. Au lieu de ça, je sors la bouteille d'eau qu'elle m'a demandé d'emporter dans un sac à dos et la lui tends sans rien dire. Blanche hoche la tête.

— Tu t'intéresses vraiment à cette forêt, me dit-elle entre deux gorgées.

— Comment ça ?

— Quand tu m'as dit que tu voulais y chercher l'inspiration pour peindre tes animaux, j'ai pensé que tu allais vite repartir. Tu avais l'air franchement écervelée, je te donnais une semaine.

Ma mine déconfite la fait pouffer. Blanche rit de plus en plus souvent. Cette constatation me réchauffe le cœur.

— Je me suis dit : « Mais quelle gamine m'a-t-on refourguée ? Elle va faire deux pas dans la forêt, découvrir que les arbres se ressemblent tous et que les renards et les biches ne sortent pas prendre la pose pour tous les pseudo-artistes ! »

— Sympa.

— Mais vrai. Tu as vu un animal, dans cette forêt ?

Un animal « normal », non. Hormis quelques rares

oiseaux. Mais j'ai vu bien mieux. Est-ce que je peux le dire à Blanche ? Est-ce que je peux espérer qu'elle ne me jugera pas, qu'elle me croira ?

— Mais, après plusieurs semaines, poursuit-elle, tu es encore là. Tu vas tous les jours à l'Atelier, tu écoutes mes histoires comme on ne les a plus écoutées depuis longtemps, tu te rends plusieurs fois par semaine dans la forêt…

Blanche couve les environs d'un regard amoureux.

— Elle n'a rien de spécial en apparence, pourtant. Mais tu y vois peut-être ce que j'y vois.

Et peut-être plus encore. Comment pourrais-je lui dire ? Elle commence seulement à ne plus me prendre pour une « pseudo-artiste écervelée ». La tentation est grande, toutefois. Mon secret me pèse de plus en plus. Sans doute parce que j'en ai trop à garder.

— Enfin, je pense que tu étais sérieuse quand tu es venue ici. Tu ne t'attendais peut-être pas à ce qu'Ombelle a à offrir… c'est-à-dire pas grand-chose. Mais tu persévères, c'est bien.

Blanche me tend la bouteille d'eau. Je l'accepte, émue. J'ignore pourquoi ses paroles me bouleversent tant.

— En fait, je ne suis pas venue que pour chercher l'inspiration.

Je me rends compte que j'ai prononcé ces paroles après que Blanche y a réagi. Ses sourcils grisonnants se sont haussés si haut qu'ils ont l'air prêts à décamper de son visage. Je me sens blêmir. Qu'est-ce qui me prend ?

— Et pourquoi, alors ? demande doucement Blanche.

Il y a une note de triomphe dans sa voix. Elle s'en doutait. Et elle va enfin obtenir sa réponse.

Celle que je n'étais même pas capable de m'avouer à moi-même.

Bien, si je dois apprendre à faire confiance à Blanche, autant commencer par là avant de lui parler d'animaux argentés et d'esprits de la forêt qui fuient devant moi.

— Je… C'est un peu compliqué.

— Ça a l'air, oui, fait Blanche avec un sourire encourageant.

Depuis quand est-elle si gentille ? Je m'humecte les lèvres, cherchant mes mots, mais je sais déjà qu'il n'y a pas vraiment de bonne manière d'aborder le sujet.

— Je suis orpheline.

Les mots m'ont raclé la gorge. Combien de fois l'ai-je admis dans ma vie ? Combien de fois ai-je cessé de me voiler la face à ce sujet ?

— Je n'ai pas de parents.

— Oui, je sais ce que c'est, être orpheline.

— J'ignore qui étaient mes parents.

Je parle d'une voix robotique, sur un rythme haché, incapable de me détendre et de reprendre un ton naturel. Blanche s'écarte de son tronc pour poser une main sur mon bras.

— Je suis désolée, Cléa.

Elle l'est vraiment. Enfin, je le crois. C'est ce que ses yeux essaient de me dire.

— Je… Je ne sais pas d'où je viens. Et… J'ai cherché. Et le peu d'indices que j'avais menaient à ici… C'est flou, mais j'ai vraiment l'impression…

Je recule d'un pas pour m'arracher au contact de la main de Blanche. Il fait trop chaud, je prends conscience de la sueur qui trempe mon dos. J'ai trop marché, trop longtemps. Comment Blanche parvient-elle seulement à tenir debout ? On étouffe, ici. On se croirait en plein été.

— Tu penses que tu viens d'Ombelle ?

Je ne veux pas parler de ça. Pourquoi ai-je commencé ? Qu'est-ce qui m'a pris ? Ça n'a aucune importance. Je suis venue ici pour peindre. Je suis venue chercher l'inspiration. Je suis venue faire cette foutue bande dessinée avec ces foutus animaux d'aquarelle.

— Cléa, bois un peu… Cléa.

J'obéis machinalement, mais mes pensées sont comme détachées de mon corps. Je vois les doigts de Blanche qui enserrent mes bras, pourtant je ne les sens pas. Les troncs vacillent devant moi, leurs contours sont moins définis. Ma peau se couvre de chair de poule.

— Assieds-toi un peu.

Je la laisse me forcer à m'asseoir. J'entends mon cœur tambouriner dans mes tympans. J'ignore pourquoi j'ai soudain les larmes aux yeux.

— Entre ça et la nuit où Dan t'a ramenée… ma petite, tu vas manger de la viande rouge et des légumes verts ! C'est de fer que tu manques.

J'acquiesce pour lui faire plaisir. C'est exactement ce qu'on me faisait avaler pour combattre mes chutes de tension quand j'étais plus jeune. Mais cette fois, je sais que ça n'a rien à voir. Doucement, mon malaise s'estompe. Je m'efforce de respirer calmement. Blanche me laisse boire quelques gorgées d'eau salvatrices avant de déclarer :

— Tu sais, si tu venais d'ici, je serais au courant…

Elle parle avec une douceur exagérée, d'un ton prudent. Je lève le regard sur elle.

— Tout le monde connaît tout le monde, à Ombelle.

Je le sais.

— Mais je vais y réfléchir. Si je me souviens de quelque chose, je te le dirai.

Sur le chemin du retour, Blanche me change les idées avec des anecdotes concernant le village, desquelles suinte le mépris un peu amusé que ses voisins lui inspirent. Les histoires sont assez drôles pour me faire rire et, peu à peu, me détendre.

Quand nous arrivons enfin à la lisière de la forêt, elle se tourne vers moi, un sourire indulgent sur les lèvres.

— Merci de m'avoir accompagnée. Va te reposer, maintenant. Tu as l'air exténuée.

Elle a raison. Une fois dans ma chambre, mon corps se jette de lui-même dans le lit. Sans même prendre la peine de me dévêtir, je laisse la fatigue m'écraser, me noyer dans les draps comme je me suis perdue dans mes angoisses, plus tôt. Je ne veux pas y penser. Je veux seulement que tout disparaisse, quelques instants.

Exauçant mon souhait, le sommeil m'enveloppe de ses bras d'insouciance.

CHAPITRE 15

Quand j'ai envie de me perdre un peu sur les réseaux sociaux à la recherche d'artistes inspirants, je me rends à la fontaine de la fille aux fleurs, en quête de connexion 4G. Bercée par le murmure de l'eau qui s'en écoule paisiblement, je prends plaisir à découvrir les publications d'Alice. Peu de créateurs postent aussi régulièrement, ce doit être épuisant, à force. Mais sa constance et son talent pour communiquer lui ont rapporté une sérieuse base de fans.

Souvent, sous les photos de ses peintures, des gens lui demandent dans quelle école elle a étudié ou si elle compte exposer dans leur ville un jour. Alice ne répond pas à ces commentaires-là. Elle ne peut de toute façon pas répondre à tout le monde. Sous ses publications les plus populaires, il y a des centaines de réactions.

J'admets que quand je la vois peindre avec talent ou quand je fais défiler son profil, je me sens parfois un peu jalouse. J'aimerais que ce soit aussi facile pour moi.

Ça ne l'est pas non plus pour elle.

Elle a travaillé dur pour en arriver là, et il ne passe pas un jour sans qu'elle peigne. Le reste du temps, elle lit des articles ou des biographies féministes, elle arpente le merveilleux monde d'Internet à la recherche d'inspiration, elle noircit des carnets de croquis et d'idées... De son propre aveu, même lors des rares moments où elle ne fait rien en rapport avec la peinture, son esprit continue à imaginer des nouveaux projets. Il lui est arrivé, pendant nos discussions, de sembler ailleurs. Maintenant, je m'interromps pour lui laisser le temps de former son idée.

Il y a quelque chose d'évident entre nous deux. Mes relations n'ont jamais été aussi simples – et pourtant, celle-ci n'avait pas très bien commencé ! Alice ne me pose pas de questions qui peuvent m'indisposer, et je maîtrise ma maladresse et ma curiosité pour faire de même. Quand nous n'avons rien à nous dire, nous travaillons sans que le silence soit gênant.

Il est arrivé que Jude se joigne à nous. Une fois, c'était parce qu'Alice voulait le peindre dans une robe. J'ai proposé de bloquer la porte avec des piles de chaises au cas où, ce qui m'a valu un signe de tête reconnaissant de Jude, et quelques paroles par la suite. Il reste peu bavard, mais au moins, il s'est un peu détendu en ma présence.

J'ai compris qu'il côtoyait régulièrement Alice, en dépit de ce qu'en disent ses parents. Leur complicité est évidente, maintenant que je les vois ensemble. Alice exhorte Jude à s'affirmer, de façon subtile : en l'encourageant à porter ses créations, en le félicitant à leur sujet, en lui demandant de me montrer ses tatouages... Il n'a consenti à m'en dévoiler que certains, malgré la surprenante insistance d'Alice.

— Tu n'es pas obligé, vraiment. Je comprends que ce soit personnel…

— Il a très envie de te les montrer, au contraire, a-t-elle assuré en balayant mes paroles d'un revers de main.

Jude n'en avait pas du tout l'air, mais j'ai tout de même eu la chance de contempler les œuvres d'art qui ornent sa peau, lorsqu'il a découvert un bout de son avant-bras : entourés de symboles géométriques, des traits fins évoquant le tracé d'un pinceau y formaient les silhouettes d'animaux qui grimpaient jusqu'à son coude. J'ai eu le temps de discerner un loup, une biche, des ailes et des pattes qui se poursuivaient sous le pli de la manche de sa robe, avant qu'il ne les recouvre. Jude m'a expliqué, un peu embarrassé par mon admiration, qu'il a dû faire plusieurs allers-retours à Lyon l'année dernière pour que l'œuvre soit achevée.

— Dommage que tu ne puisses jamais les montrer…

Ma réponse l'aurait sûrement refroidi quelque temps plus tôt. Mais il a esquissé un petit sourire ironique.

— J'ai pas trop envie que mes parents super ouverts d'esprit s'imaginent que je me drogue ou, pire, que je suis entré dans la mafia ombelloise. Je les leur cache tant que je le peux. Ça demande beaucoup d'énergie.

— Et de pulls à manches longues, a renchéri Alice, avant de soupirer, l'air de ne pas y toucher. Tout ce temps, toute cette douleur, tout ce travail d'artiste, cachés sous tes pulls noirs…

Elle a ponctué ses paroles d'un sourire lumineux qui a contraint Jude à détourner le regard.

C'est la deuxième fois qu'il est venu que j'ai été convaincue des sentiments qu'il éprouve, à l'évidence, pour elle. Il nous a rendu visite à l'improviste, juste pour « nous tenir compagnie ». En réalité, il a passé son temps à contempler le dos d'Alice tandis qu'elle peignait, et à la filmer pour ses réseaux sociaux. Les rares fois où il est passé à côté de moi, j'ai écopé de quelques remarques peu avenantes quant à mes aquarelles.

— Non ! me suis-je écriée la dernière fois qu'il est venu à mes côtés.

J'ai levé la main alors qu'il entrouvrait la bouche, répété :

— Non ! Pas. De. Commentaire.

Alice a pouffé, et sa main a dérapé. Sa mine déconfite m'a arraché un sourire.

— La critique, ça aide à s'améliorer, a fait Jude en haussant les épaules.

— Les encouragements aussi, a signifié Alice en contemplant le résultat de sa maladresse, maussade.

— Tu me demandes d'être gentil ?

Jude aime bien se considérer comme quelqu'un d'un peu sombre et mystérieux. C'est plutôt amusant à observer. Je suis prête à parier qu'il utilise la quasi-totalité de son énergie à cacher aux autres – et à lui-même – toute la lumière qu'il y a en lui. Celle qu'Alice fait ressortir.

D'un côté, avec des parents qui l'empêchent d'être lui-même, c'est compréhensible…

— T'es tout le temps gentil, a assuré Alice.

C'est là, dans le rougissement des joues de Jude, que j'ai enfin eu un aperçu de l'ampleur de sa fascination pour elle. Il paraît que les artistes ont tous une muse. Alice est la muse de Jude, et plus encore. Mais ça, elle ne s'en rend clairement pas compte !

— Il est gentil *avec toi,* ai-je précisé, mesquine.

J'ai beaucoup réfléchi, depuis. Et j'ai beaucoup regardé les œuvres qu'Alice partage sur son Instagram. Plus le temps passe, plus je suis assaillie par cette certitude : elle ne devrait pas se trouver ici. Il est indéniable qu'elle n'est pas heureuse à Ombelle, et que son talent mérite d'être nourri et exalté dans un environnement qui lui serait propice. L'école à Paris dont elle m'a parlé serait parfaite.

Jude n'est pas mieux dans son genre. Je suis prête à parier que lui aussi rêve d'une école de couture dans une grande ville. Mais je ne suis pas assez proche de lui pour oser lui en parler. Alice, elle, s'est suffisamment ouverte à moi pour que je franchisse ce pas.

Je sais que notre entente, malgré les apparences, demeure fragile. Ce que je vais faire, aujourd'hui, elle pourrait le prendre comme une intrusion dans sa vie. Mais, si je reste sans agir, j'aurai l'impression d'avoir participé à gâcher le potentiel de cette artiste.

Tu as juste besoin de quelque chose pour te changer les idées. Tu recherches une distraction.

C'est faux. Je me suis vraiment attachée à Alice, et savoir qu'elle reste à Ombelle à contrecœur m'attriste sincèrement. Et puis, parfois en rentrant ensemble de l'Atelier, on croise un Ombellois qui lui demande si elle a trouvé « un vrai travail, avec un vrai salaire » ou sa vieille voisine qui l'incite à gagner vite sa vie pour ne dépendre de personne – et surtout « pense à la retraite, on n'y pense jamais assez tôt ! ». Alors le sourire d'Alice devient mécanique, son regard perd toute intensité. Et je peux presque l'entendre murmurer la question que je me suis tant posée. Celle que l'on se pose tous au moins une fois, mais que les passionnés déçus, les artistes ratés et les idéalistes épuisés se répètent sans cesse, à en perdre le sommeil la nuit, à s'en demander pourquoi ils existent : « Puisque cette voie n'est finalement pas pour moi, puisque rien ne semble me convenir : qu'est-ce que je vais faire de ma vie ? »

— Tu voulais me parler de quoi ?

Elle a très bien compris.

— Ton école. Celle dont tu rêves.

Quand je lui ai envoyé un message pour lui demander si on pouvait discuter aujourd'hui, Alice m'a invitée chez elle. C'est la première fois que nous allons dans son jardin, véritable bijou de verdure tout droit sorti d'un film Ghibli, où des fleurs de toutes les couleurs poussent autour d'arbres verdoyants. Face à mon air admiratif, elle m'explique que ses parents sont tous deux jardiniers. Nous buvons du jus de pomme frais dans un canapé en contemplant avidement la piscine de la maison d'à côté. Elle est encore couverte, mais d'ici quelques semaines, on en retirera la bâche, et Alice pourra jalouser les enfants des voisins tandis qu'ils barboteront allégrement dans l'eau alors qu'elle fond sur sa terrasse.

— Avant, les voisins m'invitaient à me baigner… Mais quand j'étais ado, j'ai commencé à avoir peur de me mettre en maillot de bain, alors j'ai menti en disant que je détestais la piscine. Résultat, maintenant que j'ai appris à aimer mon corps, je suis encore privée de piscine.

Le sourire résigné qu'elle avait en racontant cette histoire s'est effacé désormais. Je savais ce que je risquais en parlant de son école.

— Qu'est-ce que tu veux que je te dise d'autre ? me répond-elle évasivement.

Ses ongles peints en diverses nuances de bleu tapotent la table en bois, son regard fixé sur la piscine.

— Combien elle coûte, quand sont les inscriptions, est-ce que tu as déjà tenté de t'y inscrire…

Alice me lance un regard furtif. Je m'attends à ce qu'elle change de sujet, au lieu de quoi elle se pince les lèvres. Elle est tentée. Elle a envie d'en parler. C'est une voix autrement moins douce que la sienne qui me répond :

— Elle coûte cher. Bientôt. Et non, à mon plus grand désespoir !

Je sursaute contre les coussins. La mère d'Alice apparaît devant nous, un grand sourire sur les lèvres. Depuis que je côtoie sa fille, elle se révèle adorable. Mais je n'arrive pas à me détendre complètement avec elle. Le souvenir de son énervement le jour de mon arrivée à Ombelle, sans doute.

— Alice nous aidait au travail quand elle était petite pour gagner un peu d'argent, et elle a tout gardé. Entre ça, ce qu'on a mis de côté pour ses études et ce qu'elle gagne avec ses peintures et les cours qu'elle donne, elle a de quoi payer au moins deux ans d'école. Pour la troisième année, on trouvera des solutions. L'argent, c'est pas le vrai souci.

Sous-entendu : le vrai souci vient d'Alice.

— Et pour les inscriptions ? je lui demande une fois sa mère rentrée.

Alice fixe toujours la piscine, l'air prête à s'élancer pour y plonger malgré la bâche. Après un long silence, elle répond enfin :

— Elles ont lieu durant tout le printemps. Il faut présenter un dossier de travaux personnels pendant un entretien avec trois enseignants. Ils posent quelques questions, surtout pour tester la motivation de l'étudiant… Quels artistes nous inspirent, quelle place prend la création dans notre vie…

Dans la sienne : toute la place, absolument toute. Alice transcenderait les jurés, j'en suis sûre.

— Elles ont lieu tout le printemps, tu dis ?

Alice croise mon regard. Je ne peux m'empêcher de lui sourire, et ses lèvres m'imitent d'elles-mêmes.

— Donc elles ont commencé, là.

Elle me répond un tout petit « oui ».

Je suis loin de tout comprendre chez Alice et chez les jeunes de ce village. Je sais désormais que Dan, Jude et elle se côtoyaient enfants, et que Jude et Alice se voient encore régulièrement. Je sais, grâce à Blanche, qu'ils ont été traumatisés par la mort étrange de leur amie d'enfance, Olive Perin. Je pense que, d'une façon ou d'une autre, tout ça est lié au fait qu'Alice ne soit pas encore partie d'Ombelle. De même pour Jude, qui a eu son bac il y a deux ans. Et Dan. Même si je ne le connais pas vraiment – et n'en ai pas franchement envie –, j'ai bien compris que quelque chose le retenait là lui aussi depuis bientôt trois ans.

Et si ce qui les coinçait ici était le souvenir d'Olive ? Ou le traumatisme de sa mort… Non, c'est quelque chose de plus fort, sinon pourquoi seraient-ils prêts à gâcher leur avenir ici ? S'ils rêvaient de demeurer à Ombelle, je comprendrais bien sûr. Mais au moins pour Alice, je suis persuadée que ce n'est pas le cas.

Et puis, il y a les choses étranges qui se passent dans la forêt…

Plus rien ne s'est produit, depuis la dernière fois. Chaque nuit, j'attends à ma fenêtre que la lumière revienne. Je me demande parfois si je n'ai pas tout imaginé. Ce serait plus pratique, sans doute. Et si le temps continue à passer sans que le cerf revienne, je finirai par m'en persuader. La logique prendra le pas sur le souvenir. Mais tant que ma mémoire me semble fiable, je dois me contraindre à y réfléchir : est-ce que l'esprit de la forêt a un lien avec le fait qu'on ait découvert le corps de la petite Olive dans son royaume ? Je ne sais pas… Peut-être qu'il a voulu la sauver, ou…

— Cléa ?

Alice m'observe, un léger sourire sur les lèvres. Je me rends compte que je fronce les sourcils, la bouche appuyée contre le dos de ma main.

— Désolée, je…

Je m'interromps pour la fixer. À combien de reprises me suis-je dit qu'elle ressemblait à un personnage de conte de fées ?

Une fois de plus, l'image de la jeune fille de lumière se transpose au visage face à moi.

— Je te disais que les inscriptions ont déjà commencé, reprend-elle. Une de mes amies, celle que j'ai rencontrée sur Twitter, a tenté et ça s'est très bien passé…

Elle ne parvient pas à cacher la note d'envie dans sa voix.

— Et donc, t'as jamais essayé, toi.

— Non.

Pourquoi ? Elle devine la question que je ne pose pas, je le vois à son regard fuyant.

— Et cette année ?

Pourquoi est-ce que tu baisses la tête ? Pourquoi est-ce que tu ne me réponds pas oui ?

— Alice. Je sais que ça ne me regarde pas. Mais tu as plus de talent que dix personnes comme moi, et c'est vraiment frustrant de te voir le gâcher.

Ma déclaration, plus amère que je l'avais prévue, la secoue comme j'aurais été ébranlée si elle avait craché sur mes aquarelles. Elle lève un regard écarquillé sur moi.

— Si tu rêves de cette école, si tu as le soutien de tes parents et l'argent pour la payer… Qu'est-ce que tu fiches encore ici ? Tu as eu ton bac il y a quoi, deux ans ?

Elle hoche imperceptiblement la tête.

— Une année sabbatique, je veux bien. Autant que tu veux, même. Mais là, c'est évident que t'es pas en train de vivre ta meilleure vie. T'as envie de partir, ça se sent dans ta façon de parler de ce village, de le regarder, de peindre même ! Sérieux, on dirait que tu n'as pas d'autre choix que de rester ici. Mais c'est faux ! Il y a plein de gens qui rêveraient d'avoir tes chances. Regarde Jude, ses parents le soutiendront jamais comme les tiens le font. Et moi, j'ai plus d'argent, tout est parti dans une école que j'ai réussi à foirer… et surtout, j'ai pas le talent.

— Le talent, c'est rien… C'est le travail qui fait tout.

Ça y est, elle essaie de détourner la conversation. Ça ne prend pas.

— Pas exactement. Il faut aussi avoir l'œil, la passion, la force, l'inspiration, l'endurance… Je sais pas, c'est quelque chose de spécial, qui peut aussi s'acquérir avec le travail et le temps, mais toi tu l'as déjà ! Alors, plutôt que de rester moisir ici, tu devrais en profiter, l'exploiter, le faire grandir, sinon tu risques de le laisser mourir !

Tout le long de ma tirade, j'ai maintenu ma voix à un volume raisonnable, mais mon émotion est palpable, je le sais. Je ne veux pas franchir la limite et l'agacer, voire la blesser. Mais je crois que je ne pourrai plus passer un jour de plus sans essayer de changer les choses – de réparer ce qui semble avoir été cassé un jour.

Alice me regarde longuement, l'air tiraillée entre des émotions aussi diverses que contradictoires. Je les vois défiler sur son visage, fugaces et intenses comme des étoiles filantes : la peur, l'envie, le ressentiment, la frustration, l'envie encore, et puis, soudain, l'espoir.

— Toi, tu serais d'accord que j'y aille ?

Je la dévisage, stupéfaite. Elle insiste :

— Tu veux que je parte à Paris réaliser mon rêve, c'est bien ça ?

Je ne comprends pas. Pourquoi est-ce qu'elle a besoin que je le précise ? C'est évident, non ?

— Oui, bien sûr. T'es faite pour ça.

— Je peux partir.

Elle constate ce fait, le ton vibrant d'espoir. Et puis, aussi vite qu'il est né sur ses lèvres, son sourire s'estompe. J'ignore quelle réalité l'a rattrapée.

— Quoi ?

— C'est rien. Tu ne pourrais pas comprendre… Tu ne comprends pas, n'est-ce pas ?

Le ton qu'elle a employé pour poser cette dernière question me donne l'impression que je suis censée y saisir une signification particulière. Je la dévisage, médusée, et lui réponds très sincèrement :

— Je ne comprends rien à ce qui se passe dans ce foutu village.

Alice reste immobile un moment, puis, sombrement, hoche la tête.

— Je dois rester ici, décrète-t-elle, comme si ces derniers mots expliquaient tout.

Comme si la conversation était finie. Mais elle ne l'est pas. Pas avant que je l'aie décidé. Je n'ai pas sorti mes plus beaux discours pour rien.

— Je t'accompagnerais, tu sais ?

— Comment ça ?

— À Paris. Pour les inscriptions. Je suis prête à t'accompagner. À t'y traîner, même. Si tu as trop peur d'affronter ça seule, et je peux le comprendre, alors je viendrai avec toi.

— C'est pas à cause de ça, Cléa…

— Tu ne stresses pas à l'idée de passer l'entretien ?

Alice entrouvre la bouche pour protester, mais elle s'interrompt, grimaçant :

— Si. Tout le monde stresserait.

— Alors je viendrai avec toi… si tu veux.

Cette fois, Alice a l'air sérieusement tentée. Elle m'évalue. Et si c'était seulement la peur d'échouer qui la retenait là ? Ça me paraît plutôt trivial comme raison, mais tous les artistes ont leur problème de confiance.

— Tu viendrais vraiment ?

— Carrément. Je pourrai te faire visiter Paris si on a le temps.

Le combat qui se livre dans son esprit se lit sur son

visage. Quels arguments font face à son envie d'accepter, je l'ignore. Mais, peu à peu, il me semble qu'ils remportent la partie, car sa mine se referme. Je devine qu'elle va refuser.

— C'est d'accord !

Ce n'est pas elle qui a répondu. Alice lève un regard ébahi au-dessus de ma tête. Je me tords la nuque pour découvrir, penchée sur moi, sa mère.

— Cléa a raison. Maintenant, ça suffit de tourner autour du pot. Tu vas pas squatter ici toute ta vie. Alors tu vas aller à cet entretien.

— Mais…

— Tu ne fais que parler de cette école et, à chaque fois, comme s'il était impossible que tu y ailles un jour. Ton père et moi t'avons répété que nous pouvions t'aider, je pensais que c'était cette idée qui te gênait. Mais ta copine a raison. En fait, tu as peur.

— Maman, c'est plus compliqué que…

— Prends ton téléphone.

Alice me lance un regard alarmé. Je lui souris de toutes mes dents. Je ne lui viendrai pas en aide.

— T'en as envie, je souffle, perfide.

— Appelle-les maintenant, devant moi, ordonne sa mère.

Alice a l'air d'une biche coincée par deux chasseurs au bord d'une falaise. Ses yeux papillonnent de sa mère à moi, mais aucune de nous n'est prête à l'épargner. Car malgré son expression terrifiée, je suis sûre que nous voyons toutes les deux la même chose : Alice est tentée. J'adopte le même ton qu'elle a utilisé pour me convaincre d'enfiler la robe de Jude :

— Allez, tu vas le regretter si tu ne te lances jamais. Tu as le droit de vivre tes rêves.

Ces derniers mots brisent quelque chose en elle. Le regard brillant, elle me dévisage. Puis, enfin, elle sort son téléphone de sa poche.

— Tu es sûre ? me demande-t-elle.

Que je vais l'accompagner ?

— Oui.

Après un dernier coup d'œil un peu méfiant, elle se lève et part passer son coup de téléphone dans le jardin.

— J'attends cet appel depuis deux ans, soupire sa mère, l'air soudain épuisée.

Elle ajoute, dans un sourire chaleureux à mon égard :

— Merci de l'y avoir enfin poussée. Il fallait la secouer un peu.

— Est-ce que c'est vraiment le stress qui l'empêchait de tenter sa chance ?

La mère d'Alice jette un coup d'œil à sa fille qui fait les cent pas tout en parlant au téléphone, la mine livide, mais un faible sourire sur les lèvres.

— Je ne sais pas… Elle ne me parle pas beaucoup, tu sais. Elle s'exprime à travers sa peinture.

Sa main vient tapoter mon épaule.

— C'est bien, qu'elle t'ait rencontrée. Tous ses amis sont partis après le bac, sauf Jude et Dan… Et ils ne se bougent pas plus qu'elle pour partir d'ici. Elle avait besoin d'un regard extérieur.

Je lui adresse un sourire un peu embarrassé. Elle me dévisage un moment avant d'ajouter, plus gravement :

— J'ai été un peu dure le jour de ton arrivée, désolée. La forêt, c'est un sujet sensible ici…

— À cause de l'accident ?

Elle hoche la tête, l'air un peu surprise que je sois au courant. Alice ne doit jamais en parler.

— Tu trouveras ça peut-être idiot et irrationnel… Mais c'était l'histoire de trop. Maintenant, on a compris la leçon. Je disais ça pour ton bien.

Je hoche la tête. J'aimerais lui demander de me parler d'Olive. La raison me retient. La Cléa maladroite d'il y a quelques semaines l'aurait fait. J'ai un peu grandi, il faut croire.

Après quelques minutes, Alice revient les joues roses, un large sourire étirant ses lèvres. Elle n'a plus rien d'une biche effrayée.

— J'ai un entretien dans deux semaines.

Je dois me retenir à grand-peine de lui sauter dans les bras. Je suis incapable de contenir mon sourire. Ça, cette expression sur son visage, c'est l'incarnation même de la liberté.

CHAPITRE 16

Nous avons passé deux semaines à préparer son dossier et son entretien. J'ai joué tant de fois la jurée d'école d'art qu'Alice est désormais capable de répondre du tac au tac à n'importe laquelle des questions qui lui est posée. Lors du dernier repas chez ses parents, son père et sa mère ont essayé de la piéger, sans succès. Alice sait de quoi elle parle et, surtout, elle est passionnée par ce qu'elle raconte.

— Vous avez bien travaillé, me glisse sa mère tandis que nous évaluons son dossier pour la dernière fois.

Alice ne peut apporter que trois de ses peintures grand format, roulées dans un tube à dessin. Elle a imprimé des photos des autres dont elle a composé un petit livret bien présenté. Elle apporte aussi trois de ses carnets de croquis et des peintures sur format A3, le tout rangé au mieux dans un porte-documents plus large que moi.

— Ils seront obligés de te prendre, assure son père.

Même s'il ne comprend pas grand-chose à l'art, il est persuadé que sa fille est un génie. Les rares fois où il est intervenu pendant notre dernière répétition, c'était pour lui dire à quel point elle est merveilleuse.

Si j'avais eu des parents, je crois que j'aurais aimé avoir ceux d'Alice.

Dans le train, nous gardons d'abord le silence. Alice observe le paysage qui défile, l'air concentré. Et moi, je ressasse ces derniers jours en sa compagnie qui m'ont presque fait oublier la forêt et ses mystères. Le cerf ne revient plus, mais je n'ai pas eu beaucoup le temps d'y penser : j'ai passé toutes mes journées chez Alice ou à l'Atelier, où Jude nous rejoint de plus en plus souvent.

Il était surexcité à l'idée qu'elle parte pour Paris – enfin, surexcité à la manière de Jude, disons qu'il semblait passablement enthousiaste. Mais je devine, au regard affectueux dont il la couve sans cesse, combien il souhaite sa réussite.

S'il y en a bien une qui ne cache pas son excitation, c'est Alice. Elle ne parle que de ça, tout le temps.

— Je suis désolée, je dois te soûler avec cette histoire, me répète-t-elle sans cesse.

Avant de reprendre là où elle s'était arrêtée.

Au départ, Jude a été surpris de la nouvelle, et il m'a interrogée plusieurs fois, comme si c'était moi qui devais décider pour elle :

— Tu es sûre qu'elle peut y aller ?

Puis, voyant que je ne comprenais pas où il voulait en venir, il a cessé de me questionner pour plutôt me recommander – m'ordonner – de la soutenir convenablement à Paris.

— Pourquoi tu ne viens pas avec nous, puisque tu as l'air si inquiet pour elle ?

J'espérais le provoquer un peu, lui signifier que j'avais compris ce qu'il ressentait pour elle. Mais il a répondu d'un ton étonnamment hargneux :

— Je peux pas.

Évidemment.

Ce matin, il est venu avec nous à la gare. Il est resté silencieux tout le trajet. Je me suis demandé s'il enviait un peu Alice. J'ai été surprise de découvrir Dan sur le quai. Alice et Jude ont échangé un regard, puis m'ont jeté un coup d'œil. J'ai compris que j'étais de trop.

— Je vais composter nos tickets, ai-je prétexté en m'éloignant.

Ce sont les parents d'Alice qui les ont payés, y compris le mien. Ils ont insisté pour que l'entretien d'Alice se transforme en week-end entre amies. Un week-end en semaine : être en dehors du système a des avantages, comme des prix de billets moindres et des lieux touristiques moins bondés. Je leur en suis reconnaissante. Autant dire que je ne roule pas sur l'or.

Tandis que la machine jaune composte le premier ticket, je glisse un regard furtif aux trois amis d'enfance.

Je ne les ai encore jamais vus tous ensemble. Dan n'a pas du tout l'air agressif, au contraire. Est-ce bien un sourire que je vois sur ses lèvres, alors qu'il pose sa main sur l'épaule d'Alice ? Ils échangent un regard complice, plein d'affection mutuelle. Je devine les encouragements qu'il prononce. Jude, lui, croise les bras. Il dit quelque chose qui renfrogne aussitôt Dan. Ce dernier me jette un regard. Mais, rencontrant le mien, il le détourne immédiatement, ce qui me surprend. Jude se retourne vers moi. Lui a la décence de ne pas baisser les yeux.

J'ignore ce qu'il essaie de me dire, mais il est clair qu'il y a des mots dans ce regard. Des questions, peut-être. Il a l'air légèrement inquiet. Dan aussi, maintenant. Il parle très vite à Alice, la tête baissée, se gratte le cou un peu trop fort.

Alice pose une main sur un bras de chacun des garçons. Au milieu du colosse barbu et de l'échalas aux cheveux blancs, elle a l'air plus forte qu'eux deux réunis. Ils la traitent presque comme une enfant, mais elle, elle a le cran de partir. J'aimerais débarquer au milieu de leur réunion entre vieux amis pour le clamer haut et fort.

Qu'est-ce qui me tuerait en premier : le regard de Jude ou les cris de Dan ?

— Dis, Alice.

Elle émerge de sa contemplation du paysage qui défile, tourne son visage vers moi sans pour autant décoller son front de la vitre. Son reflet et elle me fixent de leurs yeux clairs, deux Alice magnifiques et mystérieuses devant moi.

— Tu connais bien Dan ?

Elle hoche doucement la tête.

— On était amis, enfants.

Je sais, ça.

— C'est gentil qu'il soit venu t'encourager…

Il y a souvent des moments comme ceux-ci, où je tente

de pousser Alice à se confier. Nous sommes toutes deux conscientes que l'autre ne dit pas tout. C'est un petit jeu auquel je me suis habituée et qui ne l'effraie plus autant qu'avant. Peu à peu, elle s'ouvre à moi. Sans doute plus que je ne m'ouvre à elle d'ailleurs.

— Dan est du genre protecteur, m'avoue-t-elle. On ne se voit plus beaucoup, mais il continue à veiller sur Jude et moi, à sa façon.

Est-ce qu'il y a un lien entre la peur que j'ai paru inspirer à Alice le jour de notre rencontre et l'hostilité de Dan à mon égard ? Est-ce que ça aussi, c'était une façon de « veiller » sur elle ? Mais dans ce cas, maintenant que nous sommes amies, pourquoi continuerait-il à me mépriser ?

Après plusieurs heures de train, nous arrivons enfin à Paris. Alice a l'air un peu impressionnée par le monde qu'il y a à la Gare de Lyon, et ça n'a rien d'étonnant : si elle n'est jamais sortie de son village, le contraste doit être saisissant. Je l'entraîne à travers la foule, veillant à ce qu'on lui rentre dedans le moins possible.

Avec tout ce qu'elle transporte, c'est mal barré.

L'entretien est en fin d'après-midi, aussi n'avons-nous pas le temps de nous promener : je la guide dans les dédales souterrains des métros parisiens, et elle me suit, lançant des regards sceptiques à tout ce qui l'entoure. Moi-même je suis presque dépaysée. Plus que l'odeur, la chaleur et la moiteur ambiante, plus même que l'agitation et le vacarme, c'est la quantité d'informations partout qui me frappe. Des images, des chiffres, des lettres à l'infini. Je suis à la fois étrangement fascinée et étourdie par leur multitude – derrière chaque illustration, il y a au moins une paire de mains qui a œuvré ; chaque publicité a impliqué des dizaines de travailleurs, de près ou de loin ; dans chaque destination indiquée sur les cartes vivent des dizaines de milliers de personnes.

À Ombelle, le monde paraît infiniment plus petit. Je me rends compte que si cela doit être étouffant pour Alice, je trouve désormais cela rassurant.

— Je ne m'attendais pas à ce que ce soit aussi compliqué… Heureusement que t'es avec moi.

— On finit par s'y habituer.

Avec pas mal de temps, de pratique et d'erreurs. Mais ça, c'est typiquement le genre de choses que Jude ne voudrait pas que je lui dise avant l'entretien. Rien ne doit sembler effrayant dans la nouvelle vie qui s'offre à Alice. Elle a l'air bien assez apeurée comme ça, à vrai dire. Si elle continue à se ronger les ongles, elle va arriver à son entretien les mains en sang. Pas sûre que cela soit du meilleur effet.

— Eh. Ça va aller ! je lui lance alors que nous attendons notre dernier métro. On croit tous en toi !

Alice arrête de triturer ses ongles pour lever un regard hanté sur moi. Mon sourire exagéré s'estompe. Apparemment, je viens justement de souligner l'un de ses – sans doute très nombreux – sujets d'anxiété.

— Si j'échoue, s'ils ne me prennent pas…

— Ils te prendront.

— Mais s'ils ne me prennent pas… Ou s'ils me prennent, et que je rate mes études… Ou qu'ensuite j'arrive pas à vivre de ça ? Parce que là, c'est facile, je vis à la campagne, chez mes parents, ils me demandent pas de payer grand-chose, et j'ai un peu de succès – mais c'est pas éternel, je serai peut-être plus à la mode dans quelques mois, et les algorithmes des réseaux sociaux changent constamment…

Elle s'interrompt quand son porte-documents géant lui tombe des mains. Je le rattrape en vitesse, l'incite à reprendre d'un geste de la tête.

— C'est facile de croire qu'on peut vivre de son art quand on n'a pas de loyer à payer, quand on a moins de vingt-cinq ans et les aides qui vont avec, quand on n'a pas de problème de santé grave et des parents avec qui on s'entend bien… Mais dans la réalité, ce sera plus compliqué, et j'y arriverai peut-être pas. Ou alors que pendant un moment. Et ensuite peut-être que ça marchera plus ou que, pire, je m'en lasserai ? Peut-être que je ferai un burn-out comme quasiment toutes les personnes qui essaient de vivre de leur passion, parce que ça te demande de te crever à la tâche si tu veux réussir.

Je me demande combien de fois Alice s'est répété tout ça sans oser le dire à quiconque.

— Et si je finis par me dégoûter de la peinture ? Et si j'ai enfin la possibilité de faire ce dont j'ai toujours rêvé, mais que finalement… ce n'est plus mon rêve ?

Les gens n'imaginent pas ce qui peut se passer dans la tête d'un artiste. Les craintes totalement contradictoires qui peuvent nous habiter. Même moi, je l'avais presque oublié. J'ai eu d'autres obsessions, ces derniers mois. Mais la douleur que ses paroles ont ravivée me rappelle soudain à quel point j'ai moi aussi été terrifiée par l'avenir, à quel point j'avais peur à la fois de réussir et d'échouer, d'oser vivre mes rêves et de choisir une voie plus « raisonnable ».

De ma main libre, j'effleure son bras, celui qui tremble sous le poids de son tube à dessin. Je ne sais pas vraiment d'où me viennent les mots que je lui réponds :

— On n'est pas obligés d'avoir un seul rêve dans la vie. Et on peut en changer. Ou on peut choisir de le vivre différemment que prévu. La vie c'est pas un scénario tout tracé avec des obstacles qu'on surmonte tous pour atteindre son objectif à la fin. Tu vas peut-être échouer, c'est vrai. Tu vas peut-être faire un burn-out. Vu ton rythme de travail, sûrement même.

Un pâle sourire me répond. C'est déjà ça.

— Et peut-être qu'un jour tu vas finir par détester la peinture.

Comme moi j'ai fini par détester le dessin.

— Mais tu pourras réapprendre à l'aimer, autrement… C'est ce que j'essaie de faire, moi.

Les sourcils d'Alice se redressent à mes mots. Son regard me sonde un instant. Je n'ai jamais clairement évoqué ce qui s'est passé avant que j'arrive à Ombelle. Elle sait que j'ai échoué à passer en deuxième année, bien sûr. Mais elle ignore le dégoût de la création qui en a résulté – et qui, en réalité, avait déjà commencé bien avant, quand dessiner et peindre sont devenus synonymes de travailler à m'en écœurer pour obtenir des notes passables parce que je suis « en dessous du niveau des autres ».

Je me suis demandé si ce n'était pas moi le problème, au fond. Dans les belles histoires, les artistes surmontent l'adversité, ils travaillent dur et rattrapent leur retard sans jamais douter de leur passion. Au contraire, la souffrance l'exacerbe.

Mais la vie c'est pas un *shōnen*[1].

— T'as le droit de te tromper de route, de faire demi-tour… et peut-être même de nouveau demi-tour, plus tard. Je sais que c'est flippant… Ce serait plus rassurant si tout était linéaire. Mais ça vaut toujours mieux que de rester sur place.

Lentement, Alice acquiesce. Je sais que ces dernières paroles font écho en elle. Derrière elle, le grondement du métro qui approche résonne, de plus en plus fort.

— Je ne veux plus rester sur place, affirme-t-elle.

Je ne peux m'empêcher de sourire en entendant la détermination dans sa voix. Dès ce moment, Alice cesse de regarder ce qui l'entoure comme si la capitale allait la manger, tout comme elle cesse de me parler de l'entretien et de l'école d'art. Elle est concentrée, désormais.

Et si elle n'est effectivement pas acceptée, ou si plus tard elle finit par ne plus peindre pour une quelconque raison, aucun de nous ne sera déçu d'elle comme elle le craint. C'est pour elle qu'elle doit vivre tout ça. Pas pour nous.

Son école, elle, est un peu décevante. Du moins vue de l'extérieur. Je ne l'ai pas cherchée sur Google, j'aurais peut-être dû pour éviter d'offrir à Alice la mine choquée que je n'ai pu contenir.

— Je sais, me lance-t-elle, on dirait un vieux hangar.

C'est laid. Un bloc de béton au toit barré de poutres

1. Catégorie de manga ciblant un jeune public, dans lequel on retrouve souvent des récits de type *nekketsu*, mettant en scène un héros s'améliorant et triomphant de tous les obstacles pour réaliser son rêve.

rouillées. Et le quartier environnant n'est pas plus avenant. Je m'attendais à une école parisienne un peu clichée, avec ses jolies pierres et son air d'être sortie d'un film historique, pas à un vieil entrepôt abandonné.

— Attends d'avoir vu l'intérieur, me sermonne Alice.

Elle a raison. Après tout, mon ancienne école ressemblait à un musée d'art de dehors, mais quand on y entrait… L'administration, les enseignants, les élèves, tout était malsain. Cette obsession des notes, des classements, ce plaisir que prenaient certains enseignants à rabaisser les étudiants les moins doués devant leurs camarades hilares…

Mais ce n'est pas le moment de repenser à tout ça. Au diable cette fichue école. Celle d'Alice ne peut qu'être meilleure. L'architecture ne fait pas l'église, comme on dit.

Personne ne dit ça, je sais.

Un long et vaste couloir nous accueille, aux murs en pierre grise troués de grandes portes donnant sur des salles de classe. L'une d'elles, ouverte, me laisse voir la pièce spacieuse au milieu de laquelle un modèle se prépare, encore habillé, à reprendre la pose, tandis que les élèves grignotent devant leur chevalet ou ajustent les proportions de leur dessin. Une vague de nostalgie m'enlace, une vieille amie qui me souffle à l'oreille : *Ça te manque un peu, non ?*

Sur tous les murs sont affichés des peintures, des dessins au fusain ou au crayon, des aquarelles. Au centre du hall trônent des sculptures représentant des animaux de la banquise figés en plein mouvement.

— Ce sont tous des travaux d'élèves, me chuchote Alice.

Ses yeux brillent, elle observe ce qui l'entoure comme une gamine voyant la mer pour la première fois. Elle a l'air un peu intimidée alors qu'elle examine les peintures sur les murs, s'éloignant peu à peu de moi. Je la regarde, dos à moi, au milieu de ce décor fait pour elle. Le tableau est parfait. Sa longue jupe ondule à chacun de ses pas, elle tient sa capeline noire dans une main, son long tube sous un bras, son porte-documents géant sous l'autre.

Alice est à sa place.

Nous nous rendons enfin au secrétariat, où une femme d'une quarantaine d'années vient la chercher après un quart d'heure de silence angoissé. Avant que mon amie parte, je lui serre le poignet, un sourire encourageant sur les lèvres.

— Tu vas assurer.

En réalité, je crois que je stresse autant qu'elle.

Le temps s'écoule si lentement qu'il me semble qu'elle est partie depuis des heures. Le talon frappant nerveusement le sol, mes doigts triturant mes ongles, j'ai presque envie de coller mon oreille à la porte pour entendre ce qui se dit. Mais pas sûr que la secrétaire voie ça d'un bon œil.

Alice ne peut qu'être acceptée.

Mais si ce n'est pas le cas ?

Je l'aurais forcée à venir ici, pour qu'on lui claque la porte de ses rêves au nez.

Je tapote le sol de plus belle, écopant d'un coup d'œil agacé de la secrétaire. Me voyant, le regard exorbité, serrant les lèvres à m'en faire mal, elle pousse un soupir et se lève.

— Tenez, me dit-elle doucement en me tendant un verre d'eau.

Je hausse les sourcils, surprise. La secrétaire me sourit.

— Hier, un père s'est évanoui pendant que son fils passait l'entretien.

— Je crois que je le comprends…

Un petit rire soufflé me répond.

— Vous êtes de sa famille ? Sa sœur ?

— Moi ? Non, non, juste une amie.

— Oh ! J'ai cru, désolée. Il y avait quelque chose, dans les pommettes peut-être… Elle a de la chance d'avoir une amie qui s'inquiète autant pour elle, en tout cas.

Je suis plutôt flattée. Je ne me suis jamais vue aussi jolie qu'Alice. Mais je commence à saisir qu'entre ce qu'on perçoit de soi et ce que les autres voient, il y a parfois un univers. J'aurais aimé avoir une sœur comme elle, mais je sais que c'est impossible : Alice et moi avons le même âge.

La secrétaire retourne à son silence, et moi à mon anxiété. Quand, après une attente interminable, la porte s'ouvre, j'ai tant serré le verre en plastique qu'il ressemble à une œuvre d'art contemporain. Clouée à ma chaise, je lève les yeux sur Alice. Elle est plus livide que jamais. Le blanc de ses yeux brille un peu trop. Mon cœur se comprime, comme le verre entre mes doigts.

— Alors ? je parviens à souffler, redoutant soudain la réponse.

Mon corps entier se réchauffe quand Alice m'adresse le sourire le plus radieux que je lui aie jamais vu.

CHAPITRE 17

— Et donc, tu dois attendre encore jusqu'en juin pour avoir les résultats ?

— Oui, presque deux mois d'attente, soupire Alice. Mais, ajoute-t-elle dans un sourire, ils m'ont dit de ne pas m'inquiéter. Je crois que je leur ai vraiment plu.

Comment ai-je pu en douter un seul instant ?

Assises sur nos lits, penchées sur les écrans de nos téléphones, nous réfléchissons à ce que nous allons visiter demain. Après l'entretien, j'ai tout juste eu le temps de l'emmener manger un morceau dans un restaurant japonais de la rue Sainte-Anne où j'adorais aller. Ensuite, je lui ai un peu montré les alentours d'Opéra, mais on est vite rentrées, trop épuisées.

Autant se reposer pour le lendemain, car je lui prévois un programme chargé ! Visite express du musée d'Orsay, le meilleur à mes yeux, balade à Montmartre et petit arrêt dans une de mes boutiques d'art préférées où je suis certaine qu'Alice trouvera son bonheur en pinceaux. Et enfin, s'il nous reste un peu d'énergie, promenade autour du Louvre à défaut d'avoir le temps de le visiter.

— Je vais décéder avant la fin de cette journée, m'assure Alice.

— Mais tu mourras heureuse.

— Heureuse et comblée.

Alice a déjà l'air aux anges. Pour ma part, je peine à réaliser que je suis de retour à Paris. Si je suis honnête envers moi-même, je dois admettre que la ville me paraît moins belle qu'avant, et les gens moins avenants. J'essaie de la regarder à travers les yeux d'Alice, de me concentrer sur les bâtiments anciens et les œuvres d'art cachées partout plutôt que sur le concert des klaxons et les hommes qui nous reluquent quand on passe devant eux.

— Merci, me souffle-t-elle soudain.

Elle a entouré ses jambes de ses bras, la joue posée contre ses genoux. Ses yeux clairs me fixent, un peu humides.

— Merci de m'avoir convaincue de le faire, et de m'avoir accompagnée.

— Tu me remercieras après la super journée de demain.

— J'ai tellement hâte de visiter ! J'arrive pas à croire que je suis ici.

— Sur ton Instagram, il y a plein de commentaires qui disent que tu sors enfin de ton trou.

Le doux rire d'Alice répond à mes paroles. Elle a posté une photo d'elle devant l'école après l'entretien, sans rien écrire dans la description.

— Il y en a un qui m'a même traitée de paysanne, rigole-t-elle.

CHAPITRE 17

— « La paysanne découvre Paris », c'est exactement ce qu'il a écrit.

— Morbleu, fait-elle mine de s'outrer, quel lieu saugrenu que cette capitale ! Il n'y a même pas de champs, comment font-ils pour se sustenter ici ? Et où sont donc passés tous les moutons ?

Hilare, je renchéris :

— Mais qu'est-ce donc que ces étranges choses à quatre roues qui empestent l'air et manquent de nous écraser toutes les cinq minutes ?

— La quoi ? L'électricité ? Le métro ? *L'eau chaude* ?

— L'eau chaude ! Comment cette magie est-elle possible ?

Nous continuons ainsi jusqu'à finir écroulées de rire sur nos lits.

— Paris n'était pas prête pour toi, j'assure après avoir repris mon calme.

— Ou *je* n'étais pas prête pour Paris.

Ces paroles la calment un peu, comme si elle y trouvait un sens qui m'échappe. J'essuie les larmes de rire qui perlent à mes yeux et me redresse, essayant de regagner mon sérieux.

— C'est toi qui décides de l'être ou non.

— Vraiment ?

Je lui réponds par la positive, mais sa question a l'air de m'être passée au-dessus, elle aussi. Il y aura toujours quelque chose que je ne comprendrai pas chez cette fille, je crois. Après un léger silence, elle m'avoue un peu tristement :

— Plusieurs de mes amis sont venus étudier ici. D'autres sont partis à Lyon, ou dans des plus petites villes moins éloignées du village. Mais c'est vraiment ceux qui sont partis à Paris que j'envie le plus. Je ne sais pas si la ville me plaira, pour être honnête. Elle est vraiment…

— Grande.

— Oppressante.

— Et chère.

— Mon Dieu, c'est vrai. Je ne suis pas prête pour ça non plus !

Son sourire s'envole, aussi éphémère que la floraison des bourgeons sur le corps de la fille de lumière. Malgré tous mes efforts pour ne pas y penser, elle continue de se superposer à Alice, comme un voile à travers lequel je peux voir mais que je ne peux retirer.

— Même si je ne suis pas sûre d'aimer Paris, je suis certaine d'aimer cette école. C'est pour ça que je les envie. Ils habitent là où elle se trouve, alors que moi, je reste à Ombelle…

Elle croise mon regard, se tait.

— Tu as dit à tes amis qui vivent à Paris que tu venais ? On pourrait en profiter pour boire un verre avec eux.

— Non. Ils l'ont compris en voyant ma photo, je pense. Mais…

Elle se mord la lèvre, l'air de se demander si elle doit continuer ou non. Je suis tellement habituée à son sens du mystère que je n'essaie même pas d'insister. Elle parlera si elle le désire. Alice me lance un regard fuyant, puis d'une voix plus basse que d'ordinaire, m'avoue :

— Il y a mon ancien copain, à Paris.

Je bondis presque sur mon lit.

— Ton ex ?

— Mon ex.

CHAPITRE 17

— Quel genre d'ex ?

Alice se redresse, interloquée. Dans un sourire complice, je précise :

— L'ex avec qui ça s'est mal terminé, l'ex que tu ne veux plus jamais revoir, l'ex avec qui il n'y a plus rien… ou l'ex dont tu as dû te séparer parce qu'il partait à Paris ?

En plein dans le mille. Les joues d'Alice rosissent légèrement.

— On trouvait l'idée d'une relation à distance ridicule…

— Ça fait combien de temps ?

— Depuis qu'on a eu notre bac.

Je n'ose pas lui demander ce qu'elle devine dans mon silence :

— Il a quelqu'un, maintenant.

— Oh… Désolée.

Cette fois, le teint diaphane d'Alice a définitivement viré au cramoisi. Elle enfonce sa tête dans ses genoux.

— Je parle jamais de ça, marmonne-t-elle entre ses jambes.

— Faut dire qu'il y a pas grand monde à qui en parler à Ombelle.

— C'est vrai. Jude n'est pas à l'aise quand on discute de ce genre de choses.

Jude doit surtout être mort de jalousie, mais je n'ai pas le cœur à le lui faire remarquer. Naïve Alice… J'ai un peu de peine pour son ami aux cheveux blancs. Enfin, tout n'est pas non plus perdu pour lui. Et dans le pire des cas, il se fera une raison : l'amitié, c'est tout aussi précieux que l'amour.

— Et toi, tu as laissé quelqu'un quand tu es partie de Paris ?

Ouh, ça, c'est du typique Alice. Détourner l'attention en me faisant parler. Je me laisse avoir, consciente qu'une confidence en mérite une autre en retour. Je réponds pompeusement :

— J'ai laissé plein de gens.

— Des gens avec qui tu es sortie, précise Alice, ne se laissant pas prendre au jeu.

Je fais mine de compter sur mes doigts.

— Hmm, en comptant le collège et le lycée avant Paris, puis l'école d'art… On arrive à…

Je brandis un cercle formé de mon index et de mon pouce devant moi.

— Beau score, applaudit Alice.

— J'ai toujours eu un véritable talent pour la séduction. La preuve, tu es tombée sous mon charme, Jude n'en est pas loin. Je travaille sur le cas de Dan.

— Bonne chance pour lui.

Plus sérieusement, je lui avoue :

— Je crois que j'ai été amoureuse une fois. Et depuis, plus rien. J'ai essayé, hein. Mais ça n'a pas marché.

— C'est peut-être parce qu'on n'essaie pas d'être amoureuse.

— J'ai fini par le comprendre, ouais. En général, j'ai une façon un peu étrange de me lier avec les gens…

Le regard d'Alice brille quand elle pose les yeux sur moi.

— Je m'attache pas vraiment, en fait. Sur le moment, j'en ai l'impression, mais il suffit qu'on ne se voie pas pendant quelque temps et, hop, je passe à autre chose. Mes anciens amis de Paris, je les ai déjà un peu oubliés.

C'est en disant cela que je me rends compte à quel point il en est autrement pour Alice. Soudain, l'idée que je puisse l'oublier elle aussi me semble insoutenable. J'hésite à lui confier que c'est la première fois que j'ai le sentiment de réellement tenir à quelqu'un, mais ma petite voix raisonnable me souffle que ce serait vraiment étrange : qui dit ça après seulement quelques semaines à se côtoyer ?

— Et tes amis d'avant Paris ? demande Alice.

— Mes *quoi* ? je réponds dans un sourire forcé.

D'ordinaire, j'éviterais de répondre. Mais ce soir, après ce que nous venons de vivre ensemble, je me sens prête à m'ouvrir davantage. Quitte à remuer des souvenirs douloureux.

— J'ai pas passé une super scolarité... Et le collège, on n'en parle même pas.

Nous échangeons un regard entendu. Qui a aimé le collège, franchement ?

— Au lycée, ça s'est calmé, mais j'avais la sensation que la Cléa « bizarre » dont on s'était tant moqué me collerait toujours à la peau. Quand je suis partie pour Paris, ça a été un renouveau. J'ai rencontré des personnes avec les mêmes intérêts que moi et, tout à coup, j'arrivais à être sociable, je faisais même rire des gens, mais pas contre moi, *avec* moi ! J'ai pris confiance, j'ai décidé d'être plus optimiste, de ne plus rien laisser me blesser...

Ça aurait pu suffire. Au fond, je ne suis pas la seule à avoir traversé ces étapes.

— Mais je sais pas pourquoi... On avait beau être sept dans ma coloc, je pouvais sortir tous les week-ends, rire avec des tas de gens... Je me sentais toujours aussi seule. C'est comme si cette sensation devait forcément faire partie de moi. Même avec mes familles d'accueil, j'ai été incapable de créer de vrais liens. On n'a même pas gardé contact.

Je fixe mes mains, posées sur mes cuisses. Elles tremblent un peu. C'est la première fois que j'évoque tout ça. C'est moins douloureux que je le craignais. Peut-être grâce à la présence d'Alice.

— Parfois, j'avais l'impression qu'il y avait une vitre entre les autres et moi. Je pouvais les voir, leur parler… mais jamais les toucher pour de vrai.

Doucement, les doigts d'Alice se posent sur mon poignet, comme pour me signifier que désormais, c'est différent. La vitre a été brisée.

— Je suis désolée, Cléa.

— C'est pas grave… Au moins, j'étais libre de partir me réinventer ailleurs, encore une fois.

Un silence s'installe. Alice reprend sa main, fixe un point dans le vide, l'air méditatif.

— J'aimerais pouvoir ressentir la même chose que toi, me dit-elle enfin.

— Ne rien ressentir, tu veux dire ?

Quand ai-je pensé pour la dernière fois à mes amis de Paris ? Est-ce que je suis seulement capable de me figurer leurs visages ? Quelques noms demeurent encore dans mon esprit, mais je peine chaque jour davantage à les associer à des souvenirs clairs. Ça, je n'ose pas l'avouer à Alice.

— Qu'ils ne me manquent pas, corrige-t-elle.

Je lui souris, compatissante.

— Comment il s'appelle ?

Alice hésite un peu avant de répondre, du bout des lèvres.

CHAPITRE 17

— Nolan.

Et le simple fait de prononcer ces deux syllabes la fait sourire.

Alice s'allonge, prête à s'endormir. Elle porte le pyjama le plus mignon que j'aie jamais vu : un ensemble avec des petits ratons laveurs dessus. Le fait que les manches soient tachées d'acrylique ne me surprend même pas.

— Eh bien, quand tu vivras à Paris, peut-être que la vie vous donnera une nouvelle chance...

C'est sur ces mots pleins d'espoir que nous éteignons les lumières.

C'est la première fois que je ne dors pas chez Blanche depuis ce qui me semble une éternité, la première fois que je ne guette pas une lumière argentée à ma fenêtre. Je m'en sens soulagée, sans trop savoir pourquoi.

Dans le silence paisible, je perçois la respiration rapide d'Alice. Je suis certaine que, comme moi, elle a les yeux grands ouverts, son esprit encore bien actif. Je peine à imaginer l'état d'excitation dans lequel elle doit être.

— Tu aimes de nouveau peindre, Cléa ?

Je cligne des yeux, surprise. La voix d'Alice est un peu différente. Plus grave.

— Je crois, je réponds doucement. Sans toutes les contraintes de l'école, j'y reprends du plaisir. J'essaie de ne pas penser au reste pour ne pas trop angoisser, et sans angoisse, ça va déjà mieux.

— Au reste ?

— Au futur, au passé.

Silence. Alice inspire profondément.

— Je suis désolée que ça ne se soit pas passé comme tu l'espérais. Ton école. Tu as dû beaucoup en souffrir...

Cette fois, c'est moi qui ne réponds pas. Je m'enfonce plus confortablement dans mon oreiller, cocon de douceur où il fait bon fuir. Tout à coup, j'ai très envie de dormir.

— Si un jour tu as besoin d'en parler, je suis là, OK ? De ça, ou même d'avant…

Je hoche la tête dans mon coussin, consciente qu'elle ne verra rien. Des picotements agressent mes yeux. Après un long moment, je chuchote :

— Ça va mieux maintenant… Je crois que je commence à trouver ma place.

Mouvement de draps dans le lit d'à côté. J'ai l'impression qu'Alice retient son souffle. Le silence qui plane entre nous me semble oppressant, tout à coup. Et puis, petit à petit, sa respiration se fait lente, très lente. Je la crois endormie quand elle demande soudainement :

— Tu ne vas pas changer d'avis ?

— Hein ?

— Je peux te faire confiance ?

Qu'est-ce qu'elle raconte ? Est-ce qu'elle parle dans son sommeil ?

— Moi, j'ai envie de te faire confiance, souffle-t-elle.

— Tu peux, je réponds, hésitante.

Je n'arrive pas à voir dans le noir si elle est éveillée et je n'ose pas allumer la lumière : si elle dort, je risque de la réveiller ; si elle ne dort pas, elle ne va pas comprendre ce qui me prend.

— Tu ne comprends pas de quoi je parle, n'est-ce pas ?

— Toi, tu comprends de quoi tu parles ? Ou tu discutes avec un rêve ?

À son silence, j'en déduis qu'il s'agit de la deuxième option.

CHAPITRE 17

Un cri de douleur me tire du sommeil profond dans lequel j'étais agréablement plongée. Je bondis sur mon lit lorsqu'un deuxième hurlement déchire le silence. À mes côtés, des halètements. Des gémissements. Des sanglots.

— Alice ?

Je me lève d'un saut, me prenant les pieds dans mes couvertures et manquant de m'étaler au sol. Tandis que je me dépêtre des draps, Alice renifle.

— C'est rien. C'est rien, recouche-toi.

Ce n'est pas rien. Elle vient de hurler à la mort. Je parviens enfin à me débarrasser de mes entraves et j'allume la lumière. Ce que je découvre me pétrifie sur place.

Alice est à genoux sur son lit, ses maigres bras entourent sa poitrine, son regard est fixé sur un point dans le vide. Le visage en sueur, le corps parcouru de tremblements, elle pleure, la bouche tordue dans une grimace de souffrance.

— Putain, qu'est-ce qui se passe ?

— La lumière, souffle-t-elle. Éteins-la.

— Tu veux de l'eau ? Tu…

— La lumière !

J'obéis, puis, à tâtons, la rejoins sur son lit. Je touche sa peau : elle est moite et brûlante.

— Je t'apporte à boire. Tu as dû attraper quelque chose.

— Va te recoucher…

Alice hoquette, gémit à nouveau de douleur. Paniquée, je reste immobile, ignorant quoi faire.

— C'est à cause du stress ? Le fait de partir de chez toi ?

Dans la nuit, je crois discerner le regard d'Alice qui se pose sur moi. Il me glace plus encore que son cri. Sa voix décide, cassante :

— Je dois rentrer. Je dois rentrer tout de suite.

Notre virée à Paris a pris fin à ce moment. Alice a appelé ses parents à quatre heures du matin, en larmes. Quand elle a raccroché, elle m'a annoncé que nous rentrerions avec le train de six heures et demie. Face à mon regard stupéfait, elle a marmonné un pardon dépité, puis s'est retirée dans la salle de bains où je l'ai entendue pleurer encore une dizaine de minutes.

J'ai organisé le trajet jusqu'à la gare, la mort dans l'âme. Les billets pris à la dernière minute par les parents d'Alice ont dû coûter une fortune. J'ai de la peine pour eux. Ils tenaient tant à ce que leur fille profite de ces deux jours à Paris…

Je suis surtout déçue. Plus que ça, même. Notre séjour avait si bien commencé, et je me réjouissais tellement de la journée à venir ! Je sais que c'est égoïste. Je devrais surtout m'inquiéter pour elle, mais ma compassion est mise à rude épreuve car, une fois calmée, Alice ne m'adresse plus la parole. Ni même un regard. Elle se contente de fixer un point dans le vide quand je lui explique notre trajet.

Je ne l'avais jamais vue ainsi. Je finis par me rendre compte que chaque mot que je prononce lui fait contracter nerveusement les muscles de sa mâchoire, comme si ma voix lui était soudain insupportable.

Le trajet du retour se déroule donc dans un silence glacé durant lequel je nourris de plus en plus de rancœur à son égard. C'est surtout cette impression de l'agacer qui me révolte – c'est pourtant elle qui décide de rentrer en pleine nuit !

À notre premier changement, quand Paris est définitivement loin, je mesure à quel point Alice a l'air affectée par sa décision. Sa tension du matin s'est estompée, elle semble constamment au bord des larmes. Je me sens ridicule et mesquine de lui en avoir voulu. Il doit y avoir une raison pour laquelle elle a souhaité rentrer si tôt. Elle avait l'air de tellement souffrir, cette nuit…

— Tu te sens mieux ? je lui demande doucement.

Alice se contente de hocher la tête, son regard accroché à l'extérieur. La nouvelle contraction irritée de sa mâchoire ne m'a pas échappé. Je renonce à lui parler dès lors.

Nous arrivons à Ombelle en fin d'après-midi. La mère d'Alice nous attend à l'arrêt de bus. Elle m'adresse un regard interrogateur, mais je ne sais quoi lui dire. Je ne comprends rien à ce qui s'est passé.

— L'entretien ? demande-t-elle.

Alice acquiesce à nouveau, la mine sinistre. Je ne dois pas respirer la joie de vivre non plus.

Quand leur voiture me dépose devant la maison de Blanche, Alice ne dit rien. C'est sa mère qui me remercie pour tout et me salue, toujours aussi perturbée par le cours des événements. Je me contrains à sourire, salue Alice qui m'ignore. Quand la voiture part, j'ai envie de pleurer.

Je ne crois pas qu'il sera possible de réparer ce qui s'est brisé cette nuit.

CHAPITRE 18

Je n'ai pas eu de nouvelles d'Alice depuis notre retour, il y a trois jours. Je ne l'ai pas non plus revue à l'Atelier. Pour être franche, au départ, ça m'a soulagée. J'ignorais comment me comporter avec elle, j'ignorais même ce que je ressentais à son encontre. Un mélange indéfinissable d'inquiétude et de rancœur, d'incompréhension et de déception. Je passe mon temps à m'interroger sur ce que j'ai pu faire de mal, ce que j'aurais dû faire, ne pas faire…

Et si j'avais réussi à la calmer, cette nuit-là ? Et si la forcer à aller à Paris était une mauvaise idée ? Et si je n'avais pas été à la hauteur ? Jude doit être déçu, si ce n'est en colère contre moi.

Blanche a tout de suite compris que quelque chose s'était produit. Depuis mon retour, elle multiplie les attentions : les petits gâteaux préparés le matin, le thé glacé qu'elle me sert l'après-midi, les romans aux belles illustrations qu'elle a déposés sur la table avec un petit papier bleu à mon nom collé dessus… Je crois que c'est ce dernier geste qui me touche le plus, car je sais à quel point elle tient à ses livres. Et elle a vu juste : les illustrations m'ont beaucoup plu.

Sa délicatesse me donne l'énergie de continuer à aller à l'Atelier, même si cela signifie devoir éviter Dan sur le chemin du retour. Avec les beaux jours, la seule surface herbeuse un tant soit peu plate longeant le chemin qui mène chez Blanche a été réhabilitée en terrain de football. Des poteaux en bois plantés pour l'occasion font office de buts. Ça a l'air de satisfaire les enfants. Désormais, quand je rentre de l'Atelier, je passe à côté d'une vingtaine de gosses courant dans tous les sens, tandis que Dan essaie vainement de leur apprendre à jouer. À chaque fois que j'arrive, je l'entends crier la même chose : « On tape avec le plat du pied ! Pas avec le bout ! »

Ce soir-là, sur le chemin du retour, déconfite par la médiocrité de mes créations du jour, ce qui devait arriver arrive enfin : « Le plat du pied, Maëlys ! » Et la petite Maëlys de taper avec le bout du pied, avec une force étonnante pour son âge. La balle fuse l'air sous les regards ébahis des enfants et dépité de Dan. Et sous mon regard effaré par la vitesse à laquelle le missile fonce sur moi.

Je n'ai jamais eu aussi mal de ma vie.

Assise sur mes pauvres fesses endolories, le visage brûlant de douleur, les yeux embués de larmes, je pousse un geignement misérable. Maëlys accourt dans ma direction, l'air catastrophé.

— Pardon, madame ! Je suis désolée, j'ai tapé trop fort !

T'as surtout tapé avec le bout du pied, Maëlys.

— T'as du potentiel. C'était un sacré tir.

Je suis trop gentille.

CHAPITRE 18

Ce qui n'est pas le cas de Dan, qui ordonne à Maëlys de retourner sur le terrain avant de se planter devant moi. Bien, il ne va pas m'aider à me relever. J'essaie de me redresser dignement, mais j'imagine sans peine que ma face rougie et mes yeux humides m'ont déjà retiré toute fierté.

— Tu vas me reprocher de m'être jetée sur le chemin de sa balle ?

— J'ai appris ce qui s'est passé à Paris.

Son ton est dur, sans surprise. Plus loin, les enfants ont recommencé à jouer n'importe comment. S'il aspire à en faire une équipe crédible, il a de l'espoir.

— Je sais pas si t'as remarqué, mais ils ont du mal avec la notion de « plat du pied ».

— Pourquoi est-ce que t'essaies de te rapprocher d'Alice et de Jude ?

— Je sais pas, pour me faire des amis ? Tu sais, ce que les êtres humains font.

Il écarquille les yeux à ces mots. Il s'apprête à rétorquer, mais secoue la tête.

— Putain, tu t'entends ?

Dan vient de me faire découvrir une de ses nouvelles expressions : le rire sarcastique. Il y a du progrès. Mais presque aussitôt, il reprend, menaçant :

— Écoute, c'est la dernière fois que je t'avertis. Il n'y a pas de place pour toi ici. T'as déjà fait assez de mal comme ça. T'es même pas capable de t'en rendre compte, c'est dingue !

« T'as déjà fait assez de mal comme ça. » À Alice ? Est-ce qu'il m'estime responsable de ce qui s'est produit à Paris ?

Est-ce que je le suis ?

C'est absurde et injuste. J'ai tout fait pour la soutenir, au contraire. Je m'apprête à m'en aller, excédée malgré tous mes efforts pour garder mon self-control, mais quelque chose me retient.

« Il n'y a pas de place pour toi ici. T'as déjà fait assez de mal comme ça. »

Tu as fait assez de mal comme ça. Quitte immédiatement Ombelle.

Le message laissé dans la boîte aux lettres de Blanche. Mon sang se gèle dans mes veines. Je considère à nouveau Dan, figée. Cette idée m'avait déjà traversé l'esprit lors de notre dernière altercation, mais je l'avais complètement délaissée, trop obnubilée par la forêt, ses mystères et mon amitié naissante avec Alice. Cette fois, l'hypothèse grandit en moi, exacerbant ma colère.

— Le mot, c'était toi ?

Un pli d'incompréhension creuse le front de Dan. Mais il s'efface aussitôt, comme s'il venait de saisir ce à quoi je faisais allusion. Glacée, je l'observe perdre un peu de son assurance. J'insiste, doucement pour que les enfants n'entendent pas, mais avec une colère difficilement contenue :

— Le mot de menace qui a été déposé dans la boîte aux lettres de Blanche. Est-ce que c'était toi ?

Il ne dit rien, et ce silence vaut toutes les réponses.

Je secoue la tête, médusée. Je ne peux pas laisser ce type me menacer régulièrement sous prétexte de protéger ses amis ! Les protéger de quoi, d'ailleurs, de ma maléfique influence d'artiste ratée ? De mes diaboliques tentatives de permettre à Alice de réaliser ses rêves ? De mon perfide intérêt pour les robes et les tatouages de Jude ? Ça suffit. J'en ai marre de me laisser marcher dessus. Marre de me faire ignorer, mépriser ou agresser.

— Pourquoi ? Je venais à peine d'arriver. C'est quoi ton putain de problème ?

Il jette un regard nerveux dans son dos, comme pour vérifier que les enfants sont assez loin. Je fulmine, révoltée. La note de honte qui fait vibrer sa voix basse ne suffit pas à m'apaiser :

— Si tu crois que ça m'a fait plaisir, que j'ai pas d'autres choses dont m'occuper…

— Eh bien *occupe-t'en,* plutôt que de me harceler sans raison ! T'es passionné d'écriture, non ? Utilise ton énergie pour rédiger des romans, des poèmes ou des scénarios de web-série, ce qui te chante. Ça serait plus constructif qu'écrire des mots de menace ridicules !

Dan se pétrifie sous mes yeux, l'air stupéfait que je sois au courant de sa passion. Je suis consciente de me mêler de ce qui ne me regarde pas, mais je ne peux plus me contrôler : ma colère et mon incompréhension, trop longtemps réprimées, se déversent sur Dan.

— Qu'est-ce que tu fiches encore dans ce village toi aussi, de toute façon ? Tu pourrais étudier le scénario ou rejoindre ton équipe de tournage à Paris, qu'est-ce que j'en sais ? Au moins, j'aurais plus à avoir peur de me faire agresser par toi dès que je mets un pied dehors.

Sans parler de cet Ethan qui a l'air de l'attendre à Paris. « J'ai trop de choses à gérer ici. » C'est ce que Dan lui a dit, quand je l'ai surpris au téléphone il y a plusieurs semaines. Est-ce qu'il parlait de moi ? Si oui, c'est la raison la plus nulle qui soit pour délaisser son petit ami et sa passion.

— Qu'est-ce que vous avez tous à rester à Ombelle alors que vous ne semblez rêver que d'en partir, à la fin ? je m'obstine, à bout.

— T'as pas le droit de dire ça.

Je me fige. La voix de Dan est la même qu'à l'Atelier, ce jour-là, éraillée, vulnérable. Je n'avais jamais remarqué à quel point son regard était expressif. Sa mâchoire est aussi serrée que d'ordinaire, mais l'émotion qui se lit dans ses yeux me remue les tripes. Je lui ai fait mal. Je n'aurais jamais cru ça possible.

— T'as aucune idée de combien c'est dur pour moi de ne pas pouvoir y aller.

Dan me tourne le dos, mettant un terme à notre dispute. Je le regarde s'éloigner, tiraillée entre le besoin de le rattraper pour le secouer et exiger des réponses, et l'envie de fondre en larmes.

Les cours de foot cessent subitement après cela. Je ne croise plus Dan. Alice ne répond pas à son téléphone. Alors je passe tout mon temps à l'Atelier dans l'espoir de croiser l'un d'eux. Je peins, je peins, et je progresse enfin un peu.

À deux reprises, des enfants sont venus pour assister à l'atelier du soir, mais Alice n'était pas là. Sa remplaçante m'a dit qu'elle était malade. Mais mon instinct me souffle que c'est faux. Il y a des nouvelles coulures de peintures sur les murs certains matins.

CHAPITRE 18

Alors je m'entête à revenir chaque jour, de plus en plus tôt. J'ai presque fini ma palette d'aquarelle. Les oranges et les bleus se résument à un misérable cratère, et mon magenta fait grise mine. Il va falloir racheter des godets. Et c'est cher, l'aquarelle. Je fais donc avec ce que j'ai, pour le moment.

Je peins, encore et encore, et mes animaux prennent vie sous mes yeux chaque jour davantage.

Enfin, une semaine et demie après notre séjour à Paris, une mélodie mélancolique jouée au piano résonne dans l'Atelier à mon arrivée. Il est très tôt, je me suis levée aux aurores. Je me pétrifie, inspire profondément. Le cœur battant, à la fois heureuse, surexcitée et remplie d'appréhension, je traverse le vestibule. Maintenant que nous y sommes, que vais-je lui dire ?

Comment est-ce que tu te sens ? Pas franchement original, mais c'est la question qui me taraude le plus. Ma colère a laissé plus de place à l'anxiété avec le temps, et j'espère sincèrement qu'Alice va mieux. Jamais la compagnie d'une personne ne m'a autant manqué. J'étais en train de me faire une amie, une vraie.

Sur les notes dramatiques, je pénètre dans l'Atelier. Alice, vêtue d'une longue jupe noire en dentelle, d'un petit haut gris dénudant ses épaules et d'un foulard bleuté, peint avec passion. C'est sans doute la tenue la plus sobre et sombre dans laquelle je l'ai jamais vue.

Retrouver ses gestes incarnés comble un vide en moi. Son énergie folle, presque animale, me cloue sur place une fois de plus. Il y a quelque chose de nouveau, ce matin. Ses coups de pinceaux sont presque hargneux, animés d'un soupçon de fureur. De désespoir.

J'hésite à la laisser peindre en paix, comme elle semble en avoir tant besoin, quand elle s'écarte finalement de sa peinture, me laissant en apercevoir une partie. Les teintes qu'elle utilise, de l'argent, des gris bleutés, du blanc lumineux, me sont trop familières pour que je ne réagisse pas. Je m'écarte sur le côté, pour mieux voir ce que mon cœur serré a déjà deviné.

Non.

Le cerf n'est pas revenu depuis des semaines, et j'ai fini par ne plus me rendre dans la forêt. Pourquoi ? Par crainte, par déni ? J'avais chassé cette histoire de mon esprit, focalisée que j'étais sur Alice.

Ou peut-être Alice était-elle un moyen pour moi de mettre de côté ce que la logique ne voulait plus accepter. J'ai développé une fascinante faculté à me détacher des choses avec le temps, et à oublier ce qui m'arrangeait, je le crains. Peut-être que je fuyais. Peut-être que j'avais peur que ce soit réel, en fin de compte. Le cerf d'argent, le renard, la chouette, la fille de lumière…

— Est-ce que c'est toi ?

Ma voix est éraillée, ridiculement aiguë. Alice se fige aussitôt, la main en l'air. La peinture argentée dégouline le long du pinceau pour salir ses doigts, son bras rosi par le soleil de mai.

— L'esprit de la forêt, j'insiste, au bord de l'implosion. C'est toi ?

Alice ne se retourne pas. Que croit-elle, que si elle m'ignore je vais finir par disparaître ?

Ironique, au fond : c'est un peu ce que je fais moi avec ce qui me dérange.

— Alice. Réponds-moi.

CHAPITRE 18

Est-ce ma voix qui sonne ainsi ? Je ne me savais pas capable d'autant d'autorité. Comme si elle avait reçu une décharge électrique, Alice se retourne aussitôt, et je retrouve dans son regard la lueur d'effroi qui ne m'avait pas manqué. Cet effroi, c'est moi qui le lui inspire.

J'ai envie de hurler.

Derrière Alice, sur l'immense feuille de papier, la fille de lumière tend ses bras ornés de fleurs au ciel, des larmes coulant sur son visage parfait. Les modèles d'Alice ont l'air si fortes, habituellement, mais l'esprit de la forêt semble aussi fragile que bouleversé. Il se dégage de la peinture un désespoir qui m'étreint le cœur, tout autant que le sentiment de trahison que j'éprouve.

— Vous me mentez tous, je dis, le cœur palpitant trop fort. Tu me mens.

Je recule d'un pas.

— Qu'est-ce que vous me cachez ? C'est quoi votre lien avec cette fille ? Est-ce que c'est toi, merde ?

Je ne veux pas prêter attention à la tristesse dans son regard, écho de celle qui émane de la peinture. Je ne veux pas ressentir d'empathie pour elle. Si elle peut peindre l'esprit de la forêt avec autant d'exactitude, c'est qu'elle l'a vu. C'est qu'elle a sans doute aussi vu les animaux d'argent. Ce qui signifie qu'elle me cache quelque chose depuis le premier jour.

— Est-ce que c'est pour ça que tu ne peux pas partir ? Est-ce que ça a un lien avec Olive ?

Mes questions s'enchaînent, et chacune fait l'effet d'une gifle à Alice, qui se pétrifie davantage à chaque assaut. J'ai envie de la secouer, de l'implorer, de renverser ses seaux de peinture partout, de déchirer sa feuille.

Je n'en peux plus de ne rien comprendre.

— Tu ne me répondras pas.

N'y tenant plus, je quitte l'Atelier. C'est seulement dehors que je prends conscience de mon état : des larmes dévalent mes joues, des tremblements parcourent mon corps. Une vanne s'est ouverte, une fondation s'est écroulée. Un changement se passe en moi, un bouleversement que je ne pourrai bientôt plus maîtriser.

CHAPITRE 19

Il court, libre, invisible pour ceux qui ne lui prêtent pas attention. Un éclair d'argent, un éclat de lumière pour qui ne sait pas regarder. Il est insaisissable, si rapide qu'il pourrait s'envoler. Le monde n'est plus qu'un vaste terrain de jeu.

Mais, sans qu'il comprenne pourquoi, sa course folle est soudain ralentie. Ses pattes si agiles se ramollissent. Quelque chose l'entrave. L'étouffe.

Je m'aperçois qu'il s'agit de mes mains. Mes doigts enserrent son petit corps, se nichent dans sa fourrure d'argent. Le lièvre se débat faiblement, je sens sa panique. L'étau s'est resserré sans qu'il s'en doute.

D'un mouvement sec, je brise son cou en un craquement d'os.

Je me réveille en pleurant, haletante. D'un geste agacé, j'essuie mes joues. Mes émotions ne cessent de me trahir, ces derniers jours.

Il fait encore nuit. Je me relève par réflexe pour jeter un œil par la fenêtre. La nuit noire répond à mon vain espoir – à ma vaine crainte. Je me rallonge, lasse, le cœur encore battant du cauchemar que je viens de faire.

Je n'ai pas vu le moindre lièvre dans la forêt, aussi, je ne parviens d'abord pas à comprendre pourquoi il en figurait un dans mon rêve – ni pourquoi je lui ai fait tant de mal. Les réminiscences d'un autre songe que j'ai eu quelques semaines plus tôt me reviennent alors que le sommeil m'enveloppe à nouveau : « Où est passé le lièvre, Cléa ? »

Il est entre mes doigts, réduit à l'état de brisures d'os.

Je me réveille une deuxième fois cette nuit, non pas à cause d'un nouveau cauchemar, mais parce que mon téléphone sonne. Je bondis de sous mes couvertures, me jette presque dessus. Je le mets habituellement sous vibreur, mais j'ai activé le son après ma dispute avec Alice, espérant ne pas manquer un message ou un appel de sa part.

Je suis au bord de la rivière si tu veux parler. Jude

J'ignore comment il a obtenu mon numéro – sans doute par le biais d'Alice.

Je devrais peut-être avoir honte de réagir au quart de tour, comme un petit chien qui accourt dès que son maître l'appelle. Mais la curiosité est trop forte.

Tandis que je franchis la fenêtre de ma chambre,

habillée et chaussée mais pas franchement réveillée, je me rends compte que par « parler », Jude entend peut-être « m'écouter te noyer sous les reproches pour avoir osé hausser le ton contre ma muse ». Et peut-être qu'après il me noiera dans la rivière tout court. Eh bien, je ferai face.

Mon ensommeillement me fait trébucher et me ramasser sur le sol, dehors. Bah, c'est toujours mieux que prendre le risque de réveiller Blanche en passant par la porte d'entrée. C'est arrivé une nuit où je suis allée chiper un cookie à la cuisine. Je n'oublierai jamais la mine assassine qu'elle affichait lorsqu'elle a jailli de sa chambre, échevelée. Blanche, remontée des enfers, prête à tout dévaster sur son passage. Plus jamais.

Je réponds à Jude qu'il me faudra un moment pour arriver, avant de descendre le chemin menant au village à toute allure, le flash de mon téléphone guidant mes pas dans l'obscurité. La nuit est encore profonde, un coup d'œil à l'écran de mon portable m'indique qu'il est trois heures du matin. Je sais que Jude a l'habitude de se lever avant l'aurore pour coudre, mais tout de même…

Si la rivière qui borde le village ne s'étend pas sur des kilomètres, ce n'est pas non plus un ruisseau, et je dois chercher Jude un petit moment. Quand j'arrive auprès d'un des ponts fleuris qui la traversent, un sifflement m'interpelle. Je réprime un sursaut, baisse les yeux pour découvrir, allongé au bord de l'eau, Jude. Ses bras sont croisés sous sa tête et il lève vers moi son regard perçant.

— Descends.

J'obéis, jetant néanmoins un œil aux alentours, puis au cours d'eau. Qui sait, Dan se cache peut-être quelque part, prêt à me balancer dans la rivière.

— T'es venue.

Constatation inutile. Jude ne sait visiblement pas trop comment commencer la conversation. Je m'assieds à ses côtés et il se redresse. Un bras posé sur son genou relevé, le visage penché dans ma direction, il m'observe un moment en silence. Les manches de son énorme pull en mailles noires sont remontées au niveau des coudes, dévoilant quelques-uns des animaux qui parcourent sa peau. Je m'égare un peu dans la contemplation de ses tatouages, sans parvenir à les discerner clairement dans l'obscurité. Sur l'avant-bras qu'il ne m'avait jamais montré, des fleurs et des pétales semblent tomber, portés par le vent.

— Alice t'a raconté ce qu'il s'est passé ? dis-je enfin.

Il hoche la tête.

— Elle va bien ?

— Ça peut aller.

Il est sur la défensive. Sa main passe sur son avant-bras, masquant partiellement ses tatouages.

— Elle t'a parlé de Paris ?

— Mmh.

— Tu sais pourquoi elle a voulu rentrer ?

Silence. Hochement de tête. Je soupire :

— Tu ne me le diras pas ?

— C'est juste.

— Et elle t'a expliqué pourquoi je me suis énervée ? Elle t'a dit que je sais que vous me cachez quelque chose, Jude ?

J'attends sa réponse, stoïque, alors que mes émotions bouillonnent en moi.

— Ouais, lâche-t-il finalement.

CHAPITRE 19

Son regard se perd dans l'écoulement de la rivière.

— Et tu m'as fait venir pour en parler ou pour répondre à mes questions par des onomatopées ?

— Je sais pas trop pourquoi je t'ai demandé de venir, m'avoue-t-il.

On est bien avancés.

— Moi je sais pourquoi je suis venue.

Pour des réponses.

— Est-ce que tu peux me parler d'Olive Perin ?

Je préfère commencer doucement. Jude hésite longuement, trop à mon goût. Puis, quand il se lasse de constater que, non, l'eau ne s'arrête pas de couler, il relève les yeux pour fixer un point dans la nuit. Enfin, il répond :

— C'était notre amie, quand on était gosses. Dan, Alice et moi, on traînait toujours avec elle.

Il me répond vraiment. Je sens un éclair d'excitation parcourir mes veines.

— On allait tout le temps à l'Atelier ensemble. C'est là qu'on a découvert nos passions. Dan nous racontait des histoires, il nous faisait jouer ses personnages dans des pièces de théâtre improvisées. Alice s'est prise d'amour pour la peinture. Moi, je m'émerveillais devant ses jolies robes. Olive était la plus jeune, mais aussi la plus maligne. Elle a demandé à Dan de lui écrire un livre, et Dan l'a fait. Un roman de vingt pages rédigées à la main, où Olive était la plus grande sorcière de tous les temps. Ensuite, elle a demandé à Alice de lui offrir des peintures, toujours plus de peintures. Et moi, elle m'a invité chez elle pour que sa mère m'apprenne à coudre.

Jude s'interrompt. Ses ongles s'enfoncent un peu dans son bras.

— C'est elle qui vous a poussés à vous impliquer dans vos passions.

— Ouais… Elle, elle avait pas de passion, pas vraiment. Elle venait surtout nous voir et nous encourager, puis elle gribouillait à côté… Son truc à Olive, c'étaient les bêtises. L'aventure.

— Elle avait l'air super.

Jude me lance un regard indéchiffrable. Le muscle de son maxillaire frissonne.

— Elle était géniale.

J'imagine le jeune Jude, le rigolo de la bande, envoûté par la pétillante Olive. J'ignore pourquoi cela me semble si net. Je me vois presque avec eux, au milieu du groupe d'enfants joyeux qu'ils formaient.

— Elle avait le même regard que toi.

Quelque chose se fige en moi. Jude me fixe, les traits crispés comme si ma simple vue lui était douloureuse.

— Les yeux d'un noir profond, tombants et rieurs à la fois.

J'ignore quoi faire de cette information. Est-ce ce qui m'avait tant interpellée chez Olive, lorsque j'observais la photo dans l'Atelier ? Pourtant, à part ce détail et sa petite taille peut-être, nous ne partageons aucun trait physique. Et sur la photo de l'article du journal, elle et ses parents étaient aussi blonds que je suis brune. Jude ne me laisse pas le temps d'y réfléchir davantage :

— Quand on était petits, nos parents nous répétaient de ne jamais aller dans la forêt seuls.

J'essaie de le masquer tant bien que mal, mais tout mon corps s'est tendu à l'instant où il a évoqué la forêt. Jude, conscient de mon intérêt, esquisse un nouveau sourire fade.

— Il y a toujours eu des légendes autour de la forêt d'Ombelle, et ma grand-mère adorait prétendre que l'esprit de la forêt me punirait si je m'y rendais sans adulte. À l'époque, on pouvait y aller si on était accompagnés de nos parents, même si ça se faisait rarement. C'est une espèce de tradition, à Ombelle, d'éviter la forêt.

Il s'arrête un moment, attendant que j'intervienne, mais j'ai trop hâte d'entendre la suite. Face à mon silence, il poursuit :

— Maintenant, c'est plus que ça. C'est une sorte de loi propre à notre village. Personne ne doit aller dans la forêt.

— À cause de l'accident ?

Jude me glisse un regard méfiant, avant de répondre par l'affirmative.

— Entre autres, nuance-t-il ensuite. Il y a plusieurs choses étranges qui se sont produites, là-bas.

Comme l'apparition de créatures d'argent et d'une fille de lumière sur laquelle des fleurs poussent, peut-être ?

— Mais ce qui a vraiment fait flipper les Ombellois, c'est ce qui est arrivé à Olive.

Je décèle dans les inflexions de sa voix, dans la raideur de ses épaules, la peine qu'il ressent à évoquer ce souvenir.

— Olive adorait la forêt. Elle vivait juste à côté, pas très loin de chez Blanche. Un jour, elle nous a tous invités à dormir chez elle… et elle nous a convaincus d'aller dans les bois, en secret. On y est retournés régulièrement ensuite.

Nouveau regard sur moi, nouvelle attente. Nouveau silence de ma part. Jude soupire, reprend :

— Elle voulait être aventurière, plus tard. Explorer les

jungles du monde entier, traverser le Sahara, découvrir des tombeaux perdus… Sa mère jouait à *Tomb Raider* devant elle, elle se rêvait la future Lara Croft.

Un vague sourire éclaire brièvement son visage.

— Alors, au fond, c'est plutôt logique qu'elle soit morte dans la forêt.

Le sourire se fane, et le regard de Jude perd tout éclat. Il se voûte un peu plus, comme pour se protéger des souvenirs qui l'assaillent. Avec le plus de douceur possible, je demande :

— L'accident n'a pas eu lieu là-bas pourtant, non ?

J'ai peur, si je hausse le ton, de briser le moment, de le faire fuir.

— Non, admet-il.

— Mais le corps d'Olive a été retrouvé dans les bois. Tu sais pourquoi ?

Silence. Jude me fixe, immobile.

— Je te l'ai dit… Elle aimait la forêt.

Ce n'est clairement pas une réponse valable, mais il enchaîne aussitôt :

— Depuis cette histoire, les vieux sont complètement traumatisés, ils ne veulent plus que personne n'y mette les pieds. Pour eux, elle est hantée, maudite ou un truc du genre, même s'ils ne l'admettent jamais à haute voix… Ma mère pense même que l'accident est arrivé pour punir Olive de nous avoir emmenés là-bas.

Ces dernières paroles, prononcées avec amertume, me font frissonner.

— Comment elle a pu te dire ça ?

— Elle me l'a pas dit. Elle discutait avec mon père. Je les ai écoutés à travers la porte. C'était juste après l'enterrement d'Olive.

C'est à cette période que l'enfant jovial et farceur est devenu le Jude laconique qui se trouve à mes côtés.

Ma détermination à lui extraire toute la vérité vacille un peu.

— Je suis désolée. Ça doit pas être évident de parler de tout ça…

Jude se replie un peu plus sur lui-même.

— Peut-être que je me trompe. Peut-être que ça sert à rien de t'en parler.

Je ne sais quoi répondre à ça. Il pousse un deuxième soupir, lève son profil effilé vers le ciel. Son visage illuné m'apparaît plus beau que jamais.

— Quand Olive est morte, y a un truc qui s'est cassé, dit-il doucement. Chez chacun de nous, et entre nous. Mais en même temps, ça nous a liés pour toujours.

Il émet un rire bref, comme s'il venait de faire une plaisanterie dont seul lui saisissait le sens.

— Alice s'est noyée dans la peinture, quitte à en oublier le reste du monde. Dan est devenu un peu colérique… T'en as fait les frais.

— « Un peu », hein…

Jude me dévisage à nouveau. J'ai l'impression qu'à chaque fois que son regard croise le mien, c'est pour y chercher quelque chose. Mais je n'ai rien pour lui, que des questions.

— C'est le plus vieux d'entre nous. Il joue au grand frère parce qu'il croit que c'est son rôle. Et à cause de ça… bah, il peut être un peu con.

Jude ajoute, dans un demi-sourire :

— Mais c'est un type bien.

— Vous êtes toujours proches ? Tous les trois ?

Jude hausse les épaules.

— Quand mes parents sont pas là, on essaie.

Il grimace dans la nuit. Une brise nous fait frissonner tous les deux et il abaisse ses manches.

— Ils pensaient déjà qu'Olive, Alice et Dan avaient une mauvaise influence sur moi quand j'étais petit. Qu'ils m'entraînaient dans leurs bêtises, alors que, franchement, c'était moi le pire. Et quand Dan a fait son coming out, là, d'un coup, c'est devenu très important que je me trouve des nouveaux amis, histoire de « dépasser mon traumatisme », de « tourner la page d'Olive ».

Jude laisse échapper un rire sarcastique.

— De ce que Dan et Alice m'ont dit, tu dois déjà te douter de tout ça.

Ainsi, ils se parlent bien tous dans mon dos. L'idée qu'ils se transmettent les nouvelles me concernant - ce dont je suis au courant, ce que j'ai dit, avec qui je suis en bons termes ou non - me révolte, mais je n'en dis rien.

— Alors j'imagine sa réaction quand elle a compris ta passion pour les robes.

Jude me lance l'ébauche d'un sourire.

— T'imagines pas le drame.

— Et si elle voyait la façon dont tu regardes Alice…

Cléa et sa maladresse légendaire. Ma brusquerie a déclenché chez Jude un mouvement de recul instinctif. Je m'excuse pitoyablement :

— Désolée… Mais c'est vraiment évident. Je crois qu'elle ne s'en doute pas du tout, si ça peut te rassurer.

L'air de se demander s'il peut m'accorder sa confiance, Jude triture les mailles de son pull. Un silence gêné s'installe. Je songe que c'est le moment parfait pour orienter la conversation sur des sujets moins évidents, mais les mots se bloquent là, juste au bord de mes lèvres. Les animaux d'argent, l'esprit de la forêt, le lien de tout ça avec eux et Olive, le lien de tout ça avec moi… Pourquoi suis-je incapable de franchir le dernier pas ?

Je suis dévorée par le désir de savoir, mais la fin du mystère signifiera-t-elle pour autant la fin de mes tourments ?

— Qu'est-ce que tu es venue chercher à Ombelle, Cléa ?

Je lève un regard surpris sur Jude. Ses yeux me transpercent, une fois de plus, fouillant en moi pour y dénicher je ne sais quoi. Je m'entends répondre :

— La vérité.

Jude ne masque pas sa déception. Il se relève lentement, et je comprends que je suis en train de le faire fuir. Mon cœur s'emballe. Ces quelques minutes surréelles dans la nuit s'envolent déjà. Je ne peux pas laisser passer ma chance. Je ne peux pas retourner dans le silence. Je lance ma dernière question, presque sans y croire.

— Est-ce qu'Alice est l'esprit de la forêt ?

Jude hausse les sourcils. Mais il n'a pas l'air plus surpris que ça par ma question, ce qui me confirme ce dont je me doutais déjà : la nymphe existe, et il connaît son existence.

— Non.

Il me tourne le dos, un peu trop vite à mon goût.

— Pourquoi m'avoir demandé de venir, Jude ?

Je me suis relevée. Il s'arrête, me lance un regard hésitant. De sa main, il frotte l'avant-bras qui était découvert un peu plus tôt.

— Je sais pas trop… Je croyais que…

Il m'évalue, puis secoue la tête. J'ai l'impression d'avoir échoué à un test dont j'ignore la nature.

— Je me trompais.

Et Jude m'abandonne là.

CHAPITRE 20

« Qu'est-ce que tu es venue chercher à Ombelle, Cléa ? »

Certainement pas tous ces mystères. Je voulais des réponses, pas davantage de questions.

Et si personne ne souhaite m'en donner, c'est moi qui vais les trouver. Mon entretien nocturne avec Jude a débloqué quelque chose en moi. Je tourne en rond dans ma chambre jusqu'à midi, ressassant ses paroles, mon dernier échange avec Dan, la peinture d'Alice… Mais tout ce que j'obtiens, c'est un mal de crâne grandissant, malgré l'antidouleur que j'ai avalé ce matin.

— Tu es sûre que tu ne veux pas manger ?

J'entends à peine Blanche. Je secoue la tête, fixant la forêt par ma fenêtre comme si tout à coup, le cerf allait y réapparaître pour me donner toutes les réponses.

— Tu devrais aller à l'Atelier, plutôt que de rester ici à ruminer…

Mon instinct de survie s'infiltre dans cette petite brèche ouverte par Blanche. Peindre, oui, c'est ce qui me soulagerait. Tout oublier dans la peinture. C'est ce que je fais toujours, non ?

Mais je sais que je serai incapable de produire quoi que ce soit de potable tant que tout ça ne sera pas réglé.

— Je vais faire un tour, j'annonce en me massant les tempes.

L'air frais me fera du bien. Et j'ai besoin d'une connexion Internet décente.

Au village, je retrouve mon petit havre de 4G, la fontaine et sa statue de la fille fleurie. Je contemple la nymphe de pierre un instant. C'est forcément un hommage à l'esprit de la forêt. Peut-être me portera-t-elle chance dans mes recherches.

Assise sur le rebord, je me plonge dans Google en désespoir de cause. Olive, Ombelle, Alice, Jude, je n'apprends rien de plus à leur sujet. Quand je cherche Dan, je tombe sur la web-série qu'il a co-écrite avec le fameux Ethan, *Le Saut*.

Une main jouant dans l'eau, je lance le premier épisode. Sait-on jamais, ce n'est pas comme si j'avais trouvé d'autre piste.

Sans que je m'en rende compte, j'ai dévoré les dix épisodes en deux heures.

Dan est vraiment talentueux. Certes, les moyens sont modestes et l'amateurisme se ressent, mais l'histoire est si prenante que j'en ai oublié mon mal de tête. Le personnage principal consent aux pires crimes dans l'espoir de réaliser son rêve : recommencer une nouvelle vie ailleurs. Pour cela, il ment constamment, aux autres mais aussi à lui-même.

Le rêve et le mensonge, les thèmes principaux de sa

série. Quelle étrange ironie, n'est-ce pas ?

Même si ça ne m'avance pas beaucoup, j'ai l'impression d'en avoir un peu plus appris sur Dan au terme du visionnage. Pourquoi narrer l'histoire d'un personnage prêt à tout pour réaliser ses rêves ? Parce que lui ne le fait pas.

Artistes, auteurs, musiciens, nous trouvons tous un exutoire à nos frustrations à travers la création.

Je crois que tous les mystères qui m'obsèdent peuvent se résoudre si je trouve la réponse à cette question, celle que je n'ai cessé de me poser depuis que je les connais : qu'est-ce qui les retient à Ombelle, Jude, Alice, et lui ? Je suis sûre que c'est lié à la forêt. À l'esprit. À Olive Perin peut-être même. C'est lié à quelque chose qui dépasse l'entendement, que la logique humaine ne peut expliquer. Que j'ai eu la sensation de frôler du doigt, et qui désormais est aussi impalpable que l'air. Aussi fugitif qu'Alice.

Qu'un lièvre.

Je commence à songer qu'il est important, et pas qu'un peu. Le fait que je ne l'ai jamais vu dans la forêt ne signifie pas forcément qu'il n'est que le fruit de mon imagination. Dans le premier rêve où il a été évoqué, c'est la voix d'Alice, à travers les lèvres de la fille aux fleurs, qui me demandait où il était passé.

Allongée sur le rebord de la fontaine, je murmure à la statue de la nymphe :

— Est-ce qu'Alice est la fille aux fleurs ? Ou… le lièvre ? Est-ce qu'elle est liée au lièvre ?

Cette idée ne me convainc pas, bien moins que la première en tout cas.

J'effleure la peau de mes avant-bras. Il ne reste aucune

trace des griffes de la chouette. Il serait tellement simple, désormais, de penser que tout ça n'a jamais eu lieu. Mais une chose a bien eu lieu, j'en ai la preuve puisque je ne suis pas la seule témoin : je me suis évanouie dans la forêt, au début de mon séjour à Ombelle. Et Dan m'a ramenée à la maison, où Blanche a soigné mes plaies.

Dan, dans la forêt, en pleine nuit. Je me sens stupide de ne pas m'être davantage interrogée sur la raison de sa présence là-bas. Est-ce qu'il allait voir la fille aux fleurs ? Et ces pleurs d'enfant que j'avais entendus, étaient-ils réels ?

— Olive, je souffle en frissonnant.

Et si c'était elle ? Il y avait du sang. Quelque chose se tord en moi, se révulse. Le souvenir du cauchemar éveillé de cette nuit-là me donne la nausée. Mon crâne pulse douloureusement. Une petite voix perfide me murmure que si je laisse tomber, la douleur s'estompera. Qu'il me suffirait de renoncer. Tout serait plus simple, ainsi.

Non. Pas cette fois.

J'ai presque toutes les pièces du puzzle devant moi, je le sais. Cette fois, je suis décidée à essayer de recomposer l'image qui m'échappe.

Tout ce qu'il me faut, c'est du papier et un stylo.

❁

Une fois rentrée, je me précipite dans ma chambre sous le regard interloqué de Blanche. Je gobe un nouvel antidouleur, m'installe à mon bureau, ouvre un carnet au hasard, et écris.

La forêt.

CHAPITRE 20

Le cerf, le renard et la chouette d'argent.

Le lièvre d'argent, dans mes rêves.

La fille aux fleurs.

Olive, Alice, Jude et Dan.

Alice, la fille aux fleurs ? Jude l'a démenti, mais je n'arrive pas à ne plus les associer depuis que je l'ai vue la peindre avec tant d'intensité.

L'accident. Olive et ses deux parents, morts. Olive, qui guidait ses amis dans la forêt. Un peu comme le cerf m'a guidée, moi, toutes ces fois… Mon estomac tressaute à cette pensée. Le cerf n'est plus revenu depuis que j'ai rencontré la fille aux fleurs. Juste avant, je lui avais demandé s'il était Olive Perin. Sa douleur m'avait transpercé le cœur.

Et si les animaux d'argent étaient des espèces de fantômes tangibles ? La chouette et le renard pourraient être les parents d'Olive, ce qui expliquerait l'attitude protectrice de la première. Non, ils ne sont pas morts dans la forêt. Et j'oublie ce fichu lièvre.

Je m'immobilise, le stylo figé au-dessus du papier. L'estomac noué, je souligne :

La chouette protectrice.

Machinalement, je frotte à nouveau mes avant-bras. Qui d'autre se montre protecteur, et pas qu'un peu, avec ceux qu'il aime ? Qui se promenait dans la forêt en pleine nuit ? Qui s'est montré agressif à mon égard, aussi agressif que la chouette ? Ses paroles m'ont fait presque aussi mal que l'assaut des serres. Un rire nerveux m'échappe. C'est absurde. Mais pas autant que tout le reste.

Je m'apprête à écrire ma nouvelle hypothèse, le cœur au bord des lèvres, lorsque la voix de Blanche m'appelle.

J'hésite, les yeux accrochés à la feuille de papier. Je n'ai pas envie de fuir. Je suis sur une piste, une vraie. Peut-être parce que, pour une fois, j'ai réellement essayé.

Mais Blanche insiste, d'un ton qui ne me laisse pas le choix. Je repose mon stylo, mais ne referme pas le carnet. Il est temps de régler cette histoire.

Un agréable fumet s'élève du gratin dauphinois que Blanche a préparé. Je comprends à sa mine soucieuse qu'il y a un problème. Le soleil filtre par la fenêtre de la cuisine, nimbant la pièce d'or. Il y a peu de temps, je trouvais encore de la magie dans ce genre de détails.

— Écoute, je ne vais pas te demander ce qui se passe, ça te regarde…

Blanche me sert du gratin et m'invite à m'asseoir d'un signe de tête.

— Mais je commence à m'inquiéter, avoue-t-elle. Tu n'as plus rien de la gamine qui a débarqué ici il y a quelques mois. Tu as une mine effroyable et je ne t'ai plus entendue dire de bêtise depuis trop longtemps !

Blanche s'assied face à moi, attendant une réponse de ma part. J'ignore quoi dire. Son intérêt me touche, mais je suis incapable de la rassurer. Je dois être d'une compagnie épouvantable, en réalité. Je ne lui adresse pratiquement plus la parole. La honte me coupe l'appétit.

— Tu ne vois plus Alice. Je pense que c'est ça, le problème.

Non, ça c'est la conséquence.

— Peu importe ce qui s'est passé entre vous, ça ne te

fait pas du bien de rester seule. Tout le monde n'est pas comme moi !

Face à mon regard interrogateur, elle soupire.

— Cléa. J'ai largement eu mon content de rencontres et d'aventures. Je sais qu'au village, ils pensent que je dépéris dans ma maison, que la mort de mon époux m'a transformée en vieux fantôme dépressif et acariâtre… C'est faux. Bien sûr, Paul me manque terriblement, mais… Je trouve mon bonheur dans le calme, désormais, et dans des activités simples mais satisfaisantes.

Blanche se sert du gratin, puis lève un regard sévère sur moi.

— Mais toi, ça ne te convient pas. Tu n'as jamais eu l'air aussi épanouie que quand tu voyais Alice. Vous vous êtes sûrement disputées, peu importe à vrai dire. Je vois bien qu'il y a des choses que tu ne dis pas. Que tu ne *te* dis pas, peut-être même. Tu es sûrement la gamine la plus étrange que j'aie jamais vue…

— Moi, étrange ? Je dois être la chose la plus normale qu'il y a dans ce village, au contraire.

J'aimerais lui brandir mon carnet sous les yeux pour appuyer mon propos, mais je crois que cela ne ferait que renforcer le sien. Un air troublé passe sur le visage ridé de Blanche. J'ai l'impression soudaine que je me trouve au milieu d'un piège sur le point de se refermer. Elle s'éclaircit la gorge.

— Ça fait un moment que je réfléchis à ce que tu m'as dit, dans la forêt.

Elle ajoute aussitôt, après m'avoir jeté un œil :

— Je sais que tu n'aimes pas en parler, mais calme-toi. Respire, Cléa.

Je ne m'étais même pas rendu compte de ma soudaine tension. J'essaie d'apaiser les battements de mon cœur, mais je n'ai plus aucun contrôle sur mon corps. La douleur qui s'était estompée sans que je m'en aperçoive vient de rejaillir sous la peau de mon crâne. Une sirène silencieuse s'est activée en moi.

— Quand tu m'as raconté que tu pensais venir d'Ombelle, je me suis dit que c'était impossible. Je n'ai aucun souvenir d'une enfant du nom de Cléa et, comme ma mémoire peut me faire défaut, j'ai contacté la mairie pour qu'ils me confirment ça. Aucune Cléa qui aujourd'hui aurait dix-neuf ans n'a vécu à Ombelle.

Je m'affaisse, incapable de répondre. Blanche poursuit son récit :

— Ensuite, j'ai contacté les mairies des villages des environs, au cas où. Et là encore, aucune Cléa de ta génération, hormis une jeune qui vit encore dans son village et qui ne peut donc être toi…

Blanche me lance un regard scrutateur, paraissant se demander si je tiens le coup.

— Je voulais te parler de tout ça, mais tu avais l'air si mal… Je ne sais pas ce qui s'est passé dans ta vie pour que la recherche de tes origines soit la cause de tant d'angoisses et que tu aies tant de mal à aborder le sujet, mais je pense qu'il vaut mieux affronter les choses que les fuir constamment.

Et hop, une première claque. Lentement, une nouvelle fois, le voile se soulève malgré mes efforts insoupçonnés pour le maintenir en place.

— Quand mon mari est mort, j'ai mis des semaines à accepter qu'il n'était plus là.

CHAPITRE 20

Le fait que Blanche me parle autant de son époux me touche profondément. Sa voix tremble à peine, pourtant je perçois son émotion. J'aimerais lui serrer la main, mais j'en suis incapable. Toute mon énergie est occupée à me blinder de l'intérieur.

— Au tout début, je me comportais comme si de rien n'était. Je préparais le repas pour deux et laissais son plat refroidir devant une chaise vide. Ça ne m'a pas rendue plus heureuse. Ça m'a seulement rajouté de la vaisselle à faire. Si tu crois que c'est en niant la vérité qu'elle va devenir plus facile à supporter, tu fais fausse route.

Mon corps a bougé pour moi : je me retrouve debout sans m'en rendre compte. Blanche se lève à son tour, l'air obstiné.

— Finalement, mes coups de téléphone ont payé. La mairesse d'un village voisin m'a rappelée ce matin, car elle s'est souvenue d'une histoire étrange qui s'est produite il y a environ dix ans. Une petite fille a été retrouvée, inconsciente et nue, près de leur village. Quand elle s'est réveillée à l'hôpital, elle ne se souvenait plus de rien. J'avais oublié jusqu'à ce que la mairesse me rappelle cette histoire : la mairie d'Ombelle avait été contactée, à l'époque. Ils ont fait tourner un avis de recherche dans toute la région pour retrouver les parents de l'enfant, mais personne ne s'est jamais manifesté. Et à Ombelle, personne n'avait perdu de petite fille, alors l'histoire s'est vite oubliée. Nous avions nos propres problèmes à gérer.

Blanche saisit doucement mon poignet. Je me rends compte que je tremble. Des taches rouges dansent devant mes yeux. Un élancement insoutenable vibre dans mon crâne, mes oreilles bourdonnent.

— Cléa, cette petite fille…

J'arrache ma main de son étreinte et m'enfuis.

Je sors de la cuisine, de la maison. Mes pas me guident vers la forêt. Tout me mène toujours à cette forêt. Une violente tempête menace d'arracher le voile. Je ne peux plus me cacher.

C'est un instinct primaire qui a fait voler mes belles résolutions en éclats et m'a poussée à fuir, une force en moi que je ne saisis pas entièrement, qui fait bouger tout mon corps en direction des arbres. Ils tendent leurs branches vers moi, prêts à me serrer dans leurs bras. Je veux me noyer en eux et tout oublier. Ce qui s'est passé depuis que je suis ici, ce qui s'est passé avant, ce dont je cherche à me souvenir, ce que je m'apprête à comprendre. Je veux que tout disparaisse. Je ne suis pas prête.

J'ai construit ma vie sur le déni. Quand on me posait des questions sur ma famille, je détournais la conversation. Quand on me demandait d'où je venais, je répondais « Paris ». Mensonges. Des mensonges pour les autres, des mensonges pour moi-même. Souvent, je finissais par y croire.

Les ronces griffent mes jambes. Le sang pulse violemment dans mes tempes. Peu importe. La douleur physique soulagera peut-être celle qui vrille mon cœur. J'ai l'impression d'avoir passé mon temps à fuir, exactement comme je le fais maintenant. Cette réalité-là, aussi, je veux l'oublier. Je préfère l'image que je me suis imposée de moi-même : une artiste déterminée, partie à Ombelle chercher l'inspiration, une jeune fille sociable et amène. C'est ce que je suis. Ce que je veux être.

Blanche est dangereuse. Ses mots sont du venin qui

vient corrompre mon esprit. Elle cherche à me détourner de mon but premier.

Une petite fille, retrouvée aux abords d'un village voisin il y a dix ans…

C'est impossible. Absurde.

Qui ne se souvient de rien.

Que ses parents ne sont jamais venus chercher.

Ma course folle s'interrompt d'elle-même.

Autour de moi, la forêt paraît morte. Comme cette nuit-là. Malgré le printemps, les branches sont nues, la terre demeure sèche, tout est gris et silencieux. Je n'étais encore jamais revenue dans ce coin de la forêt. Un froid sans pareil s'empare de moi.

La petite fille a marché, pendant des heures, jusqu'à avoir les pieds en sang. Au-dessus d'elle, le ciel étoilé semblait ne jamais céder au jour. Quand le soleil se lèverait-il enfin ? Il faisait froid. Elle se sentait seule.

Lorsque enfin la noirceur a fait place au bleu de l'aurore, une voiture est apparue au loin, sur la route en terre qu'elle arpentait depuis une éternité. Elle s'est évanouie à l'instant où une silhouette a émergé du véhicule.

Quand elle s'est réveillée, des gens lui ont posé plein de questions. Elle ne savait pas. Elle avait tout oublié. Ils avaient l'air inquiets et agacés à la fois. Le temps a passé, et on l'a placée dans une jolie maison remplie d'enfants.

Et puis on l'a emmenée dans une famille. Puis dans un nouveau foyer. Puis dans une nouvelle famille. Et ainsi de suite. Tous ces gens dont le métier était de s'occuper d'elle ont fait de leur mieux. Mais il manquait quelque chose, elle le savait. Elle ne se sentait jamais à sa place. Elle ne créait de vrai lien avec personne. Dès qu'on la changeait d'endroit, elle oubliait presque aussitôt ceux qui avaient partagé son quotidien.

À l'école, c'était pareil. Les autres la trouvaient bizarre. Elle parlait peu, elle était maladroite. « Tes parents se sont trompés quand ils t'ont faite ! » lui a dit un garçon, alors qu'elle tombait pour la énième fois en cours de gym, mortifiée de honte.

Adolescente, elle s'est réfugiée dans les bandes dessinées de sa dernière famille d'accueil. Elle y a trouvé une nouvelle impulsion, un écho avec ce qui sommeillait en elle, ne demandant qu'à être réveillé. Il fallait qu'elle dessine, elle aussi. Alors elle a dessiné. Et petit à petit, créer l'a aidée à s'épanouir, à s'ouvrir aux autres.

Paris la faisait rêver. Elle se disait qu'à sa majorité, elle s'y rendrait. Que là-bas, elle pourrait s'y réinventer, devenir une artiste. Le vide en elle serait comblé. Quand elle a été acceptée dans une école d'art, elle a pleuré. Elle a enchaîné les petits boulots pour compléter les aides de l'État, elle était plus motivée que jamais. Sa vie avait un sens. Tout allait changer.

Mais rien n'a changé, au fond. Il lui manquait toujours quelque chose. Elle ne pouvait plus continuer à prétendre que ce n'était pas le cas.

« Qu'est-ce que tu es venue chercher à Ombelle, Cléa ? »

Qu'est-ce qui est venu me chercher pour m'emmener à Ombelle ? Qu'est-ce que je fais là ?

Quand j'ai échoué dans mon école d'art, j'ai compris à quel point tout ce qui m'entourait ne me satisfaisait pas. Les gens, la ville, tout ce que je croyais être ma vie m'a semblé soudain flou et lointain, comme une illusion dans laquelle je m'étais complu jusque-là. Depuis toujours, un cri résonnait en moi, écho d'un passé que j'avais oublié. Le cri est devenu un hurlement insupportable que je ne pouvais plus ignorer. J'ai compris que je devais enfin l'écouter.

Alors j'ai posé les questions que j'avais toujours évité de poser. Tout comme je prétendais ne pas être orpheline, ne pas avoir tout oublié. J'ai fait un premier pas pour sortir de mon propre mensonge. J'ai entamé les démarches que j'avais le droit de faire depuis mes dix-huit ans, que j'avais repoussées par peur.

Ce que j'ai découvert dans mon dossier aurait dû me dévaster. Pas de parent, mort ou vivant. Pas de famille. Pas de lieu d'origine défini. Juste l'endroit où l'on m'avait trouvée.

Je ne me suis pas laissé décourager. J'ai recherché sur Internet des images de la région et, quand je suis tombée sur une photo d'Ombelle, mon cœur a implosé. Le hurlement en moi est devenu assourdissant. Là, c'était là que je devais aller.

Quand mes amis de Paris – ces gens dont j'ai déjà oublié le nom – m'ont demandé pourquoi je partais, j'ai répondu que la nature m'aiderait à créer, que je cherchais l'inspiration. Ce demi-mensonge est devenu ma vérité. Parce que j'ai toujours été douée pour me voiler la face.

Combien de mensonges te dis-tu encore ?

Me voilà donc à Ombelle, et l'histoire de la jeune fille qui a perdu la mémoire s'est rappelée à moi malgré tous mes efforts pour me réinventer. Mais je n'ai pas plus de réponse sur celle que je suis pour autant. S'ils n'ont pas trouvé mes parents à l'époque, comment le pourrais-je ?

Tu ne cherches pas tes parents.

C'est vrai. Je cherche à combler un vide en moi, et tout mon corps m'a crié que c'était ici que j'y parviendrais. Et désormais, au milieu des arbres, essoufflée et en nage, je comprends que la seule personne qui peut me donner toutes les réponses se trouve là, quelque part, probablement à m'observer en silence. Depuis que je suis ici, tout m'a guidée à elle. Si elle ne désire plus me voir, je vais devoir la convaincre que je mérite cet honneur.

Mon corps se remet en marche. Je laisse la voix en moi me guider. Elle trouve le chemin toute seule. Pourquoi la fais-je donc taire si souvent ? Elle semble savoir bien plus de choses que moi.

Je grimpe à travers les arbres, focalisée sur mon objectif. La peur fait encore battre mon cœur, mais le voile ne s'agite plus, désormais. Tout comme je n'essaie plus de le maintenir en place.

Advienne que pourra. Blanche a entamé la première déchirure en me mettant face à une vérité. Je suis prête à affronter les autres.

Du moins, je l'espère.

Quand j'arrive enfin au bord du petit lac où la fille de lumière est apparue, il y a des semaines de ça, le soleil est encore haut dans le ciel. Alors je m'avance sans crainte jusqu'au bord de l'eau, et je m'assois.

J'attendrai le temps qu'il faudra.

CHAPITRE 21

Le soleil est sur le point de se coucher lorsque je me décide à parler au lac.

— Je commence à comprendre certaines choses. Ce serait arrivé plus tôt, si je n'avais pas tout oublié… ou voulu oublier. Mais maintenant, enfin, j'arrive à remettre des éléments à leur place.

J'inspire l'air frais. Est-ce qu'elle est là ? Est-ce qu'elle m'entend ?

— Il y a dix ans, une jeune fille a été retrouvée devant un village à quelques heures d'ici. C'était moi. Je suis certaine, au fond de moi, que je viens d'Ombelle et que, d'une façon ou d'une autre, je suis liée à toi…

Un oiseau chante quelque part. L'eau du lac est aussi lisse que la surface d'un miroir. Quel reflet me renverra-t-il ?

— Les forêts des environs ont été dévastées pour permettre l'expansion des villages voisins… Selon Blanche, les esprits périssent quand les forêts sur lesquelles ils veillent sont déboisées. Tu as dû beaucoup souffrir, de voir tes compagnons mourir…

Le ciel se teint de rouges et d'oranges sanguins. On dirait presque un tableau qu'Alice aurait peint à coups rageurs de pinceaux écarlates. Je ferme les yeux. J'aimerais avoir sa force, là, tout de suite.

— Je suis certaine que tu as un lien avec Olive Perin. Il y a dix ans, l'amie d'Alice, Jude et Dan a été retrouvée morte dans ta forêt. Est-ce ton œuvre ? Est-ce qu'elle est demeurée avec toi depuis, sous la forme du cerf d'argent ? Ou d'une autre des créatures qui t'accompagnent ? Est-ce qu'Alice, Jude et Dan sont impliqués ? Pourquoi est-ce qu'ils restent là ? Pendant tout ce temps, je n'ai pas osé y réfléchir trop franchement. Tout ça dépasse l'entendement, tu comprends. On ne croise pas des filles de lumière à tous les coins de rue.

La nuit tombera bientôt. Je poursuis ma tirade.

— Jude l'a démenti, mais je crois encore qu'il est possible que tu aies un lien avec Alice, même si j'ignore exactement lequel… En tout cas, tu es liée à ce qui les retient là, n'est-ce pas ? Si c'est le cas, je t'en supplie, laisse-les partir. Alice est formidable, vraiment. Elle m'évoque tant ta douceur et ta magie, c'est ce qui me pousse à croire que, peut-être, vous êtes une seule et même personne, ou les deux faces d'un même être… Quoi qu'il en soit, je ne lui souhaite que d'être libre et heureuse. Elle mérite de s'épanouir là où elle estime qu'est sa place.

Peu à peu, l'obscurité s'installe.

— J'ai moins côtoyé Jude, mais il reste fascinant. Il a besoin de s'émanciper, de pouvoir s'exprimer loin du regard critique de ses parents. Peut-être même qu'avec le temps, ils évolueront et sauront l'aimer tel qu'il est.

Les dernières teintes chaudes disparaissent du ciel.

— Quant à Dan... Je sais que c'est absurde, mais il me semble parfois, comme pour Alice et Jude, que je ressens une profonde affection pour lui, complètement injustifiée. J'ai envie qu'il sourie de nouveau comme quand il était petit. J'ai envie que le monde entier puisse être emporté par ses histoires. Même s'il me déteste.

La nuit est enfin là.

— À quoi ressemblaient-ils, enfants ? Je peux presque me les figurer, comme si je m'étais trouvée parmi eux, à cette époque. Alice, toute douce et toujours en train de rire. Dan, un peu timide mais jovial. Jude, le clown de la bande.

J'inspire profondément.

— Et Olive. L'aventurière.

Je ne la vois pas. Je ne perçois que l'éclat d'argent qui illumine soudain l'herbe autour de moi. Je sens sa présence dans mon dos, mais je n'ose d'abord pas me retourner. Il me semble que le reste de la forêt s'est tu.

La nymphe d'Ombelle est là. Un frisson parcourt mon corps. Sa colère transperce ma peau, douloureuse comme des milliers de petites lames effilées.

— Je peux sentir à quel point tu me hais...

Une vague de froid me traverse de haut en bas. Je sens un souffle glacé dans ma nuque.

— Pourquoi ? Qu'est-ce que j'ai fait ?

Lentement, je me retourne, priant pour qu'elle ne s'enfuie pas, ou pire encore. Mais quand je fais demi-tour, elle se trouve encore là, si lumineuse que je dois d'abord plisser les yeux. Plus petite que moi, son visage blanc aux traits flous exprime son ressentiment. Elle m'exècre tant que les fleurs sur son corps se sont hérissées d'épines. Ses cheveux flottent furieusement autour d'elle.

— Est-ce que je t'ai fait du mal ? Est-ce que je *leur* ai fait du mal ?

Je tends la main vers elle, hypnotisée par son regard vibrant de haine.

— Qu'est-ce qui nous lie, toi et moi ?

L'esprit entame un mouvement de recul, considérant ma main. Puis, au ralenti, elle lève son bras vers moi. Une lueur d'espoir brille dans ses yeux. Plus mes doigts se rapprochent des siens, plus sa lumière les nimbe d'un éclat d'argent. Et bientôt, nos index se frôlent.

Le hurlement strident d'une chouette me fait reculer et, aussitôt, une boule d'argent fond sur moi. Je recule jusqu'à mettre un pied dans le lac, le cœur pulsant furieusement sous ma poitrine. La chouette d'argent se place entre l'esprit et moi. Toute sa fureur vibre autour d'elle, dans l'air que ses ailes frappent fébrilement.

Cette colère, cet instinct protecteur, je les ai déjà vus.

Devant l'esprit de la forêt jaillissent le cerf et le renard d'argent. Ils s'interposent entre la nymphe et moi. Mon regard passe de l'un à l'autre. La vérité s'impose à moi. J'étais sur la bonne voie.

— C'est… C'est vous ?

Le cerf redresse fièrement la tête, mais je décèle la compassion qui anime son regard. La chouette vient se poser sur ses bois sans me quitter des yeux. Le renard lève le museau vers le cerf, comme s'il attendait que celui-ci décide de la suite des événements. Je ne me trompe pas.

— Je vous en prie. Dites-moi enfin la vérité.

CHAPITRE 21

Alors le cerf s'approche de moi, malgré les piaillements de la chouette et la réserve du renard. Il baisse la tête et je tends la main vers lui, hésitante. Mes doigts effleurent son museau. Une décharge parcourt mon bras, remonte le long de ma nuque. Son poil est aussi doux que le sont les nuages dans les plus beaux rêves.

Le cerf se redresse et fait demi-tour. L'esprit de lumière a disparu, mais ce n'est pas grave. Je me lève et suis le cerf jusqu'à l'extérieur de la forêt.

RÉMINISCENCE

C'est une question d'années et, bientôt, ils m'abandonneront.

Ils m'apportent des livres. C'est à la fois une bénédiction et une malédiction : les petits animaux qui ont été capturés sur ces pages d'arbres morts sont presque aussi vivants que ceux qui animent ma forêt. Fascinée par ce qu'ils appellent des images, j'ai demandé qu'ils m'en montrent plus. Après les animaux, le renard m'a apporté un livre de photographies – je n'ai toujours pas compris ce dont il s'agit – de paysages du monde.

Et là, ma soif de le découvrir est devenue insoutenable. Il y a, en dehors de ma forêt, tant de choses à admirer ! Pourquoi suis-je condamnée à y demeurer alors qu'un monde de merveilles me tend les bras ? Je ne rêve que de partir avec eux… Nous resterions ensemble pour toujours.

Je crois que la chouette commence à comprendre ce qui se passe. C'est la plus âgée des quatre, la plus observatrice. La plus à l'écoute de notre lien et des émotions que nous partageons grâce à lui. Je peine parfois à lui dissimuler mon envie. C'est aussi la plus protectrice envers ses trois compagnons. Se méfie-t-elle de moi ? À cette pensée, une des fleurs qui couvrent mon corps se fane.

Et, soudain, toutes les autres se flétrissent lorsqu'une vague de douleur insoutenable me traverse. Je m'effondre sur la surface du lac, les yeux embués de larmes, contenant un cri d'horreur.

Cette terreur, cette détresse. Elles ne sont pas miennes, mais elles me lacèrent le cœur comme si c'était le cas.

Tremblante, je serre mes mains bourgeonnantes contre ma poitrine, reprenant mes esprits tandis que la douleur reflue.

Quelque chose s'est produit.

Quelque chose de terrible.

Et ils vont me demander mon aide, n'est-ce pas ?

— Nymphe !

Je me redresse d'un bond, propageant des ondes dans l'eau du lac tout autour de moi. C'est la voix du renard.

— Nymphe ! On a besoin de toi !

Le lien entre nous est devenu si puissant que je devine ce qu'ils attendent de moi avant même qu'ils me le disent.

Alors, mon égoïste désir prend le pas sur tout le reste. La solution s'est offerte à moi.

CHAPITRE 22

La descente dans la forêt est interminable. Devant moi, le cerf avance prestement, précédant le renard et la chouette qui ne cesse de me jeter des petits coups d'œil perçants. Je peine à suivre, glissant, dérapant, trébuchant. Les pleurs de la nymphe qui résonnent dans la forêt me perturbent au point de me faire chuter à plusieurs reprises. Ses sanglots sont atroces, à la fois chant et cri, pleurs d'enfant et de créature de cauchemar.

J'espère, au fond, que je me trompe.

Quand enfin nous arrivons à la lisière de la forêt, je suis dans un état lamentable, mais mon excitation et mon appréhension mêlées sont trop grandes pour que je m'en inquiète. Les créatures de lumière se dirigent vers la cabane abandonnée non loin de là.

Sous mon regard ébahi, le renard se faufile par le trou que j'avais remarqué. Le cerf et la chouette contournent la construction, et je ne peux m'empêcher de jeter un œil à la maison de Blanche. S'ils passent toujours par là, elle a peut-être déjà surpris une de leurs visites ?

Tout à coup, il me semble impossible qu'elle n'ait jamais vu la lumière d'argent, même si sa chambre est orientée vers l'autre versant de la colline.

Je suis le cerf et la chouette et, quand j'arrive devant la porte de la cabane, la poignée remue. Le renard, dressé sur ses pattes arrière, l'ouvre de l'intérieur avant de retomber élégamment sur ses pattes avant. Il me lance un bref regard avant de se retourner.

Dans le cabanon, la lumière qui émane des créatures éclaire un intérieur sobre et poussiéreux, mais surtout trois chaises sur lesquelles reposent des vêtements. Mon cœur se serre lorsque j'aperçois sur l'une d'elles une jupe longue dans des tons dorés.

La chouette pénètre dans la cabane et se pose sur une chaise où des habits sont roulés en boule. Le cerf, après avoir tortillé de la tête pour faire passer ses bois par la porte, entre à sa suite. Le renard revient et me ferme la porte au nez d'un coup de museau nonchalant.

Doucement, la lumière d'argent qui filtre sous la porte s'atténue. Quelques instants plus tard, une nouvelle lueur s'allume, plus chaude.

Je reste là de longues minutes, à la fois impatiente et terrifiée.

J'ai envie d'ouvrir la porte. De m'enfuir. De disparaître.

Les éléments, trop lentement sans doute, se sont mis en place. Il y avait tant d'indices, et je n'ai rien compris. J'ai suivi les mauvaises pistes, puis j'ai choisi de ne plus en suivre. Je craignais trop de découvrir une vérité déplaisante. J'en ai encore peur, à vrai dire. Mon instinct me crie que ce qui va sortir de cette cabane est dangereux, que je ne suis pas prête à l'affronter.

CHAPITRE 22

La porte s'ouvre enfin, et ce que je vois ne me surprend presque pas.

Vêtue de sa jolie jupe dorée, une lanterne de camping à la main, Alice me regarde d'un air à la fois désolé et résolu. Derrière elle, dans ses vêtements froissés, Dan reste en retrait. Enfin, Jude, assis sur sa chaise, fixe un point sur le sol, l'air hésitant. Il n'a pas encore enfilé son pull, son débardeur trop grand découvre entièrement ses bras. La lumière dorée de la lampe d'Alice me révèle, pour la première fois, l'entièreté de ses tatouages.

Sous l'épaule gauche, la nymphe d'argent et ses cheveux couverts de fleurs flotte au-dessus d'un lac. Des pétales se détachent de son corps pour voler sur son avant-bras. Je laisse mes yeux courir sur sa peau, sur ce que j'avais déjà vu sans rien comprendre : sur son bras droit, le loup est en fait un renard, l'aile que j'avais aperçue appartient à une chouette dont le corps s'épanouit sur son biceps, et la biche a en fait des bois, au-dessus du coude. Sur son épaule, enfin dévoilé, un lièvre.

Voilà pourquoi Jude ne m'a jamais montré le haut de ses bras.

Incapable de dire un mot, je recule de quelques pas, prise d'une nausée que je parviens à réprimer à grandes inspirations. Alice sort de la cabane, bientôt suivie par ses deux amis d'enfance.

Enfin, je réussis à parler, brisant le silence tendu qui s'est installé. Je désigne Dan.

— La chouette.

Agressive. Protectrice. Dan tout craché. Mon doigt montre ensuite Jude.

— Le renard.

Fuyant. Discret. Qui n'a d'yeux que pour Alice.

Enfin, je fais face à cette dernière. Elle a l'élégance d'une biche, mais celle-ci est symbole de fragilité et de douceur. Alice est bien plus que ça. Le cerf, sa force et sa majesté lui conviennent davantage.

— Le cerf, dit-elle à ma place.

Le cerf. Celui qui est venu me chercher à chaque fois, à la lisière de la forêt. Alice.

Au fond, tout ça ne fait que soulever encore plus de questions. Vacillante, je m'assieds dans l'herbe humide pour reprendre mes esprits. Dan laisse échapper un sifflement agacé.

— Tu mérites des explications, déclare enfin Alice.

Nouveau sifflement. Jude lance un regard tranchant à Dan, qui lève les yeux au ciel avant de s'éloigner de quelques pas, dos à nous. Jude s'accroupit devant moi, à une distance raisonnable, comme s'il craignait que je le blesse.

— Est-ce que tu es prête à les entendre ? demande-t-il.

Non.

— Oui.

Alice prend une profonde inspiration, puis entame son récit :

— Le cerf, le renard, la chouette, c'était bien nous. Tout ce temps. Quant à la fille de lumière que tu as entendue pleurer… C'est une nymphe, l'esprit de notre forêt.

— Notre nymphe s'est retrouvée seule quand les autres esprits ont perdu la vie, après qu'on a détruit leurs forêts, enchaîne Jude d'une voix où perce toujours le doute.

Il n'est pas certain de pouvoir me faire confiance.

— Et pendant des années, elle s'est ennuyée, isolée de

tous, poursuit-il néanmoins. Elle a fini par en oublier une partie de son passé. Elle dépérissait quand, un jour, on est entrés dans la forêt. La nymphe ne nous a pas fait fuir, comme elle le faisait avec nos parents. Elle s'ennuyait tant ce jour-là qu'elle nous a accueillis. Dan, Alice et moi, on était terrifiés, mais Olive l'a suivie jusqu'au lac. Alors on l'a accompagnée, parce qu'on ne voulait pas la laisser seule.

— La nymphe a toujours été gentille avec nous, reprend Alice. Avec le temps, elle est devenue notre amie. On revenait la voir presque toutes les nuits. On aurait dû être épuisés, mais il lui suffisait de sacrifier des parterres de fleurs ou quelques arbres, et toute fatigue s'effaçait.

Jude secoue la tête à ces mots.

— On était trop jeunes pour comprendre que c'était pas normal.

Alice l'ignore. Son regard autrefois si fuyant ne m'a pas quittée depuis qu'ils ont commencé à parler.

— Un jour, elle nous a fait un cadeau merveilleux. Elle nous a offert un nouveau corps pour la rejoindre la nuit. Un corps qui brille de la même lumière qu'elle. On a pu décider de notre avatar, et j'ai choisi le cerf. Jude, le renard. Dan, la chouette.

— Et Olive, le lièvre, je comprends.

Ce fameux lièvre qui hantait mes cauchemars.

— Elle a sacrifié tant pour nous faire ce cadeau… Et dès ce moment, notre lien a commencé à dépasser la simple amitié. Nous pouvions sentir les émotions des uns et des autres, d'abord faiblement, puis de plus en plus. Certains y étaient plus sensibles, comme Dan et Olive…

Alice laisse planer un silence. Dan est toujours dos à

nous, mais je peux presque sentir sa fureur me frôler.

— Tout ce que la nymphe voulait, c'étaient des compagnons de jeu. Alors nous avons joué avec elle, nous avons passé des moments merveilleux…

Jude se relève, le visage dur.

— Mais quand on s'éloigne, déclare-t-il, elle pleure.

— Et quand elle pleure, on le ressent comme si c'était notre propre douleur. Quand elle nous implore de revenir, tout notre corps nous en supplie. Quand elle a peur, quand elle se sent seule, on ressent chaque parcelle de sa détresse. Et on est forcés de la rejoindre.

Paris. La crise d'angoisse d'Alice et son désir de rentrer si subit s'expliquent enfin.

— C'est ce qui vous retient ici. C'est à cause d'elle que vous ne pouvez pas partir réaliser vos rêves !

Alice hoche doucement la tête et j'ai envie de la serrer dans mes bras. Je suis à la fois révoltée et bouleversée. Mais Dan ne me laisse pas le temps de poursuivre. Il se retourne, sortant soudainement de ses gonds.

— Ça suffit ! Je peux pas attendre plus longtemps. Vous êtes trop gentils à vouloir la préserver !

Il se tourne vers Alice, le regard brillant de fureur.

— Tu t'es complètement laissée avoir par ses gentils sourires ! Tu nous as assuré que tu savais ce que tu faisais, mais j'en ai pas franchement l'impression. T'as tout mélangé, Alice !

Il se tourne ensuite vers Jude :

— Et toi, t'étais censé les surveiller !

Jude ne se laisse pas marcher sur les pieds. Pour la première fois depuis que je le connais, il hausse réellement le ton :

— T'es marrant à faire la morale, toi, alors que t'étais quasiment jamais là ! À part la faire flipper en lui criant dessus, t'as servi à quoi ?

— Je voulais lui révéler la vérité depuis le début, moi ! C'est Alice et toi qui pensiez que c'était une mauvaise idée. « Elle va se mettre en colère ! Elle risque de partir ! C'est peut-être un test ! » Mon cul, ouais ! Et si c'est un test, tant pis, je veux pas qu'on joue avec ma vie !

— Dan… souffle Alice. Pas comme ça.

— Non ! Tu te trompais. Tu pensais que ce serait trop violent pour elle de tout lui expliquer d'un coup. Mais même maintenant, elle refuse d'ouvrir les yeux ! On a été assez patients et assez doux. Maintenant, il est temps qu'elle comprenne. Je peux pas la laisser nous faire souffrir plus longtemps.

Je me suis réfugiée en moi-même. J'assiste à la scène comme si je ne me trouvais pas vraiment là. Je suis loin, très loin. J'ai érigé des murailles autour de moi, prêtes à parer la vérité.

— Alice et Jude avaient peur de jouer avec la magie, et je les comprends, dit-il d'une voix plus compatissante. Elle nous a tout volé. Mais je suis prêt à prendre ce risque pour eux deux. Alors, si tu dois te venger sur quelqu'un, fais-le sur moi, compris ? Laisse-les en paix.

— Dan ! proteste Alice.

Jude prend sa main. Il sait qu'ils ne peuvent plus arrêter Dan. Peu importe. Je ne l'écouterai pas. Ce qu'il dira ne m'atteindra pas.

— Parle-moi de tes parents, Cléa, ordonne-t-il.

Je secoue lentement la tête. Ma muraille est trop grande, trop forte. Il ne la percera pas.

— Parle-moi de tes parents. Est-ce que tu te souviens d'eux ? Est-ce que tu sais à quoi ils ressemblent ? Comment était ta famille ? Est-ce que tu sais ce que c'est, une famille ?

Je revois la mère de Dan, si gentille et accueillante ; les parents d'Alice, si déterminés à la soutenir dans ses projets ; ceux de Jude, trop fermés d'esprit pour voir le potentiel de leur fils.

— Je suis orpheline, j'admets à contrecœur. J'ai grandi en foyer et en familles d'accueil…

— Oui, et avant ?

— Je ne sais pas.

— Tu ne peux pas ne pas savoir.

— Je suis amnésique. J'ai tout oublié de ce qui s'est passé avant le foyer.

— Tu mens.

— Non ! Je ne me souviens pas !

Ma muraille est indestructible.

— Alors comment tu sais que tu viens d'ici ?

Alice a dû le lui dire. Ils se sont toujours tout dit dans mon dos. J'imagine leurs petites rencontres secrètes de nuit où ils échangeaient des informations à mon propos. « Qu'est-ce qu'elle t'a dit ? Quel mensonge on va lui raconter ? Tu es allée la voir en cerf, cette nuit ? » Tout ce temps à me prendre pour une idiote. Je ne cède pas à la colère. Je ne cède à rien. Je suis imprenable.

— Je le ressens, c'est tout. Une intuition.

— Tu mens. Tu te mens à toi-même.

Dan s'avance vers moi, menaçant. J'aimerais le repousser et, je me rends compte à ma plus grande horreur, le blesser. Lui faire payer le mal qu'il essaie de me faire.

Qu'il a réussi à me faire. La muraille cède malgré moi.

— Pourquoi Ombelle, Cléa ?

— Parce que…

— Pourquoi nous trois ? Pourquoi vouloir à tout prix te rapprocher d'Alice ?

— Vous avez mon âge…

— Pourquoi vouloir à tout prix l'aider ?

— Je…

Je cède à la panique brusquement, sans pouvoir rien y faire. Quelque chose hurle en moi.

« Où est passé le lièvre ? »

— Qu'est-ce que tu es venue faire à Ombelle, Cléa ?

Je me tourne vers Jude. Il a posé sa question d'une voix grave. Je fuis son regard.

— T'es l'être le plus égoïste que j'ai jamais rencontré, éclate Dan. Tu as compris. Tu sais de quoi je parle, mais tu refuses d'affronter la vérité pour préserver ton petit confort ! Alors, maintenant, écoute bien ce que je vais te dire. Écoute, et ouvre les yeux.

Je ne veux pas. Je recule.

— Tu n'as rien d'humain, Cléa. Ta cruauté, ton égoïsme, tes mensonges, tout ça prouve que tu n'as rien d'humain.

Je crie. J'ignore quoi, mais, comme en écho à ma détresse, la nymphe se met à pleurer si fort que ses sanglots parviennent jusqu'à nous. Alice tombe à genoux aussitôt, Jude se prend le visage dans les mains et Dan, face à moi, ouvre des yeux terrifiés.

Je m'enfuis aussitôt, le cœur prêt à imploser dans ma petite poitrine.

J'entre en trombe dans la maison de Blanche. Les sanglots de la nymphe se sont calmés. Sans doute Alice, Dan et Jude ont-ils été obligés de la rejoindre pour l'apaiser. J'ai assez de temps pour faire ce que j'ai à faire.

Je me précipite dans ma chambre, prends un sac et le remplis de mes affaires essentielles – quelques vêtements, mes papiers, de l'argent, mon téléphone… Puis je sors de la chambre, pour tomber sur Blanche qui, mal réveillée, me jette un regard stupéfait.

— Tu as entendu ? me demande-t-elle. Qu'est-ce que…

Elle pose les yeux sur mon sac, me dévisage.

— Tu t'en vas ?

Je n'arrive pas à lui répondre. Je prends sa main dans les miennes, la presse délicatement. Et je pars.

J'ai marché le long de la route, longtemps, jusqu'à ce qu'une voiture s'arrête.

Comme lorsque j'étais enfant.

J'ai eu peur que ce soit eux, mais c'était un maraîcher en chemin pour le travail. Il m'a demandé ce que je faisais là en pleine nuit, puis a accepté de m'emmener à la gare. Je n'ai pas parlé du trajet.

J'ai acheté un billet au vieux distributeur, me suis assise sur un banc en serrant mon pauvre sac contre moi.

Ils ne viendront pas. Je me répète cette phrase comme on récite une prière. Ils ne viendront pas.

Et moi, je ne reviendrai plus. J'aurais dû prêter plus attention au mot que Dan m'a glissé dans la boîte aux lettres de Blanche, après mon arrivée. J'aurais dû écouter ses menaces et me laisser rebuter par le scepticisme de tout le monde quant à ma venue ici. Ma place n'est pas à Ombelle. Ma place est à Paris. Dès que j'en ai eu l'âge, c'est là que je me suis rendue. La ville me semblait promesse d'avenir grandiose. Qu'est-ce qui m'a pris d'en partir ? Pourquoi ai-je tant eu besoin de venir dans ce village perdu dans lequel je n'ai trouvé que de la douleur ?

Les heures s'égrènent trop lentement. Je m'aperçois que je n'ai même pas pris mes affaires pour peindre. Peu importe. Je rachèterai tout. Je trouverai un travail et un appartement et je rachèterai tout. C'est aussi simple que ça.

Le soleil se lève. J'ai passé des heures à me focaliser sur mon objectif : partir. Je ne veux pas penser au reste. Je ne m'y autoriserai pas.

Quand le train arrive enfin, je bondis de mon banc, lance un dernier regard effrayé aux alentours. Personne en vue. Ils ne sont pas venus me chercher. Peut-être sont-ils satisfaits de la tournure des événements, après tout. Dan rêvait que je m'en aille, et c'est chose faite.

« Où est passé le lièvre, Cléa ? »

Il est mort.

Vraiment ?

« Qu'est-ce que tu es venue chercher à Ombelle, Cléa ? »

L'inspiration. La vérité.

Tu mens.

Qui es-tu, Cléa ?

Je ne sais pas.

Tu te mens. Et tu le sais.

Mon dernier train arrive à Marne-la-Vallée en milieu de soirée, quand la plupart des touristes sortent de Disneyland Paris. Je suis accueillie par une marée de parents criant sur des enfants surexcités, d'adolescents arborant fièrement des oreilles de Mickey, de couples aux yeux brillant d'être retombés en enfance l'espace d'une journée… J'en ai le souffle coupé. Des centaines, des milliers, il me semble des millions d'êtres me submergent, m'écrasent, me piétinent, aspirent toute mon énergie.

Je vais reprendre ma vie là où je l'ai laissée, tout va bien.

C'est ce que je me répète en me frayant un passage dans la horde d'êtres pressés qui m'encercle. Ils ont l'air tellement heureux, pour la plupart, et cette joie omniprésente met en lumière ma propre détresse.

Pourquoi suis-je partie de Paris ?

Je ne me suis jamais sentie aussi différente d'eux qu'en cet instant où, sans le vouloir, j'ouvre enfin les yeux. Une petite fille sur les épaules de son père pleure de devoir rentrer, un couple s'enlace au milieu de la cohue, une grand-mère veille à ce que tous ses petits-enfants qui sautillent de joie la suivent bien.

Je dois sortir de là. Il faut que j'émerge de ce flot d'émotions.

— Laissez-moi passer…

Je peine à respirer. Tous ces corps me bousculent et, subitement, me révulsent. Qu'ils sont disgracieux, ces êtres humains. Disgracieux et idiots. Incapables de s'ordonner pour laisser la place à chacun, ils privilégient leur propre intérêt à celui des autres.

Un peu comme moi. Je suis devenue comme eux.

CHAPITRE 22

J'ai chaud. Je porte les mains à mes joues brûlantes. Je dois être écarlate. Comme Jude, dès que la moindre émotion l'agite.

Cette pensée me donne le vertige. Invoque des paroles auxquelles j'ai choisi de ne pas accorder trop d'importance, jusque-là.

« Tu as le même sourire que mon fils quand il en mange ! »

« Vous êtes de sa famille ? Il y avait quelque chose, dans les pommettes peut-être… »

« Elle avait le même regard que toi. »

Non.

Je dois sortir.

Arrêter de penser.

— Laissez-moi passer !

Je suis prisonnière de cette gare. Prisonnière de ces gens.

Comme j'étais prisonnière, autrefois.

Si j'ouvre les yeux, tout est fini.

Il me suffit de sortir, de m'extraire de cette masse grouillante et monstrueuse. Je reprendrai ma vie là où je l'ai laissée. Je recommencerai tout. Je serai comme eux. Je redeviendrai Cléa.

Mais je ne parviens plus à avancer. Il me semble que la marée humaine me submerge – ou que je me laisse submerger par elle. Je n'arrive plus à respirer, ma tête tourne. Et soudain, je tombe à genoux.

Les jambes défilent devant mes yeux, des pieds me cognent, personne ne me remarque. Tout devient flou.

Je ne suis pas comme eux.

Je suis partie pour ça. Je n'ai pas voulu affronter cette vérité, mais je le sentais. Mon instinct m'a poussée à chercher Ombelle parce que j'avais besoin de retrouver ce que j'étais vraiment. Je ne pouvais plus vivre dans un monde qui ne me convenait pas, malgré tous mes efforts pour y croire. Le décalage entre eux et moi est trop grand. Je ne suis pas faite pour cette existence.

Ma vie entière est un mensonge.

RÉMINISCENCE

Du sang. Le corps d'Olive. Jude et Dan pleurent, et je ne sais comment les consoler. Car je pourrais les aider, ils ont raison.

— Tu as dit que tu avais le pouvoir de créer, le pouvoir de la vie ! implore Jude.

Un petit enfant amoureux qui pleure sa jolie aventurière en sang. Des êtres si purs ne devraient pas être confrontés à une telle vision.

Alice, qui a revêtu sa forme de lumière pour m'apporter le corps d'Olive sur son dos, me supplie du regard. Sa détresse se transmet à moi si nettement que j'en éprouve un instant de remords.

Je pourrais la sauver. Je sacrifierais volontiers des millions de fleurs pour ce faire, peut-être plus encore. Je suis sûre que j'en suis capable.

Mais j'ai, face à moi, la solution que j'ai attendue tout ce temps.

Alors, profitant de la naïveté de mes petits êtres de lumière, profitant du désir de survie qui émane d'Olive, je prends mon destin entre mes mains…

… et conclus le plus égoïste des marchés qui soit.

CHAPITRE 23

— Cléa ?

Blanche s'étouffe presque en me voyant devant la porte d'entrée. Je lui marmonne des excuses, trempée jusqu'aux os. J'ai été accueillie par une pluie diluvienne et, cette fois, nulle voiture n'est venue m'emmener jusqu'à la demeure de ma logeuse.

— Tu… Tu étais où ? s'enquiert-elle. Bon sang, qu'est-ce qui s'est passé ?

— Je devais voir une amie à Paris. Je dois travailler maintenant, Blanche.

Je ressens une pointe de culpabilité. Elle mérite mieux que ça. Mais je suis incapable de donner plus. Sa sévérité reprend sa place sur ses traits.

— C'est la dernière fois que tu me fais un coup pareil, gamine !

J'ai pris le premier train qui partait de Marne-la-Vallée, hier soir. Une fois arrivée à Lyon, j'ai réservé une chambre d'hôtel insalubre. Mes dernières économies y sont passées. Le lendemain matin, j'étais repartie pour mon interminable trajet de retour.

Dès l'instant où une gentille femme m'a aidée à me relever à la gare de Marne-la-Vallée, s'enquérant de mon état, j'ai compris que je ne pouvais plus fuir. Mon mépris m'a écœurée, tout à coup. Il y a aussi des gens comme elle. Des gens qui valent mille fois mieux que moi.

Sa gentillesse m'a évoqué celle d'Alice et celle, dissimulée, de Jude. Tout ce temps, ils n'ont rien dit. Selon Dan, Alice voulait me préserver. Jude avait peur. Dan, lui, était en colère.

Et il avait raison.

Alors j'ai décidé de rentrer et d'enfin affronter la vérité. Je ne me suis jamais autant dégoûtée de ma vie. Mon corps peine à encaisser le coup. Mon esprit est comme embrumé, la plupart du temps. Seul mon but demeure clair.

Aussi, dès mon retour à Ombelle, je m'attelle à la bande dessinée que j'ai tant repoussée. Peu importe si mes aquarelles ne sont pas parfaites. Peu importe si mes animaux ne semblent pas animés de leur propre vie. Peu importe si les pigments ne s'éparpillent pas dans l'eau comme je le désire. Ce ne sera jamais assez beau de toute façon. Ce qui est si fantastique dans la façon qu'a Alice de créer, c'est qu'elle se lance. Elle ne prend pas de détour, elle ne fuit pas. Moi, j'ai toujours fui. Pas étonnant que je peine autant à créer.

Alors je crée, désormais. Tous les jours, du matin au soir, sur mon petit bureau, avec mon aquarelle pratiquement finie. Peu importe. L'histoire que j'ai à raconter n'a pas besoin de couleurs parfaites ni de formes exceptionnelles. Elle doit être narrée avec de l'émotion. Avec de la vérité.

CHAPITRE 23

Le temps de créer cette BD, je serai comme Alice. Courageuse, incarnée et passionnée.

Blanche m'apporte, chaque jour, mes repas dans ma chambre – non sans me lancer un petit reproche au passage, que ce soit sur l'état de la pièce, mon propre état, le fait qu'elle n'est pas ma bonne, mon manque de reconnaissance… En vérité, je déborde de reconnaissance pour elle. Et je saurai la remercier. Cette femme merveilleuse, si différente des autres, avec son caractère sec mais son cœur plein de bonté… Elle mérite toute la beauté du monde.

Mes bras sont constellés de taches d'encre et d'aquarelle quand j'oublie de me doucher plusieurs jours de suite – avant que Blanche ne m'y contraigne, excédée par ma puanteur. Sous mes yeux, mon histoire prend vie. Un cerf. Un renard. Une chouette. Un lièvre. Et, avec eux, irradiant de son éclat d'argent, une nymphe aux bras couverts de fleurs.

Je raconte la solitude, puis l'amitié. Les mensonges, les désillusions. Et surtout : les rêves. Je peins combien ils sont puissants, combien il est précieux de pouvoir les partager. Combien ils valent la peine qu'on se batte pour eux, qu'ils se réalisent ou non.

Voilà ce que je voulais créer. Ce que je cherchais ici. L'inspiration. La vérité. Les deux, mêlées en une œuvre que toute ma vie j'ai attendu de pouvoir réaliser.

Quand, enfin, après deux semaines de sommeil minimum et de travail acharné, je comprends que j'ai fini, je me laisse tomber sur mon lit, le cœur battant. Une douzaine de pages pour des jours de travail. Mais tout est là. Ce n'est pas parfait, au contraire. C'est même plutôt grossier. Mais c'est fait. C'est tangible, ça existe. Je l'ai créé avec mes petites mains d'humaine.

Maintenant, je suis prête.

Alors, je prépare mes affaires. Cette fois, je prends le temps de tout emballer correctement. Je veux laisser la chambre libre comme si je n'y avais jamais été. Hormis une lettre et une petite aquarelle à l'adresse de Blanche que je dissimule sous les draps. Puis je pose un regard sur la sublime robe que Jude m'a offerte, toujours exposée sur un cintre accroché à mon armoire. Je la prends délicatement, hésitante.

Quand je sors de ma chambre, vêtue de la magnifique création de Jude, Blanche m'attend au salon, assise sur le canapé, les mains jointes sur ses genoux. Elle lève un regard sans appel sur moi.

— Assieds-toi, m'ordonne-t-elle.

Elle n'est pas surprise par mes bagages. Elle a dû entendre le raffut que je faisais. En revanche, elle hausse un sourcil à la vue de ma tenue.

— Allez, mademoiselle la mariée, insiste-t-elle. Assise.

J'obéis, le cœur serré.

— Je ne sais pas ce qui se passe dans ta vie…

Elle hésite, puis se ravise.

— Non, je ne sais pas. Tu m'as l'air d'avoir perdu la tête.

Elle désigne ma robe.

— Mais mon mari et moi avons appris, en vivant ici, qu'il y a des choses qu'on ne peut pas comprendre…

Je trouve, dans le regard de Blanche, les mots qu'elle ne dira pas. Un sourire écarte mes lèvres pour la première fois depuis deux semaines. Quelle femme formidable que cette Blanche Blanchet. J'aimerais savoir ce qu'elle a compris. Je voudrais la serrer contre moi.

CHAPITRE 23

— Vous connaissiez bien Olive Perin, Blanche ?

Je l'ai dit avec le plus de douceur possible, comme si j'étais Alice. Blanche se crispe, mais elle ne se referme pas.

— Elle, Alice, Jude et Dan venaient goûter chez nous, quand ils étaient plus petits, m'avoue-t-elle après un silence. Mon époux adorait les enfants. Nous n'avons jamais voulu en avoir, mais accueillir ceux des autres, ça, c'était un plaisir… Olive était une petite fille fantastique.

Blanche se tait un moment. Je crois que je lui fais du mal, à évoquer ainsi le passé. Ce ne serait pas la première fois.

— On savait qu'ils allaient dans la forêt, mais on ne les en empêchait pas… Mon époux et moi, on les conseillait de notre mieux pour qu'ils évitent les problèmes, c'est tout. Je n'ai jamais partagé la crainte des autres habitants quant à la forêt. Je pensais que c'était un lieu merveilleux, où des enfants pouvaient trouver de quoi s'amuser…

Blanche essuie rapidement une larme qui a osé perler au coin de son œil.

— La nuit de l'accident, on a entendu des cris et des pleurs. Paul est parti dans la forêt pour voir ce qu'il s'y passait, et moi, j'ai appelé la police…

Je sais ce qu'elle va dire. Sans plus hésiter, je prends sa main. Elle tressaille sous mes doigts, mais ne la retire pas.

— C'est lui qui a trouvé la petite Olive…

Sa voix se brise.

— Il ne s'en est pas remis, ajoute-t-elle doucement. Il est mort peu après.

— Je suis désolée.

Je le suis vraiment.

Nous échangeons un long regard. J'ai envie de croire

qu'il nous suffit, qu'il répond à toutes les questions entre nous.

— Je dois y aller maintenant, Blanche, j'annonce enfin d'une voix calme et résolue.

— On dirait, oui, murmure-t-elle.

Elle esquisse un sourire sans joie.

— Je te remercie pour tout ce que tu as fait pour moi. Je n'en méritais pas tant.

Émue, Blanche pose un dernier regard sur moi. J'aurais aimé qu'elle me réponde un « en effet » acerbe, une dernière pique sarcastique avant le départ. Mais ce n'est plus possible, n'est-ce pas ? L'illusion est brisée.

— J'espère que tu as trouvé ce que tu cherchais, me dit-elle en guise d'au revoir.

Je lui souris, hoche la tête.

— Et c'est en partie grâce à toi.

Je descends au village dans ma magnifique robe blanche, traînant mes valises derrière moi. Quand j'arrive dans le centre d'Ombelle, les regards qui se posent sur moi sont fantastiques : surprise, effroi, dédain, admiration, stupéfaction. Un éventail merveilleux des émotions humaines. J'ignore tout le monde. Je suis magnifique, dans cette robe. Une princesse d'Ombelle. Une fée de la forêt. Une guerrière élégante, sinon. Ils ignorent ce qui se cache sous cette robe, la force et la volonté qui bouillonnent en moi.

— C'est très joli, mademoiselle ! me lance une vieille femme.

CHAPITRE 23

Je lui adresse un sourire radieux.

Quand je croise la première benne à ordure, j'y jette tout, hormis un porte-documents. Ma valise, mes sacs, tout à la poubelle. Adieu possessions futiles !

Arrivée devant la maison d'Alice, je toque à la porte. Sa mère m'ouvre. Elle forme un « oh » stupéfait avec sa bouche.

— Tu… Tu vas bien, Cléa ?

— Bonjour ! Alice est là ?

Elle a l'air d'hésiter à me répondre, puis elle hoche la tête.

— Je vais l'appeler… marmonne-t-elle, non sans me reluquer de haut en bas.

Quand Alice apparaît, elle m'adresse le même regard, si ce n'est la lueur de peur qui y brille en plus. Je lui tends le porte-documents. Je n'ai pas de temps à perdre en explications.

— Tu es une grande artiste, lui dis-je calmement. Et tu deviendras une plus grande artiste encore très bientôt. Je suis désolée pour tout le mal que je t'ai causé, Alice. Vraiment.

Elle écarquille les yeux, l'air bouleversée. J'aimerais la serrer dans mes bras, la supplier de me pardonner. Mais je ne fais qu'agiter le porte-documents. Elle réagit, le prend délicatement sans me quitter du regard.

— Tu es très belle, dans cette robe, me dit-elle.

Je lui souris.

— Je sais. C'est parce que Jude est un magicien.

Je lui tourne le dos à ces mots. Elle ne me suivra pas. Est-ce qu'elle a compris ? Est-ce qu'elle se doute de ce qui va se produire ?

Sur le chemin menant hors du village, je croise la mère de Jude dans son tailleur bleu turquoise. Je tournoie sur moi-même devant ses yeux ébahis, faisant voleter les tissus de la robe.

— C'est beau, n'est-ce pas ? je lui dis dans un sourire.

Elle ne sait pas quoi répondre. J'ajoute, plus sèchement :

— Si vous aimez vraiment votre fils, aimez-le pour qui il est, et non pour ce que vous voulez qu'il soit.

Je ne lui laisse pas le temps de répondre – et à sa mine choquée, je ne pense pas qu'elle en serait de toute façon capable.

Je remonte le sentier menant à la forêt dans ma jolie robe blanche que la terre salit davantage à chaque pas. Les nuages au-dessus de ma tête menacent de déverser la pluie qu'ils contiennent, mais je m'en moque. Je me sens de mieux en mieux.

Comme je l'espérais, les enfants jouent au football sur le terrain qui borde le chemin. Et Dan se trouve là, à essayer de faire quelque chose d'eux.

Dan, cet enfant timide et adorable, toujours à aider les autres, toujours à veiller sur ses amis. Ce jeune homme brillant, prisonnier du village qui l'éloigne de celui qu'il aime. Dan, qui a écrit sur le mensonge et les rêves, les deux piliers de sa vie.

Il se tourne vers moi au moment où je devine qu'il va le faire. Son expression est magnifique, je ne la lui avais encore jamais vue. Une surprise si pure qu'elle me rappelle son visage d'enfant. Il y a, dans ses yeux noirs, un ouragan. C'est bien ce qu'il est. Un maelstrom d'émotions qu'il parvient difficilement à contenir.

Nous n'avons pas besoin de mots. Il devine. Il

m'adresse un signe de tête. Sa colère s'est envolée. Il n'a jamais été aussi beau.

Je lui adresse un sourire un peu triste. Je n'ai pas le droit d'avoir l'air heureuse.

Je reprends ma route et, bien vite, me lasse de mes chaussures. Sans hésitation, je les retire et poursuis pieds nus. Je passe devant la maison de Blanche qui, j'en suis certaine, me voit depuis la fenêtre. Elle n'intervient pas. A-t-elle compris ?

Il se met à pleuvoir à l'instant où j'approche de la lisière de la forêt. Je lève mon visage vers le ciel et lui souris. C'est ainsi que tu m'accueilles ?

Je marche dans la terre qui devient boueuse, le cœur léger. Et puis je danse entre les arbres, je bondis, libre. Ma robe vole autour de moi, les gouttes d'eau rebondissent sur la peau de mes bras, trempent mes cheveux.

Ma danse me mène aux abords du lac. Mes pieds sont endoloris, couverts de boue, mais peu m'importe. On pourrait aussi bien me les couper, ça ne changerait rien. Le soleil se couche et la pluie ne cesse de tomber. Il me semble qu'elle me lave de tout. Je suis comme neuve. Prête à renaître.

Je m'assieds au bord du lac, ma robe étalée autour de moi comme les pétales d'une fleur. L'heure bleue va bientôt arriver.

❁

Quand la nuit tombe enfin, la lueur éclôt au milieu du lac. Émergeant de l'eau, la nymphe se déploie pour me faire face.

Son regard de lumière écarquillé, elle avance à pas prudents jusqu'à moi. Je lui tends la main, sereine.

— Je me souviens enfin de tout, mon moineau.

L'esprit est à genoux devant moi, flottant à peine au-dessus de l'eau limpide. Elle tend sa main et mes doigts s'emparent délicatement des siens. Aussi douce que le cerf, elle n'est ni chaude ni froide. Mais son contact m'embrase. Des larmes perlent à ses yeux. Je murmure :

— Je suis désolée. Tellement, tellement désolée…

Je les entends arriver avant même de percevoir leur lumière argentée. Alice, Jude et Dan sont là. Je savais qu'ils viendraient. Je me tourne vers eux sans lâcher la main de la nymphe en larmes.

— Je ne fuirai plus, leur dis-je.

Le cerf porte la chouette sur ses bois. À ses pieds se tient le renard, plus tendu encore que d'ordinaire. J'inspire, déclare :

— Il y a dix ans, les parents d'Olive ont eu un accident terrible qui leur a coûté la vie. Votre puissant lien vous a aussitôt alertés, et vous avez été guidés jusqu'à elle. Olive était encore en vie, mais pas pour longtemps, vous l'avez compris… Là, en catastrophe, Alice s'est transformée en cerf et l'a amenée jusqu'ici pour implorer l'esprit de la forêt de la soigner.

Le cerf baisse la tête, la chouette détourne les yeux.

— Mais la nymphe rêvait de liberté depuis des années. Sa solitude l'oppressait, et vos récits sur le monde, votre désir de partir l'explorer l'ont contaminée. Les livres d'illustrations que vous avez apportés la fascinaient. Peu à peu, elle s'est forgé un rêve inaccessible qui a corrompu son esprit.

CHAPITRE 23

Le renard s'allonge, enfouit son museau sous ses pattes, les oreilles repliées vers l'arrière.

— Elle savait qu'une fois adultes vous alliez l'abandonner, et qu'elle se retrouverait à nouveau seule ici, dans cette forêt qu'elle connaissait par cœur. Elle avait tellement peur…

Je lance un regard à la forêt qui nous entoure.

Comment as-tu pu te lasser d'un lieu si merveilleux ?

— La forêt se meurt si personne ne veille sur elle. Elle ne pouvait pas l'abandonner à son sort. Et personne n'aurait jamais accepté d'endosser son rôle à sa place… Sauf quelqu'un qui n'avait pas le choix.

Ma voix vibre un peu.

— Alors, quand vous avez amené Olive à l'esprit… Elle a choisi de la sauver de la façon qui l'arrangeait : elle lui a donné un nouveau corps, une nouvelle vie, un nouveau rôle. Elle a présenté ça comme une chance pour Olive… Mais elle ne faisait que se décharger de son fardeau pour enfin être libre.

La nymphe a abandonné son corps pour le confier à l'âme d'Olive, juste avant que le cœur de l'enfant ne cesse de battre. La petite fille s'est retrouvée prisonnière d'un corps de lumière qui lui était étranger, d'une mission qui ne lui incombait pas. Et la nymphe s'est créé un nouveau corps, inspiré de ceux qu'elle côtoyait : une petite fille.

Une petite fille qui a fui la forêt aussitôt, consciente du mal qu'elle venait de faire. Une petite fille qui a fui les pleurs de ses amis et qui, à chaque pas, a perdu un peu plus la mémoire, jusqu'à se retrouver à des kilomètres d'Ombelle, les pieds en sang, incapable de se souvenir de rien.

Une petite fille qui a toujours su que quelque chose n'allait pas, qu'elle n'était pas à sa place, mais qui s'est convaincue du contraire. Qui, en grandissant, a senti l'appel de la vérité sans pouvoir y résister plus longtemps. Qui, une fois le voile déchiré, s'est effondrée devant le poids de ses actions passées.

— Je vous ai fait tellement de mal.

Pour réaliser mes rêves égoïstes de nymphe privée de liberté, pour moi aussi savoir ce que cela faisait d'être une humaine qui découvre le monde, j'ai renoncé à tout : la forêt que j'aimais tant, mes pouvoirs, mes souvenirs, mon corps…

Si je me suis toujours sentie si mal à l'aise, si à l'étroit, dans cette enveloppe humaine, c'est parce qu'elle est artificielle, un assemblage maladroit de traits qui ne m'appartenaient pas : les cheveux sombres et les hautes pommettes d'Alice, le nez droit et la peau rougissante de Jude, la mâchoire carrée et le sourire de Dan, la stature et les yeux d'Olive…

Combien cela a dû être difficile pour eux de retrouver son regard dans le mien, après ce que je lui ai fait !

J'ai sacrifié son corps, que j'aurais pu sauver si je l'avais désiré. Elle était ma seule porte de sortie, une opportunité qui ne se présenterait plus jamais. Je me suis dit que je lui rendais un service. Après tout, je lui sauvais la vie.

Mais je n'ai fait que l'enfermer dans la mienne. Une petite enfant qui devait mourir, coincée dans le corps d'une nymphe de lumière, condamnée à rester dans cette forêt.

Olive retenait Alice, Jude et Dan à Ombelle, malgré elle. Elle n'est pas responsable de leur malheur. Je le suis. Moi, la véritable nymphe de cette forêt.

CHAPITRE 23

Ils ont essayé de m'ouvrir les yeux, tout ce temps. Chacun à sa façon. Même la petite voix en moi. Cette vision macabre dans la forêt, avec tout ce sang, ces pleurs d'enfant – les pleurs d'Olive –, c'était un écho déformé du passé ; ces cauchemars affreux, c'était la nymphe en moi qui me suppliait de me souvenir ; cette histoire que je voulais à tout prix dessiner, c'était la mienne. La nôtre.

— Je suis désolée. Il est trop tard pour sauver la vie d'Olive, mais pas pour la libérer de cette prison de lumière. Quant à vous…

Je souris à la chouette.

— Dan, ta colère était légitime. Tu voulais seulement les protéger de moi… Pardonne-moi de ne pas avoir compris.

Elle secoue ses ailes, sans violence cette fois. Son regard perçant ne me quitte pas. J'aurais aimé mieux le connaître, Dan l'écrivain aux émotions puissantes, Dan l'ami loyal.

Je baisse les yeux vers le renard.

— Jude, rien ne pourra jamais rattraper ce que je vous ai infligé. Mais ne prive pas le monde de tes créations à cause de moi, je t'en supplie. Ne *te* prive pas de ça.

Sur ces mots, j'entreprends de retirer la robe qu'il m'a offerte. Ils ne détournent pas le regard. Il n'y a aucune raison de le faire. Je m'approche du cerf et dépose délicatement la robe sur sa croupe.

— Alice… J'ignore où tu as trouvé la force de te montrer si douce avec moi, et l'indulgence pour devenir l'amie d'une personne qui t'a fait tant de mal. Peut-être es-tu parvenue à dissocier la nymphe de Cléa… Quoi qu'il en soit…

Je pose une main sur son museau. Le cerf ferme les yeux.

— De ma vie d'humaine, tu es la plus belle personne qu'il m'ait été donné de côtoyer. Si les êtres humains étaient un peu plus comme toi, le monde irait sans doute bien mieux.

Je recule à ces mots, comme apaisée.

— Allez réaliser vos rêves. Vous débordez de talent. Il est temps que vous partiez l'exprimer.

Je recule dans l'eau, pas à pas, endurant la douleur glacée qui brûle mon corps. Je n'en ai plus besoin. Je me moque de sa souffrance. L'esprit marche sur l'eau, suivant mon avancée, le regard brillant d'espoir. Les animaux m'observent, immobiles. Je vois des larmes couler sur le museau du cerf.

— Je ne meurs pas, lui dis-je.

Pas vraiment.

Mon visage disparaît sous l'eau. Je continue à reculer. Quand je n'ai plus du tout pied, quand ma respiration vient à me manquer, je lève la tête. De l'autre côté de la surface de l'eau, de l'autre côté du miroir, le visage de l'esprit est penché sur moi. Elle me sourit pour la première fois. Je tends la main dans sa direction et, bientôt, ses doigts rencontrent les miens.

Sois libre.

Au même moment, mon corps se détache de moi et sombre au fond du lac. Je sens la présence d'Olive en moi, puis, lentement, elle s'estompe. Alice pleure, Dan s'est réfugié au fond de lui, Jude dit enfin adieu à l'enfant qu'il a aimée. Leur tristesse et leur soulagement mêlés m'envahissent avec violence.

CHAPITRE 23

Alors je romps définitivement le pacte. Olive disparaît. Alice, Jude et Dan s'effacent de mon esprit.

Quand j'ouvre les yeux, je flotte au-dessus du lac, irradiant de lumière.

Je laisse à Alice, Jude et Dan le temps de retourner dans la cabane se changer en humains et revêtir leurs vêtements, puis j'efface à jamais leurs formes animales. Je devine leur soulagement, juste avant que notre lien se rompe.

Et surtout, je perçois celui de la nature qui m'entoure. Elle m'accueille. Je la sens s'épanouir autour de moi. Des fleurs en ombelle éclosent le long du lac, les feuilles des arbres remuent comme pour me saluer et, bientôt, des dizaines de créatures accourent auprès de moi : des écureuils, des oiseaux de toutes les couleurs, des renards, des lièvres, des biches, des blaireaux, des grenouilles…

Comment ai-je pu renoncer à vous tous ? Comment ai-je pu ne pas mesurer à quel point vous me manquiez ? Essayais-je, à travers mes pauvres taches de couleurs, de vous retrouver ?

Tout ce temps passé à vous peindre, quand je pouvais vous avoir à mes côtés.

Quand je lève les yeux au loin, Alice, Jude et Dan sont revenus. La première se tient plus en avant et m'adresse le plus lumineux des sourires.

« Qu'est-ce que tu es venue faire à Ombelle, Cléa ? »

Je suis venue vous libérer.

NOUVEAU DÉPART

Je n'ai jamais vu mon père pleurer. Jamais, en vingt ans. Aussi ai-je encore du mal à me remettre des sanglots qui l'ont secoué dans les bras de ma mère, lors du départ de mon train. Jude m'a lancé un sourire complice et Dan a fait comme s'il ne se rendait compte de rien. Mais dans ses yeux aussi, je les ai vues, les larmes contenues de notre grand frère au cœur plus tendre qu'il veut bien l'admettre.

C'était un moment magique et, tandis que je m'éloigne enfin d'Ombelle, je ressasse ces au revoir affectueux. Je me sens gonflée d'énergie, de courage. De lumière. Leur amour est une force inestimable qui me portera.

Je sais que je donne l'impression de tout maîtriser, mais la vérité c'est que, sans eux, je me serais effondrée des centaines de fois. Ils étaient la force de mes pattes, la dureté de mes ramures. Sans eux, j'étais plus biche que cerf.

Alors, j'ai beau déborder de joie et d'excitation, je suis aussi remplie d'appréhension, je dois bien l'admettre. C'est de la foi qu'ils placent en moi que je dois me nourrir.

Je ne veux pas les décevoir. Je ne veux pas décevoir Cléa, non plus.

J'ai tant d'espoirs. Tant de choses à réaliser. Et enfin la liberté qu'il me manquait.

Les arbres et les montagnes défilent. Son royaume est déjà loin. Je sais que j'aurais dû, au moins un peu, la détester. J'ai même essayé. Mais il y avait quelque chose en elle que je ne comprenais que trop bien. Je ne parvenais pas à lui vouer la même haine que Jude et Dan.

« T'as vraiment pas de caractère ! », me reprochait Dan.

« T'es beaucoup trop gentille », soupirait Jude.

C'est faux. Ils se trompent, mais je ne peux pas leur en vouloir. Je suis une tornade d'émotions insoupçonnées. Seulement, il me semble que je ne vois pas le monde de la même façon qu'eux. Ça ne m'empêche pas de les aimer. Tout autant que j'ai aimé Cléa. Parfois, elle me manque. Terriblement, même.

Ce que j'ai vécu avec ces quatre êtres ne saurait être décrit, pas même par la peinture. Il n'existe aucune couleur assez intense, aucun pinceau assez parfait pour créer une œuvre à la hauteur de cette aventure. Mais je m'y attellerai, malgré tout. Comme on dit, l'art ne vient pas de l'outil, mais de l'artiste. Je serai cette artiste.

Sous mes doigts, le papier m'appelle depuis dix minutes déjà. Je n'ose pas encore baisser les yeux sur le paquet posé sur mes jambes. C'est le dernier lien qui me relie à Cléa. Si je l'ouvre, vais-je définitivement le briser ? L'histoire finira-t-elle pour de bon ?

Non. Je suis enfin partie, mais cela ne met pas de point final à tout ce qui a précédé cette nouvelle ère. Ombelle restera toujours mon foyer, d'une certaine façon. Sa forêt aura toujours une place dans mon cœur. Jude et Dan seront à jamais mes compagnons au pelage et aux plumes de lumière. Je porterai le souvenir d'Olive. Et je pourrai, quand je le souhaiterai, retourner voir la nymphe.

Seule Cléa a vraiment disparu pour toujours. Personne n'est venu nous la réclamer, cet été. Il semble qu'elle s'est estompée de la mémoire des gens aussi vite qu'elle oubliait, elle-même, les autres. Mes parents ne se souviennent déjà plus d'elle. Seuls Jude, Dan et moi en gardons un souvenir net.

Quant à Blanche… Je suis allée la voir à plusieurs reprises, avec Jude et Dan. À chaque fois, elle revenait d'une balade en forêt ou s'occupait de son jardin. Il n'a d'ailleurs jamais été aussi luxuriant. Des fleurs de toutes les couleurs ont éclos autour du potager, où poussent en abondance légumes et fruits énormes, étrangement épargnés par les oiseaux et les insectes. Je ne compte plus les caisses de tomates et de cerises qu'elle a fourrées dans nos bras.

— J'en ai beaucoup trop pour moi seule ! Même plus besoin d'aller au marché avec tout ça ! a-t-elle clamé avec fierté.

Elle n'évoque jamais Cléa. Mais, dans sa cuisine où nous dévorions ses gâteaux lorsque nous étions enfants, il y a une petite aquarelle encadrée. Quand j'y ai reconnu le lac de la nymphe et le style de Cléa, j'ai entrouvert la bouche. Blanche m'a souri d'un air malicieux, et je me suis tue.

C'est un jeu de dupe qu'on a tous accepté de jouer.

Dans une de nos légendes, un vieil homme amoureux de la nature demandait à mourir dans un lac au bord duquel il se promenait tous les jours. L'esprit du lac, pour le remercier de sa fidélité, l'a transformé en magnifique poisson de lumière, lui offrant une nouvelle vie.

Je me demande si Blanche connaît cette histoire. Et quel animal de lumière elle choisirait, elle…

Le papier hurle. Pas encore, pas encore. Je ferme les yeux. Je revois.

Cléa, la première fois que je l'ai rencontrée. La décharge dans mon corps, la certitude que c'était elle, qu'elle était de retour. La peur.

« Il faut l'éviter », disait Jude.

« Il faut la confronter », disait Dan.

J'ai fui, au début. Mais ensuite, quelque chose m'a attirée, inexorablement. Je devais aller la voir. Je devais tenter quelque chose. Et si ni la fuite ni l'attaque n'étaient la solution ?

Alors je suis venue la chercher, la nuit. J'espérais qu'en me voyant sous ma forme de cerf, ou qu'en pénétrant dans la forêt… j'entraînerais quelque chose, peu importe quoi.

Et puis, j'ai appris à connaître Cléa. Et Cléa et la nymphe se sont peu à peu dissociées dans mon esprit. Dan me le reprochait sans cesse. « Tu perds pied, Alice. Elle n'est pas ton amie ! Elle n'est pas humaine ! » Peut-être. Mais elle est vivante. Elle a une âme. Des émotions.

Et c'est en cet être, inhumain, que je me retrouvais le plus. C'est étrange, sans doute. Quand j'ai compris ce qu'elle comptait accomplir, j'ai failli l'arrêter. J'étais tant partagée entre mon affection pour elle et mon désir de liberté, notre amitié naissante et l'envie de briser la malédiction d'Olive…

NOUVEAU DÉPART

Le papier implore. J'ouvre les yeux. Et lentement, avec délicatesse, je décachette l'enveloppe.

Dedans, une douzaine de feuilles de papier.

J'ai trop oublié. J'espère que grâce à cela,
toi, tu n'oublieras pas.
Chéris ta liberté. Réalise tes rêves.
Brille, encore et encore.

Sur la page suivante, un être de lumière est recroquevillé sur lui-même, seul depuis trop longtemps. Au milieu des taches d'aquarelle, la silhouette se détache en négatif. Sa solitude me transperce.

La case suivante, elle relève la tête, son attention attirée par ce dont j'ai déjà deviné la nature.

En bas de la page, une petite fille court entre les arbres bleutés, suivie par trois enfants un peu apeurés.

Un sourire étire mes lèvres.

Je n'oublierai pas.

REMERCIEMENTS

J'ai longtemps rêvé d'écrire ces mots à la fin d'un roman : merci Chris. Merci de m'avoir soutenue dans ce rêve fou, de m'avoir tant lue et écoutée, d'avoir aimé ces personnages autant que moi. Merci pour les cookies et les tasses de thé, pour ton aide au sujet de Dan et pour ta gentillesse sans faille. Ce roman est pour toi.

Merci papa, d'avoir encouragé cette passion et toutes les autres, et d'avoir toujours vu une artiste en moi. Je sais combien tu seras fier de voir notre nom de famille imprononçable sur la couverture, tiens, c'est cadeau !

Merci à ma sœur Julie B., pour m'avoir patiemment écoutée te raconter mes premières histoires pendant des heures. À Julie L., pour ta relecture bienveillante et tes conseils avisés. À papi, pour tout ce que tu m'as appris – Blanche te doit beaucoup. Et à Kévin, pour ton aide précieuse sur le premier chapitre, et tout le reste.

Un merci particulier et infini à Christelle d'y avoir cru quand je n'y croyais pas encore, et à Maud d'y avoir cru quand je n'y croyais plus. Vous n'imaginez pas la force que vous avez donnée à ce roman et aux prochains.

Merci aux personnes merveilleuses d'Alsace, de Suisse, de Paris ou d'ailleurs, qui ont lu ce roman et/ou se sont réjouies de sa publication. Une grosse pensée pour Coline : ça y est, on l'a fait !

Merci à tous les artistes qui m'entourent : que votre passion soit le dessin, l'écriture, la photographie, le cosplay… Vous avez tous et toutes, à votre façon, inspiré ce roman et ces personnages.

Merci à Caroline Merceron pour ce mail qui m'a fait crier de bonheur un soir de février, et pour ses retours pertinents qui m'ont permis de pousser ce roman plus loin que je ne l'aurais jamais fait seule. Merci à la talentueuse Celiarts, à Tiphaine Rautureau et à toute l'équipe de Gulf stream éditeur pour leur super travail qui a permis aux *Larmes des Nymphes* d'être tel que vous l'avez entre vos mains aujourd'hui.

Enfin merci du fond du cœur à vous d'avoir lu ce roman. J'espère que *Les Larmes des Nymphes* vous aura donné envie de croire en vous, de créer et surtout, d'oser rêver.

Promis, ça en vaut la peine.

Sandy Bizzozero

Sandy Bizzozero est née en Suisse en 1993. Elle vit à Strasbourg, sa ville de cœur, où elle jongle entre écriture dans des salons de thé et séances photo oniriques. Passionnée de littératures de l'imaginaire, de jeux vidéo et d'art sous toutes ses formes, elle écrit et crée depuis toujours. Son activité de photographe, son diplôme de lettres modernes et ses études de dessin à Émile Cohl nourrissent des histoires où amitié et merveilleux côtoient mystères et mensonges.

Reproduit et achevé d'imprimer en mai 2023,
par Abedik, en Pologne,
pour le compte de Gulf stream éditeur,
31, rue Alfred-Riom, 44100 Nantes,
www.gulfstream.fr

Dépôt légal 1re édition : octobre 2023